Die Schattenreiter

Christine Franke

Die Schattenreiter

Engelsdorfer Verlag

Bibliografische Information Der Deutschen Bibliothek
Die Deutsche Bibliothek verzeichnet diese Publikation in der Deutschen Nationalbibliografie; detaillierte bibliografische Daten sind im Internet über http://dnb.ddb.de abrufbar.

ISBN 3-937930-71-X

Hergestellt in
Leipzig, Germany (EU)
www.engelsdorfer-verlag.de

(D) Euro 12.95

Die Schattenreiter

Es sollte ein völlig normaler Silvesterabend werden, so wie jedes Jahr. Aber dieses Jahr war nicht wie jedes Jahr. Alles begann damit, dass mir meine Freundin Rita ein Windspiel zum Geburtstag schenkte.

Rita war die beste Freundin, die ich jemals hatte. Sie konnte am helllichten Tag mit offenen Augen träumen und manchmal ertappte ich sie dabei, wie sie weit weg mit ihren Gedanken, einfach nur Löcher in die Luft starrte.

Ritas sanftmütige, mitfühlende Art machte sie bei jedermann beliebt. Ihre dunklen Augen leuchteten geheimnisvoll, manchmal spiegelte sich darin ein mystisches Licht. Rita war im Frühjahr dieses Jahres zu meinem Geburtstag erschienen und überreichte mir mit ihrem rätselhaften Lächeln ein sorgsam verpacktes Geschenk.

„Das habe ich auf einen Flohmarkt erstanden“, flüsterte sie mir zu. Ich war gespannt, was es diesmal sein könnte, denn Rita schenkte immer etwas Besonderes. Ich hielt mein Geschenk in die Höhe, um es zu betrachten. Dabei stießen silberne Metallstäbe eines Windspieles aufgeregt aneinander, so als würden sie sich über die Störung ärgern. Rita rückte etwas näher an mich heran, schaute sich nach allen Seiten um und senkte ihre Stimme geheimnisvoll. „Das soll böse Geister vertreiben!“ Dann lehnte sie sich triumphierend zurück, um ihren Bericht fortzusetzen. „Vergangene Woche habe ich auf dem Flohmarkt herumgestöbert. Dort ist mir der Stand einer alten Frau aufgefallen, aber erst als ich die Reihen mehrere Male rauf und runter gelaufen war. Und soll ich dir etwas sagen“, dabei senkte sie ihre Stimme, als würde sie gerade das bestgehütete Staatsgeheimnis verraten, „ich hätte schwören können, dass die Frau erst nicht da war. Vor ihr stand ein Tischchen, auf dem eine Menge alter Trödel lag. Alte Töpfe, Siebe, ein Waschbrett. Zwischen all dem alten Zeug entdeckte ich das Windspiel. Ich war neugierig geworden, denn irgendwie passte es nicht zu den anderen Sachen.“

Ich hob mein Geschenk in die Höhe und betrachtete es erneut. Typisch Rita, in allen Ereignissen und Zufällen vermutete sie ein Wink des Schicksals. Sicher hatte sie den Stand der Frau einfach nur übersehen. Trotzdem war ich neugierig.

Zwischen den Metallstäben hingen fünf verschieden aussehende Figuren, die in ihrem Aussehen sehr Zwergen oder Trollen ähnelten. Ich hatte noch nie in meinem Leben solch sonderbare Figuren gesehen. Sie wackelten langsam hin und her, und bei jeder Drehung schaute mich einer der eigenwilligen Gesellen vorwitzig an.

„Weißt du Lillie, die alte Frau war sonderbar, so geheimnisumwoben, ich bekam es richtig mit der Angst zu tun. Andauernd schaute sie sich um, als wenn sie auf jemanden warten würde. Aber bestimmt nicht auf einen Freund. Komisch, die war einfach komisch. Dann wickelte sie das Windspiel schnell in Zeitungspapier, so als dürfte es niemand sehen. Du glaubst gar nicht, wie schnell das Geld in ihrer Tasche verschwand. *Das hält die bösen Geister fern,* raunte sie mir noch zu. Dann drehte sie sich von mir weg, als wenn ich nie da gewesen wäre. Die hat mich mit ihrer Geheimniskrämerei ganz verrückt gemacht.“

Wieder hob ich mein Geschenk hoch, sah den kreisenden Geistern zu. Bei der Berührung mit dem Metall fingen sie leise an zu zittern. Der Klang, den sie erzeugten war wundervoll. Ich war fasziniert von der Anmut dieser Melodie, irgendetwas schien sie in meiner Seele zu berühren. Vielleicht hatte mich aber auch nur Rita mit ihrem orakelnden Blick und ihrem geheimnisvollen Bericht angesteckt. Irgendwie gelang es ihr immer wieder, dass ich ihren Prophezeiungen glaubte. „Weißt du

Lillie, du kannst dir nicht vorstellen, wie diese Frau auf mich wirkte. Wärst du dabei gewesen, wüsstest du, was ich meine. Das war wirklich eigenartig. Ich könnte schwören, dass die Frau wenige Minuten später, als ich mich noch einmal umschaute, nicht mehr dort saß. Ich habe noch nie etwas so seltsames erlebt. Versprich mir bitte, dass du vorsichtig bist!“ Ich drückte Rita an mich. „Ach Rita, du bist lieb. Bei was soll ich denn vorsichtig sein? Sei doch nicht so ängstlich. Was soll schon passieren?“ „Man weiß nie, was das Schicksal für einen bereithält. Wer weiß, wer weiß! Ich hoffe nur, dass es tatsächlich die bösen Geistern fern hält.“ Für einen kurzen Augenblick nahm ihr Gesicht wieder den Ausdruck an, den ich schon sehr oft bei ihr beobachten konnte. Sie schien der Realität entrückt, weit weg auf einer einsamen Insel. Aber dann ging ein kurzer Ruck durch ihren Körper, und Rita hatte sich wieder unter Kontrolle.

Ein paar Tage später hing das Windspiel im Treppenaufgang unseres Hauses, draußen vor der Eingangstür. Peter hatte es dort angebracht und etwas höhnisch mit dem Finger an die Geister geschnipst. Dann lächelte er beinah mitleidig und schüttelte mit dem Kopf. „Böse Geister, ... typisch Rita.“ Mich blickten die Wächter stumm aus ihren kalten Holzaugen an und schwiegen. Manchmal stupste ich sie ein wenig und lauschte dem silbernen Klang. Tatsächlich war es so, dass das Windspiel nie von allein den Zauber seiner Melodie ausbreitete. Vielleicht lag es ja daran, dass sie im Vorbau des Hauses vor dem Wind geschützt waren.

Manchmal ärgerte mich Peter, indem er sich laut mit den Trollen unterhielt, wenn wir gemeinsam nach Hause kamen. Aber er meinte es nie böse, und ich ließ mich nicht wirklich ärgern. Peter wirkte mit seinen fünfundvierzig Jahren beinah jugendlich. In jeder freien Minute saß Peter auf dem Rad oder stemmte Gewichte. Entsprechend konnte er auf einen durchtrainierten Körper stolz sein. Er hatte sich in all den Jahren, die wir miteinander verheiratet waren, kaum verändert. An einigen Stellen konnte man graue Haare erkennen, aber sonst war seine lockige Mähne fast genauso dicht wie vor zwanzig Jahren. Damals reichte seine Haarpracht allerdings noch bis auf die Schultern, er passte vorzüglich in seine Zeit. Schulterlanges Haar, ausgefranste Hosen und bemalte Hemden, je bunter, desto besser. Deutlich erinnerte ich mich an den Gesichtsausdruck meines Vaters, als er Peter das erste Mal sah. Er starrte ihn an wie ein Wesen von einem anderen Stern. Dieser langhaarige Hippie passte nicht in sein Bild von einem ordentlichen jungen Mann. Einzig meiner Mutter war es zu verdanken, dass er nicht sofort anfing zu nörgeln. Mit den Jahren reduzierte sich die Länge der Haare, genauso wie die Farben der Hemden. Überhaupt änderte sich das gesamte Outfit. Die Sturm- und Drangjahre waren vorüber und mein Vater beruhigte sich mit der Zeit. Aber ein Rest Misstrauen sah ich trotzdem noch in seinen Augen, wenn er Peter die Hand schüttelte. Es war, als könnte er ihm nicht vollends vertrauen. Wahrscheinlich lag das daran, dass ich die einzige Tochter war und mein Vater nicht gern die Verantwortung abgeben wollte.

Aber wie das Leben so spielt, heirateten wir an einem wunderschönen glasklaren Tag im Mai und besiegelten unseren Bund. Das winzige schreiende Bündel, das eine Reihe hinter uns lautstark gegen unsere Heirat protestierte, war unser erstes Töchterchen. Paula hatte anscheinend etwas gegen unsere Hochzeit und schrie die ganze Zeit, so dass meine Mutter genervt den Raum mit dem schreienden Baby verlassen musste.

Inzwischen war Paula mit ihren fast zwanzig Jahren den Kinderschuhen entwachsen. Ihr Bruder Toni wurde nur ein paar Tage später achtzehn. Die protestierenden Schreie zu unserer Trauung wirkten sich nicht negativ auf unser weiteres Leben, auch wenn ich manchmal im Hinterkopf solch unsinnige Gedanken hegte. Rita war die einzige, mit der ich solche Sachen besprechen konnte.

Paula hatte sich in den Kopf gesetzt, nach dem Abitur ein Jahr im Ausland als Au-Pair Mädchen zu arbeiten und Toni würde im Sommer die Abi-Prüfung ablegen. Peter und ich waren sehr stolz auf unsere beiden Kinder, die sich im Laufe der Jahre immer besser verstanden.

Normalerweise freute ich mich immer auf den Frühling. Aber in diesem Jahr war alles anders. Die Temperaturen gingen rauf und runter. Wir hatten kein richtiges Frühjahr, einen kalten, dann wieder zu heißen Sommer, einen verregneten Herbst. Alles spielte ein bisschen verrückt, nicht nur die Natur.

Am allerschlimmsten begann in diesem Jahr der Winter. Kurz vor Weihnachten fing es heftig an zu schneien, Winterdienste kamen nicht mehr damit nach, die Schneemassen zur Seite zu räumen. Autobahnen wurden gesperrt, manche Reisende waren eingeschneit und es wurde von ersten Kältetoden gesprochen.

Am anderen Ende der Erde, in Australien, wüteten die schlimmsten Waldbrände seit Menschengedenken. Die Feuerwalze betrug mehrere Hundert Kilometer. Aber keiner nahm wirklich Notiz von den langsamen Veränderungen. Es war schließlich normal, dass das Wetter nicht normal war.

Es war nicht nur das Wetter, es waren auch die Menschen, die sich veränderten, die sich seit Jahren veränderten. Unter der Oberfläche brodelte ein merkwürdiges Feuer, das die wenigsten wahrzunehmen vermochten.

Ich lag mit geschlossenen Augen im Bett und träumte. Draußen tobte schon die ganze Nacht ein fürchterlicher Schneesturm, aber der störte mich nicht besonders, denn wir hatten Urlaub. Keiner musste aus dem Haus und deshalb konnte uns auch das Schneegestöber nichts anhaben. Wind heulte um den Dachgiebel und ließ die Fensterscheiben erzittern. Leise, aber trotzdem hörbar, mischte sich ein zarter Ton in das Jaulen des Windes, der jetzt zweistimmig den Tagesanbruch begleitete. Plötzlich riss ich erschrocken die Augen auf, als ich bemerkte, woher ich den Ton kannte. Der silberne Klang der hölzernen Wächter mischte sich in das Toben des Windes, um ebenso plötzlich wieder zu verstummen. „Hast du das auch gehört?“ Peter wälzte sich in seinem Bett von einer Seite auf die andere, und ich wusste, dass er schon lange wach war.

„Was soll ich gehört haben?“

„Na das Windspiel!“ Eine ganze Weile bekam ich keine Antwort. „Hast du es nun gehört, oder nicht?“

„Ich habe nichts gehört Lillie, deine bösen Geister machen bestimmt gerade Pause“, scherzte Peter. „Komm schon, sei nicht so albern, du musst es doch auch gehört haben“, versuchte ich eine Bestätigung meines Mannes zu erhalten. Aber er antwortete mir nicht. „Peter? Peeter?“

„Pst ...nicht so viel denken und reden, sonst weckst du deine bösen Geister.“

„Du bist gemein, na warte, ... wenn ich ...“

Wir balgten uns wie Teenager und die leise Warnung war vergessen.

Am späten Vormittag trieb der Wind die Wolken auseinander, und die Sonne spiegelte sich im Schnee, so als müsste sie sich für die wütende Nacht entschuldigen.

Ich konnte mich kaum daran erinnern, wann ich das letzte Mal diesen bläulichen Glanz, diese atemberaubende Schönheit gesehen hatte. Ich summte in der Küche vor mich hin und beendete meine Vorbereitungen für das letzte Mittagessen des Jahres. Hin und wieder warf ich einen Blick aus dem Küchenfenster, um mich an der funkelnden Pracht zu ergötzen. Irgendwann bemerkte ich die Wolkenwand, die sich düster am Horizont aufgebaut hatte. Normalerweise waren wir die Wolken in den letzten Wochen gewöhnt, aber dieses Naturschauspiel war trotzdem sehr ungewöhnlich. Während die Sonne sich im Schnee spiegelte, und das Blau des Himmels die einzelnen Kristalle färbte, stand im Süden eine schwarze Wolkenwand. Von dieser Wolkenwand ging etwas Düsteres, Bedrohliches aus. Vielleicht war aber auch nur der starke Kontrast der Färbungen des Himmels daran schuld. Trotzdem musste ich immer wieder einen Blick aus dem Fenster werfen.

„Das sieht sehr nach Schnee aus“, meinte Peter, als er zur Tür hereinkam. Er drückte mir einen Kuss auf die Lippen und legte seine Arme auf meine Schulter.

„Das gefällt mir gar nicht Peter, wir müssen dann die weite Strecke zu Rita mit dem Auto fahren. Hoffentlich schneit es nicht wieder.“

„Ach, du alter Feigling, wir sitzen doch im Trockenen. Wann gibt es denn die letzte Mahlzeit des Jahres? Ich glaube, ich verhungere bald."

„Ich habe nur noch auf dich gewartet, es ist alles schon bereit.“

Dann plötzlich hörte ich es wieder. Der zarte Klang meiner fernen Wächter schwirrte durch das Haus. Benommen versuchte ich das Geräusch erneut wahrzunehmen, aber Fehlanzeige. In Gedanken schüttelte ich den Kopf, eigentlich konnte ich das Windspiel gar nicht hören. Mehrere Türen und dicke Wände trennten mich von der Musik meines Geschenkes. Aber es blieb ein schaler Nachgeschmack, eine vage Vermutung, die sich durch die Hintertür Zugang in mein Bewusstsein verschafft hatte.

Zwei Stunden später saßen wir im Auto und befanden uns auf der Landstraße in Richtung Straußberg. Die dunkle Wand entpuppte sich tatsächlich als ein neues Schneefallgebiet. Nichts erinnerte mehr an das gleißende Licht der Sonne. Bedrohlich schwer hingen die Wolken über uns, fast konnte man meinen, dass es mit jeder Minute dunkler wurde. Der Sturm der vergangenen Nacht war mit zehnfacher Stärke zurückgekehrt und ich zweifelte daran, dass die Sicht mehr als zehn Meter betrug. Bloß gut, dass Paula und Toni schon seit ein paar Tagen bei Rita waren. Sie waren sehr gut mit Tobias und Sven befreundet.

Die beiden Jungen von Rita und Mathias waren uns ebenfalls sehr ans Herz gewachsen. Sie waren im selben Alter wie Paula und Toni. Tobias hatte sein Abitur ein Jahr zuvor abgelegt und bereitete sich auf sein Pädagogikstudium vor. Sven war wie Toni achtzehn Jahre alt und lernte Tischler. Er war fasziniert von den vielen Möglichkeiten, die ihm die Arbeit mit diesem Rohstoff bot. Er lernte erst im zweiten Jahr, aber es war bereits jetzt abzusehen, dass er einmal ein Meister seines Handwerkes werden würde. Rita besaß in ihrem Haus einen Raum, den Heiligenschrein, wie sie ihn nannte. Hier konnte sich Sven erproben. Der gesamte Raum war aus Holz, alle Möbelstücke, die darin zu finden waren, hatte er in akribischer Kleinstarbeit hergestellt. Das Ergebnis konnte sich sehen lassen. Er entwickelte eine Kreativität, die mich immer wieder in Erstaunen versetzte.

Wir wollten gemeinsam Silvester feiern, und ich freute mich auf unser Wiedersehen. Die jungen Leute hatten ein paar Freunde aus dem Ort eingeladen, so dass es sicher eine tolle Party werden würde.

Mir war die Lust auf die weite Fahrt vergangen. Peter versuchte mich zu beruhigen, aber ein Rest Nervosität ließ sich nicht vertreiben, nicht nur wegen dem Wetter. „Fahr bloß vorsichtig", warnte ich Peter in einer düsteren Vorahnung. Er warf mir nur einen seiner genervten Blicke zur Seite.

Wir waren fast die Einzigen, die sich auf der Landstraße befanden. Rechts und links von uns türmten sich gewaltige Schneeberge auf, es sah so aus, als wenn wir durch eine schmale Gasse fahren würden. „Das ist ja wirklich ein scheußliches Wetter." Peter klebte förmlich mit seiner Nase an der Windschutzscheibe, um ein bisschen zu sehen. Wir fuhren fast blind, ich schwitzte und fror zur gleichen Zeit.

„Fahr bloß langsamer", ermahnte ich Peter.

„Wenn ich noch langsamer fahre, rollen wir wieder rückwärts." Das Radio spielte irgendeinen Hit des vergangenen Sommers, höhnisch verhallten die Akkorde. *Und jetzt die neuesten Verkehrsmeldungen. Peter und Lillie Werner, unterwegs auf der Landstraße nach Straußberg, werden gebeten in den Rückspiegel zu schauen.* Ungläubig starrte ich auf das Radio, alle Farbe war aus meinem Gesicht gewichen. Was hatte der Sprecher gerade gesagt? Peter und Lillie Werner sollen in den Rückspiegel schauen?! Geradezu lächerlich hallten die Worte in meinem Kopf. Ich schaute Peter an, aber er reagierte überhaupt nicht auf die Verkehrsmeldung.

„Das ist wirklich ein dichtes Schneetreiben, vielleicht hätten wir mit dem Zug fahren sollen?", meinte Peter beiläufig. Das konnte doch nicht sein. Ich starrte auf das Radio. Sicher hatten mir meine überreizten Nerven einen Streich gespielt.

Die Schneewehen am Straßenrand bildeten eine natürliche Barriere. Bäume ächzten unter der schweren

Last und beugten sich zu uns herab. Ihre Äste hingen über der Straße und hatten sich ineinander verhakt. Es sah so aus, als wenn sich Riesenhände über uns rundeten. Diese bildeten eine Art gewölbte Decke. Wir fuhren in einer gigantischen Höhle, die weiter vorn einen beinah undurchsichtigen Ausgang besaß. Das dichte Schneetreiben ließ die gesamte Umgebung unwirklich erscheinen. Wir kannten die Strecke aus unserer Westentasche. Aber heute war nichts mehr so, wie es am Vormittag noch schien. Die dunklen Wolken färbten alles um uns herum in ein einheitliches Schwarz-grau, die Bäume, die Straße, einfach alles. Irgendwie erinnerte mich diese Szene an das Märchen von der Schneekönigin. Ich wusste nicht, wieso ich gerade jetzt daran denken musste. Wahrscheinlich war die unwirtliche Umgebung daran schuld. Überall Schnee und vor uns die winzige Öffnung, die unser Ziel sein sollte. Wir fuhren, geleitet von der natürlichen Begrenzung der Schneemassen, fast ohne Sicht. Plötzlich öffnete sich vor uns die Straße, als wenn mit Riesenhand ein Vorhang beiseite gezogen wurde. Peter stoppte abrupt den Wagen, ich ruckte bei dem unerwarteten Halt mit dem Kopf weit nach vorn.

Klar und deutlich lag vor uns ein riesiger, runder Platz. Die Stelle war dunkel, schmutzig, beinah schwarz, als hätte es in diesem Jahr nicht ein einziges Mal geschneit. Wir waren in das Zentrum der Höhle vorgedrungen. Der Rand des Platzes war gesäumt von einer großen Anzahl junger, schlanker Birkenbäume, die ebenso schwarze Äste hatten. Diese waren schmiegsam, fast elastisch und sahen aus wie tausend Ringelnattern, die sich in schnellen Bewegungen hin und her wandten. Fast konnte man meinen, dass sie mit ihren peitschenden Ästen der Szene in der Mitte des Platzes Beifall spendeten, Beifall in einem grausigen Spiel. Direkt im Zentrum des schwarzen Gebildes breitete sich eine

Öffnung vor uns aus, aus der im Sekundentakt Kreaturen sprangen, die in ihrem Aussehen sehr den Trollen meines Windspieles ähnelten. Sie blickten sich nach allen Seiten um, lächelten boshaft, sprangen zur Seite, um auf die anderen Neuankömmlinge zu warten. Das schlüpfen der Kreaturen war begleitet von vertrauten Klängen. Wir saßen einfach nur da, starrten auf die Szene vor uns, unfähig zu denken oder zu handeln.

Plötzlich unterbrachen die Trolle ihre Bewegungen, alles hielt inne, sogar die Äste der Birken verharrten in ihrem Beifall. Dann richteten sich alle Blicke auf uns. Sekundenlang herrschte gespenstige Stille. Plötzlich entlud sich ein entsetzlicher Schrei, der sich fächerförmig über den Platz ausbreitete. Die schwarzen Äste verwandelten sich in zischende Schlangen, die sich in rasender Geschwindigkeit in unsere Richtung schlängelten. Trolle mit den boshaftesten Gesichtern liefen auf ihren zu kurzen Beinen auf uns zu. Instinktiv drückte ich mich tiefer in die Sitze und aus den Augenwinkeln nahm ich das Gesicht meines Mannes, das jetzt eine entsetzlich graue Färbung angenommen hatte, wahr.

„Wir müssen hier verschwinden", presste er zwischen den Zähnen hervor und legte den Rückwärtsgang ein. Peter gab Gas, aber die Räder drehten sich nur auf der Stelle. Jetzt sah ich im Rückspiegel, dass sich die Wand aus Schnee hinter uns geschlossen hatte. Der Rückweg blieb versperrt. Das Heulen der Räder mischte sich in das Getöse der Trolle um uns herum. Sie kamen entsetzlich nahe, in wenigen Sekunden würden sie uns erreicht haben. Schwarze Nattern krochen heran, sie waren jetzt angeschwollen, geradezu grotesk dick. Der Motor heulte, der Sturm, die Kreaturen, alles grölte im ohrenbetäubenden Lärm. Jetzt hatten sie das Auto erreicht und schon griffen sie nach der Tür. Ich versuchte den Knopf der Zentralverriegelung herunter zu drücken, aber meine Hände zitterten so stark, das ich es einfach nicht schaffte. Während Peter in panischer Angst versuchte den Wagen zum Fahren zu bringen, konnte ich nur noch zusehen, wie die Kreaturen überall um uns herum waren. Alles wurde schwarz, sie zerrten den ganzen Wagen, so dass ein heftiges Zittern uns beide erfasste. Die Trolle waren jetzt überall, auf der Motorhaube, auf dem Dach, ich meinte sie sogar schon im Kofferraum zu hören. Jetzt zerrten sie an der Tür, ich schrie, versuchte sie von innen zuzuhalten, aber es wollte mir nicht gelingen ...

„Lillie, los, wach schon endlich auf, ... heute ist Silvester, wie lange willst du denn noch im Bett bleiben?“ Ungläubig starrte ich in die sanften Augen meines Mannes. Einen Moment lang versuchte ich mich zu erinnern, aber schon verblasste der böse Traum. Die Sonne lugte durch die geschlossenen Fenster, zauberte einen Hauch Frühling auf mein Bett und vertrieb die bösen Gespenster. Alles schien normal.

Ich war tatsächlich noch einmal eingeschlafen und hatte lauter unsinniges Zeug geträumt. Peter hatte bereits mit den Vorbereitungen für das Mittagessen begonnen, es duftete verführerisch im ganzen Haus. Wir wollten am zeitigen Nachmittag zu Rita fahren.

Dieser Traum war so intensiv, dass ich Mühe hatte, mich zu orientieren. Alles schien so unwirklich, die Sonne, der Essenduft, einfach alles. Ich stand im Bad vor dem Waschbecken und der Klang meines Windspieles hallte durch das Haus. Ich schaute mich an und überlegte, ob ich tatsächlich etwas überreagierte. Sicher hatte ich mich in diese Phantasien hineingesteigert, zumal ich mir tatsächlich einredete, am Morgen die silbernen Klänge gehört zu haben. Aber sicher war nur der eklige Sturm Schuld. „Also, Lillie, sei nicht so doof, vergiss das mal schnell wieder und denk an etwas schönes.“ Ritas Worte, ... *hält die bösen Geister fern* ..., *hält die bösen Geister fern!* Wie ein Echo schwirrten sie ungefragt in meinem Kopf herum, hämmerten dumpf an die Innenseite meiner Stirn. Ich konnte nichts dagegen tun.

Peter kochte leidenschaftlich gern. Meistens teilten wir uns in die Aufgaben. Ich war für das Einkaufen zuständig und half ihm bei den Vorbereitungen. Aber das eigentliche Kochen übernahm fast immer Peter. Immer ließ er sich etwas Besonderes einfallen. Am letzten Tag des Jahres gab es Entenbrüstchen, Klöße und Porree-Champignon-Gemüse. Es schmeckte einfach wunderbar und ich konnte Peter nicht genug loben. „Du bist der wundervollste Koch der Welt, eigentlich müsste Herr Biolek bei dir in die Lehre gehen."

Peter hob sein Glas. „Auf den letzten Tag des Jahres. Ich hoffe, dass das nächste Jahr ein gutes Jahr wird."

„Auf das alte und das neue Jahr."

Wir stießen mit den Gläsern an und der helle Klang erinnerte mich wieder an den Traum. Ich sah diese unheimlichen Gestalten und mir war nicht sehr wohl bei dem Gedanken. Aber da ich noch eine Menge Dinge zu erledigen hatte, blieb keine Zeit, mich um meine Ahnungen zu kümmern.

Später räumte ich den Tisch ab. Ich summte leise vor mich hin und warf gelegentlich einen Blick aus dem Fenster. Plötzlich sah ich am Horizont eine drohend schwarze Wolkenwand. Leise klangen die Metallstäbe, ein Hauch der kommenden Silvesternacht hatte sich im Vorbau verfangen, eine Ahnung, ein merkwürdiges Vorgefühl, das jetzt seine Melodie spielte. Beinah körperlich spürte ich das Lächeln der alten Frau.

Rita hatte den ganzen Vormittag damit zugebracht,

das Essen für den letzten Abend des Jahres vorzubereiten. Sie war eine Meisterin in der Zubereitung von Speisen. Eigentlich konnte sie sich mit Peter die Hand reichen. Beide waren erstaunlich kreative Köche. Manchmal probierte sie mit Peter etwas völlig neues aus, während ihr Mann Mathias und Lillie alles kosten mussten. Sie waren sozusagen die „Versuchskaninchen" in Sachen neue Rezepte. Rita freute sich schon seit Wochen auf Silvester. Lillie war die beste Freundin die sie hatte. Sie kannten sich seit ihrer Kindheit. Gemeinsam saßen sie auf der Schulbank und paukten die Mathematikaufgaben. Nachmittags trafen sie sich zum Spielen bei Rita, gelegentlich auch bei Lillie. Rita wohnte mit ihren Eltern in einem alten Bauernhaus. Sie hatte keine Geschwister. Lillie teilte sich ihr Zimmer mit zwei Schwestern. Deshalb war es beinah selbstverständlich, dass sie bei Rita spielten.

Rita war eine selbstsichere, freundliche Frau. Sie glaubte an ihr Schicksal, an das Schicksal überhaupt und nahm viele Dinge, die sie nicht ändern konnte, einfach hin.

Rita wuchs in einer Welt voll Liebe und Zuneigung auf. Ihre Eltern waren sehr um ihr Wohlergehen bemüht und halfen ihr in allem, so gut es ging. Sie führte ein ausgeglichenes, erfülltes Leben. Die dörfliche Idylle war sehr angenehm. Lillie kam beinah täglich zu Rita und die beiden Mädchen waren unzertrennlich. Aber das Schicksal wollte es anders, als sie es sich ausgemalt hatten.

Rita war gerade dreizehn Jahre alt, die Jungen aus den älteren Klassen wurden interessant. Sie alberte mit Lillie den ganzen Nachmittag herum. Sie unterhielten sich über die Liebe und wie es sein würde, einen Freund zu haben. Es war so schön, seine Geheimnisse mit einem anderen Menschen zu teilen. Rita wusste, dass Lillie niemals einem anderen etwas erzählen würde. Sie hatten einen wunderbaren Nachmittag zusammen verbracht und schmiedeten Pläne für den kommenden Sommer. Es war Mai, und die großen Sommerferien nicht mehr allzu weit.

Aber alles kam anders.

Wie immer ging sie an diesem Abend nach Hause. Ihre Eltern saßen still am Küchentisch. Der Schäferhund lag darunter, entgegen seinen sonstigen Gewohnheiten. Rita spürte beinah körperlich, dass heute nicht alles in Ordnung war. Die Augen ihrer Mutter waren rot umrandet. Ihr Vater hatte den Blick auf den Küchentisch gerichtet. Er sah sie nicht an, als er sprach. „Setz dich Rita, wir müssen dir etwas sagen.“ Rita ging mit zitternden Knien um den Tisch herum. Dieser Gang um den Tisch war der schwerste Gang ihres Lebens, wie sie es später ihrer Freundin erzählte. Sie wusste nicht, was passiert sein konnte. Oma und Opa waren schon seit vielen Jahren tot. Wer konnte denn sonst gestorben sein? Rita fand auf dem unendlich langen Weg keine Erklärung. Rita setzte sich an den Tisch und schaute abwechselnd Vater und Mutter an. Ritas Mutter knetete heftig ihr feuchtes Taschentuch und hielt den Blick auf den Tisch gesenkt. Rita merkte sehr deutlich, wie Vater um seine Fassung ringen musste. Dann schluckte er mehrere Male, holte tief Luft und schaute ihr fest in die Augen.

„Rita, Schätzchen, was ich dir jetzt sage, wird unser weiteres Leben sehr verändern. Aber ich bin sicher, dass du Verständnis für unsere Situation haben wirst.“

Ritas Blick wanderte von Vater zu Mutter und wieder zurück. Mutter betrachtete immer noch die imaginären Flecke auf dem Tischtuch. Sie war sich sicher, dass der Vater jetzt sagen würde: *Wir lassen uns scheiden.* Aber das sagte er nicht. Er nahm ihre Hand, hielt sie ganz fest und sah ihr mit einem Blick in die Augen, den sie noch Jahre später sah, wenn sie nachts die Augen schloss. „Ich werde bald blind sein.“ Diese fünf Worte trafen sie wie Hammerschläge ins Gesicht. Jedes einzelne wog tausend Kilogramm und drückte ihre noch kindlichen Schultern tief herunter. *Ich ... werde ... bald ... blind ... sein*! Rita saß einfach nur da, unfähig auch nur einen einzigen Gedanken zu Ende zu denken. Sie sah in die verweinten Augen ihrer Mutter und die bald toten Augen ihres Vaters und verstand diese fünf Worte nicht. Es waren doch nur fünf Worte, vorhin schien draußen die Sonne, wärmte ihr Gesicht. Wind wehte um die Hausecke, alles schien normal. Sie hatte mit Lillie die schönsten Bilder gemalt, sie war glücklich.

Rita schaute sich in der Küche um, der Herd tanzte vor ihren Augen, Schränke rückten unruhig hin und her. Die Grünpflanzen auf dem Fensterbrett wuselten durcheinander, das Gesicht ihrer Mutter war verschwommen und weit entfernt. Rita hatte das Gefühl, dass nichts mehr an seinem Platz stand. Alles hielt den Atem an. Die Welt hatte sich aufgehört zu drehen. Nichts sollte ab diesem Tag mehr so sein, wie zuvor.

Es dauerte nicht einmal einen Monat, bis ihr Vater erblindet war. Jetzt erst wurde Rita bewusst, dass ihr Vater schon seit Jahren eine viel zu dicke Hornbrille trug. Aber sie hatte sich daran gewöhnt, sie kannte ihn ja nicht anders. Jetzt erst erinnerte sie sich an die roten Augen ihrer Mutter, die sie seit längerer Zeit bemerkt hatte. Natürlich konnten ihre Eltern das Haus und das riesige Grundstück nicht mehr versorgen. Schweren Herzens mussten sie das wunderschöne Fleckchen Erde, samt Haus und Hund verkaufen. Leider war damals Bella zu alt, um noch als Blindenhund ausgebildet zu werden. Ein Käufer war schnell gefunden, natürlich, zu schön war dieses Fleckchen Erde.

Auch Lillie hatte ihr Strahlen und ihre Unbekümmertheit verloren, als ihr Rita die schreckliche Wahrheit erzählte. Sie waren beide müde und traurig. Die letzten Tage vor den Ferien vergingen viel zu schnell und die beiden Freundinnen wussten nicht mehr, was sie sich erzählen konnten. Sie saßen meistens nur traurig nebeneinander.

Nichts blieb übrig von den schönen Träumen des kommenden Sommers. Eines Abends, es war der vorletzte Abend vor dem Umzug, saßen die Mädchen im hintersten Teil des Gartens nebeneinander, stocherten lustlos mit ihren langen Stöcken im Gras herum und betrachteten das rote Licht der untergehenden Sonne. Sie schwiegen und sahen den Grashüpfern zu, wie sie sich mit langen Sprüngen in Sicherheit brachten. Grillen zirpten und die Sonne verwandelte sich allmählich in einen glühenden Ball. Aber die beiden hatten keine Augen für die Herrlichkeiten der Natur, sie nahmen kaum die Geräusche der Umgebung wahr. Obwohl sie sich beinah jeden Tag versichert hatten, dass sie sich besuchen würden, ahnten sie wohl, dass die Entfernung zu groß werden würde. Plötzlich setzte sich Rita aufrecht hin und ihre dunklen Augen nahmen eine unheimliche Färbung an. „Weißt du was, wir sind wie Schwestern, warum wollen wir unseren Bund nicht besiegeln. Wie die Indianer, wir werden eben Blutsschwestern und nicht Blutsbrüder. Dann kann uns nichts mehr passieren und wir vergessen uns nie." Lillie war von dieser Idee begeistert, die Vorstellung, etwas wie die Indianer zu tun, brachte sie richtig in Wallung. Rita holte heimlich ein scharfes Küchenmesser ihrer Mutter heraus, dann stellten sie sich gegenüber und hielten jeweils den rechten Daumen in die Höhe. Rita holte tief Luft, Lillie hielt den Atem an. Dann ritzte sie zuerst bei sich und dann bei ihrer Freundin die Haut am Daumen auf. Warmes, dunkelrotes Blut quoll hervor und tropfte langsam herunter. Rita und Lillie drückten ihre Daumen aneinander, ließen in Gedanken das Blut vermischen. Rita flüsterte ein paar Worte, die sie in einem Indianerfilm gehört hatte.

„Durch dieses Blut wird auf immer und ewig unsere

Freundschaft besiegelt. Sie soll alles überdauern und angesichts unseres Blutes schwören wir uns ewige Freundschaft. Wir sind verschworen und Schwestern für alle Zeiten."

Im Schein der untergehenden Sonne besiegelten sie mit ein paar Tropfen ihres Blutes den Geheimbund.

Von diesem Tag an waren die zwei Freundinnen wie umgewandelt. Vorher war alles trist und grau. Aber jetzt hatten sie einen geheimnisvollen Bund, der sie für den Rest ihres Lebens verpflichtete. Sie konnten dem Schicksal ein Schnippchen schlagen, das sie beinah getrennt hätte. Wahrscheinlich war dieses Ereignis der Grundstein für den festen Glauben, mit den sich Rita umgab. Sie war der sicheren Überzeugung, dass sie ausschließlich ihrer Blutsbrüderschaft ihre langjährige Freundschaft zu verdanken hatten. Immer, wenn sie in der Großstadt in ihrem einsamen Zimmer saß, und die trüben Gedanken ihre beinah die Lust am Leben nahmen, erinnerte sich Rita an den geheimen Bund. Sie strich über den Daumen der rechten Hand und erinnerte sich an ihr gegenseitiges Versprechen. Das half ihr, die Tage und Wochen zu überstehen. Dann wusste sie, ihre Freundschaft war besiegelt und würde die Einsamkeit überdauern. Irgendwie hatten sie sich mit diesem Tropfen Blut einen Panzer geschmiedet, der den Stürmen der Zeit Gegenwehr bieten konnte. Und sie sollte Recht behalten.

In diesen Ferien packte Rita ihre Tasche und zog mit den Eltern in das weit entfernte Berlin. Sie mieteten eine geräumige Wohnung in einem riesigen Hochhaus im Erdgeschoss. Die ersten Wochen und Monate waren traurig und zugleich sonderbar. Rita vermisste ihre vertraute Umgebung, ihren treuen Hund, ihre Freundin. Aber sie beobachtete heimlich ihre Eltern, die sich mit den Gegebenheiten arrangierten. Manchmal überraschte sie ihre Mutter, wie sie lächelte und fragte sich, wieso sie glücklich sein konnte. Später erkannte sie die wahre Ursache. Ihre Eltern hatten akzeptiert, was doch nicht zu ändern war und konzentrierten sich auf das, was ihnen geblieben war. Sie hatten eine gesunde Tochter, die sie über alles liebten und sie hatten einander. Das war mehr, was mancher Mensch, der seine volle Sehkraft besaß, vom Leben erwarten konnte. Sie waren dankbar für das, was ihnen wichtig war.

Die Jahre vergingen, Rita wurde erwachsen. Sooft sie konnte, fuhr sie in den Ferien raus aufs Land, wohnte bei ihrer Tante Anni und sah jeden Tag Lillie. Eine herrliche Zeit. Sie lernten ihre Tage einzuteilen und sich nicht um die zu sorgen, an denen sie sich nicht sehen konnten. Sie schrieben sich Briefe, teilten ihre Geheimnisse. Ihre Freundschaft hatte überdauert.

An diesem Silvestermorgen war Rita etwas zeitiger aufgestanden als die anderen und nutzte die frühen Stunden, um schon ein paar Dinge in der Küche zu erledigen. Die Kinder schliefen noch. Es war schon mehr als ein Zufall, dass sie sich genauso gut verstanden wie sie selber und Lillie. Komisch, dachte sie manchmal, wenn sie sie beobachtete, sie verhalten sich zueinander genau wie wir damals. An diesem Tag in der Küche ihrer Eltern glaubte sie, die Welt geht unter, das ist das Ende. Aber sie lernte mit dem Schicksal zu leben.

Manchmal schaute sie Sven zu, wenn er ein Holzstück bearbeitete und mit den Händen an einer frisch bearbeiteten Fläche entlang strich. Sie hatte das Gefühl, dass er den Charakter des Holzes mit jeder Faser seines Körpers in sich aufsog. Tatsächlich schloss er manchmal die Augen und atmete tief die Luft in seine Lungen. Er fühlte mit den Händen mehr, als ein anderer Mensch sehen konnte. Wahrscheinlich hatte er diese Gabe von seinem blinden Großvater geerbt. Ihr Vater nahm den Jungen immer mit in seine „Werkstatt", wo er ihm zeigte, was man alles aus Holz anfertigen kann. Ritas Vater konzentrierte sich auf die verbliebenen Sinnesorgane und lernte diese intensiver zu nutzen. Er hatte seinem Enkel alles beigebracht, was er wusste und sogar noch etwas mehr. Er zeigte ihm, wie das Holz atmete, wie es sich anfühlte, wie es lebte. Das war der Grundstein für die spätere Arbeit. Rita war sich sicher, dass diese Liebe zu dem Material nie so intensiv und tief geworden wäre, wenn ihr Vater noch sehen könnte. Er hatte Sven beigebracht, all seine Sinne zu nutzen, mit dem Herzen zu sehen.

Rita erinnerte sich genau an das Gesicht des Lehrausbilders, als er das Stück betrachtete, dass Sven zu Hause angefertigt hatte. Seine Ausbildung hatte noch nicht begonnen, aber was er schon alles mit Holz anstellen konnte, war faszinierend. Herr Paschke zog die Augenbrauen nach oben, betrachtete die Holztruhe ausgiebig. Dann schob er seine Brille etwas nach unten, so als wenn er seinen Sinnen nicht trauen könnte und sah abwechselnd Sven und dann die Arbeit an. Er sagte zuerst nichts, räusperte sich mehrere Male. Dann setzte er seine Brille auf, schwieg ein paar Sekunden und sagte: „Die Lehrstelle hast du, vorausgesetzt natürlich, dass die Arbeit tatsächlich von dir stammt. Mal sehen, was ich dir noch alles beibringen kann."

Von diesem Tag an war klar, dass Sven ein natürliches Talent im Umgang mit dem Naturmaterial besaß. Herr Paschke ließ Sven nie aus den Augen. Wohlwollend verfolgte er die Entwicklung seines Jungen, wie er ihn gern unter Freunden bezeichnete. Sven hatte eine große Karriere vor sich. So einem Talent war er noch nie in seiner Laufbahn als Lehrausbilder begegnet. Er war stolz, dass er Sven alles beibringen konnte, was er wusste.

An diesem Silvestermorgen herrschte im gesamten Haus beinah gespenstige Stille. Rita versucht, so wenig Lärm wie möglich zu verursachen. Sie schälte Kartoffeln und nebenbei bereitete sie das Frühstück zu. Gelegentlich sah sie aus dem Fenster und beobachtete die Meisen, die sich am Futterhäuschen zu schaffen machten. Draußen war es hell und das zarte Blau des Himmels zeigte ihr, das es wieder ein schöner Tag werden würde.

Plötzlich hörte sie über sich ein undeutliches rumoren und Rita wusste, dass einer der Kinder im Bad herumtappte. Mathias war schon früh aus dem Haus gegangen, er hatte die Frühschicht im Krankenhaus. Rita schaltete die Kaffeemaschine ein und langsam tropfte und zischte das Wasser in den Behälter. Sie stellte ihre Schüssel zur Seite und schob die Brötchen in den Ofen. Aus Erfahrung wusste sie, dass Sven als erster aufstand und nur wenig später folgten die anderen. Sie wollten sich am Vormittag mit ihren Freunden aus dem Ort treffen, irgendetwas war vorzubereiten. Manchmal ertappte sie sich dabei, wie sie die Kinder heimlich beobachtete. Dann lief ihr ein warmer Schauer über den Rücken und sie lächelte still. Natürlich waren es keine Kinder mehr, sie waren erwachsen und selbständig. Aber trotzdem blieben sie ihre Kinder, auch wenn sie wahrscheinlich dreißig Jahre alt waren.

Jetzt wurde das rumoren deutlicher und Rita hörte, wie Sven mit Riesensätzen die Treppe herunter gesprungen kam. Oben war Musik zu hören und albernes Gekicher.

„Hi Mutsch, wann gibt es Frühstück? Ich falle bald um vor Hunger!“ Sven drückte seiner Mutter einen Kuss auf die Wange, die sie ihm bereitwillig entgegen streckte.

„Wenn du den Tisch deckst, geht es schneller“, konterte seine Mutter und Sven ließ sich nicht zweimal bitten. Er riss förmlich die Schranktüren auf und sang sehr laut und sehr falsch. Er sprühte wieder einmal vor Energie und Kraft und steckte alle anderen damit an. Es dauerte nicht sehr lange und Toni und Tobias liefen in der Küche herum und räumten alles Mögliche aus dem Kühlschrank auf den Tisch.

Paula kam als letzte aus dem Bad, gefolgt von Franzi. Sie brauchten immer etwas länger als die anderen. Das war normal, wie sie meinten, denn sie waren schließlich Frauen. Ganz selbstverständlich drückten sie Rita ebenfalls einen Kuss auf die Wange. Es war natürlich, sie gehörten alle zu einer großen Familie. Paula kannte die Geschichte um die Freundschaft ihrer Mutter und Rita. Sie mochte Rita, ihre ruhige, besonnene Art, ihre dunklen, geheimnisvollen Augen.

Alle lächelten an diesem Morgen, es schien etwas in der Luft zu liegen. Sie saßen in einer großen Runde zusammen und redeten wild durcheinander. Dem aufmerksamen Beobachter aber entging nicht, dass geheimnisvolle Blicke getauscht wurden. Stumme Botschaften gingen hin und her. Sie wehten durch den Raum und verbreiteten eine prickelnde Atmosphäre.

Eine lange Fahrt

Wir hatten unser üppiges Mittagsmahl beendet und ich räumte den Tisch ab. Peter rumorte draußen in der Diele herum und ich fragte mich, was es zu räumen gab.

Ich steckte den Kopf zur Tür heraus. „Suchst du noch etwas?"

Peter kniete vor dem Schrank, beide Türen waren weit geöffnet. Sein Körper war zur Hälfte im Schrank verschwunden, er murmelte etwas vor sich hin. Jetzt wurde ich doch neugierig. „Was suchst du denn?"

Peter fluchte leise und schaute mich an. „Hast du meine schwarzen Halbschuhe gesehen? Ich möchte bloß mal wissen, wo die wieder sind?!"

„Du und deine Ordnung. Wenn du alles immer wegräumen würdest, wo es hin gehört, würdest du dein Zeug auch finden."

„Ich weiß ganz genau, dass ich die Schuhe in den Schrank gestellt habe. Du brauchst mich gar nicht so anzusehen. Ich weiß es hundertprozentig." Ich wusste ganz genau, dass Toni sich die Schuhe mitgenommen hatte. Zum Leidwesen seines Vaters hatten die beiden die gleiche Größe in allen Sachen, auch die gleiche Schuhgröße. Da konnte es schon mal vorkommen, dass sich Toni etwas ausborgte und vergaß, es wieder an seinen Platz zu stellen.

„Ich kann mir schon denken, wo ich meine Schuhe finde. Die sind bestimmt in einer Reisetasche und stehen in Straußberg."

„Tja, wenn dem so ist, brauchst du ja nicht weiter suchen. Da kannst du sie dann nehmen, wenn wir ankommen."

„Ich könnte verrückt werden, immer wenn ich etwas brauche, hat es sich Toni geholt. Genau wie vor zwei Wochen, meinen Lieblingspullover."

„Ja, ja, lass mal gut sein, das ist jetzt vorbei. Du hast

ihn doch noch bekommen. Ich wollte sowieso Rita anrufen und mich nach dem Wetter erkundigen. Da kann ich Toni nach deinen Schuhen fragen. Bist du jetzt zufrieden?“

Peter knurrte ein bisschen vor sich hin. Natürlich hatte er Recht, Toni war nachlässig. Aber ich wollte daraus keine Staatsaffäre machen lassen. Er würde noch ein Weilchen schmollen und dann war die Sache vergessen. Aber Rita schien meine Gedanken geahnt zu haben, denn im gleichen Moment klingelte das Telefon.

„Ja, hier Werner.“

„Hallo Lillie, hier bin ich, Rita.“

„Na das ist ja wieder gut, gerade habe ich gesagt, dass ich dich noch mal anrufe, bevor wir starten. Wie sieht es bei euch aus? Ist alles klar, schneit es?“

„Bei uns ist alles okay. Wir haben hier den herrlichsten Sonnenschein, das ist wie auf einer Postkarte. Wenn ich aus meinem Fenster schaue, glitzert und blinkt alles. So ein herrliches Blau habe ich schon lange nicht mehr gesehen. Wie sieht es bei euch aus?“

„Noch scheint bei uns die Sonne, aber da scheint sich etwas zusammenzubrauen. Wenn ich aus *meinem* Fenster schaue, sehe ich eine dicke, schwarze Wolkenwand. Wir fahren spätestens in einer halben Stunde los. Hoffentlich hält das noch so lange aus. Ich habe schon überlegt, ob wir mit dem Zug kommen sollen, aber Peter meint, das Stückchen könnten wir schaffen.“

„Ihr fahrt den Wolken doch davon Lillie. Beeilt euch, dann könnt ihr noch ein bisschen Sonnenschein abbekommen. Also, bis dann und fahrt vorsichtig.“

„Okay, bis dann, grüße die Kinder. Tschau.“

Leise klickte das Telefon, als ich den Hörer aufgelegt hatte. Bis jetzt hatte ich nicht daran gedacht, aber gleich einer Faust bohrte sich das böse Gefühl in meinen Magen. Rita hatte in mir unbewusst etwas ausgelöst, wovon ich dachte, es verdrängt zu haben. Dieses

Postkartenwetter, genau wie in meinem Traum. Wie zur Bestätigung verschwand in diesem Moment die Sonne hinter den Wolken, mit einem Schlag wurde es dunkel und ein bisschen kälter. Sofort war dieses Gefühl wieder da. Dieser schreckliche Traum war zu real, als dass ich ihn einfach wegwischen konnte.

Es begann zu schneien und Peter kam herein. „Mist, jetzt schneit es doch noch. Beeil dich Lillie, damit wir wegkommen, bevor wir einschneien. Das sieht sehr nach Schneemassen aus."

Das konnte doch nicht wahr sein, es schneite tatsächlich so heftig, dass man das Haus des Nachbarn nicht mehr erkennen konnte. „Vielleicht wäre es besser, wenn wir das Auto stehen lassen und mit dem Zug fahren?"

Ich kannte die Antwort schon vorher. „Quatsch, wir fahren mit dem Auto, das kleine Stück. Außerdem gibt es einen Winterdienst, die Hauptstraßen sind sicherlich frei."

„Aber vielleicht wäre es trotzdem sicherer?", versuchte ich kläglich einzuwenden, aber ich wusste, dass ich keine Chance hatte. Die Faust, die sich in meinen Magen gebohrt hatte, drückte heftiger. Die silberne Melodie kehrte in mein Gedächtnis zurück.

Unser Gepäck war schnell in dem Kofferraum verstaut und wir saßen im Auto. Um uns herum wirbelten die dichtesten Schneeflocken, die man sich vorstellen konnte. „Fahr bloß langsam", versuchte ich Peter zu erinnern. Aber er antwortete mir nicht. Also behielt ich meine weisen Ratschläge für mich und rutschte etwas tiefer in den Sitz. Sollten die Außerirdischen dann angreifen, war ich wenigstens gewarnt. Peter fuhr äußerst vorbildlich. Kaum ein Auto kreuzte unseren Weg. Wahrscheinlich waren die anderen vernünftiger als wir. An den Seiten türmten sich riesige Berge von Schnee, man konnte nicht einmal sehen, was sich dahinter verbarg. Wir kamen nur langsam voran, niemand sagte ein Wort. Leise surrte das Radio und brachte etwas Abwechslung in die anstrengende Tour. Wir waren schon ein gutes Stück vorangekommen, als Peter plötzlich fragte: „Hast du den Braten mitgenommen?“

Jetzt rutschte ich vor Schreck tatsächlich noch etwas tiefer in den Sitz und schalt mich einen riesigen Dummkopf. Natürlich hatte ich in der Hektik unserer Abreise den Topf Fleisch stehen lassen. Peter musste wohl an meiner Gesichtsfärbung erkannt haben, dass seine Frage berechtigt war.

„Das kann doch wohl nicht wahr sein. Sag bloß, der steht tatsächlich noch zu Hause?“ Und ob der noch zu Hause stand. „Das kann nicht sein“, wütend schnaubte er und riss das Lenkrad zur Seite. Vielleicht etwas zu heftig, denn plötzlich rutschte das Auto und Peter drehte wie verrückt am willenlosen Steuer. Wir fuhren zum Dreivierteltakt des Wiener Walzer, eins, zwei, drei, eins, zwei, drei ... und so weiter. Jeder Takt eine Drehung, schön langsam und sacht. Eins, zwei, drei, eins, zwei, drei ... Obwohl Peter wild die Drehungen konterte, rauschten die Schneemassen an uns vorbei. Eins, zwei, drei, eins, zwei, drei...Ab und zu flog etwas Dunkles an meiner Fensterscheibe vorüber. Ich klammerte mich wie erstarrt am Türgriff fest und sah dem seltsamen Tanz zu. Wir drehten uns im Ballsaal der Schneekönigin, willenlos, hilflos. Eins, zwei, drei, eins, zwei, drei ...

Irgendwann verlangsamte sich der Tanz und die Bewegungen wurden sanfter, besinnlicher. Dann stand das Auto und eine ganze Weile sagte niemand etwas. Das Radio spielte immer noch die neuesten Hits und die Moderatoren zählten die Stunden und Minuten zum großen Countdown. Peter durchbrach als erster die gespenstige Atmosphäre. „Da haben wir aber Glück gehabt. Ich glaube, es ist nichts passiert.“ Ich hörte seine

Stimme, aber sie war es auch nicht. Sie klang belegt, unwirklich. Jetzt erst merkte ich, dass ich den Türgriff immer noch umklammert hatte. Meine Knöchel waren weiß und alles Blut war in die untersten Gegenden meines Körpers gerutscht. Das alles nur wegen einem vergessenen Topf. Zugegeben, der Braten war ein nicht unwesentlicher Teil des Abendessens, aber einen Unfall war das ganze nicht wert. Wir hatten Glück, denn wir waren bei unserem unheimlichen Reigen nirgendwo angeeckt. Allmählich begannen sich meine Nerven zu beruhigen und das Leben kehrte zurück.

Ich hörte, wie Peter mehrere Male tief ein und wieder ausatmete. Außerstande auch nur einen vernünftigen Satz zustande zu bringen, lockerte ich den Griff und rückte etwas höher. Immer noch drehte sich die gesamte Umgebung, als wenn ein Film immer und immer wieder abgespult wird. Sehr langsam legte sich die Aufregung und mein Puls begann sich zu normalisieren. Ich sah Peter an und beobachtete, wie sich sein Brustkorb tief hob und senkte. Wahrscheinlich fühlten sich seine Knie ebenfalls wie Pudding an. „Das kommt nur davon, weil du so eine Hektik verbreitet hast. Außerdem hättest du ja genauso gut daran denken können“, versuchte ich mich kläglich zu verteidigen.

„Schon gut Lillie, es ist nichts passiert. Was machen wir jetzt, fahren wir noch mal zurück, oder fahren wir ohne den Braten weiter? Wie ich Rita kenne, hat sie eh zu viel vorbereitet.“

„Ich denke, wir werden nicht verhungern, das wäre schlimm, wenn wir bei dem Wetter die ganze Strecke noch mal zurück müssten. Hast du das Handy hier vorn? Da kann ich mal anrufen und sie fragen. Aber vermutlich hat sie ohnehin zuviel Essen da. Wie du schon sagtest.“

„Das Handy ist in der Tasche im Kofferraum, aber du brauchst nicht anzurufen, wir fahren weiter. Wir werden schon nicht verhungern."

„Ich denke auch, aber vielleicht hole ich das Handy doch lieber vor. Warte einen Moment."

Ich schlug meinen Rollkragen hoch und riss die Tür auf. Eisiger Wind spie mir ins Gesicht und kalter Schnee mischte sich in die heftigen Sturmböen. Es fühlte sich an wie dreißig Grad minus. Schnell rannte ich zur hinteren Seite des Autos und öffnete die Kofferraumklappe. Ich kramte das Handy hervor und schlug die Klappe zu.

Im selben Augenblick fuhr ein dunkler Jeep an mir vorbei, dessen Fahrer mit seiner schwarzen Sonnenbrille einen sonderbaren Eindruck auf mich machte. Geradezu grotesk mutete sein Outfit angesichts dieses Wetters an. Die hinteren Scheiben des Autos waren dunkel, vermutlich hatte der Besitzer sie mit einer Folie abgedunkelt. Er war so schnell an uns vorbeigerast, dass der aufgewirbelte Schnee mir jede weitere Sicht nahm. Ich schüttelte den Kopf über solch rücksichtsloses Verhalten und rannte zur Beifahrertür. Drinnen klopfte ich den Schnee von meinen Schultern und rieb die Hände aneinander. „Na prima, wir sitzen in einem Funkloch!"

„Hast du den Verrückten jetzt gesehen?", wollte Peter von mir wissen. „Ja, was war denn das für ein Irrer, hast du jemanden erkannt? Der ist gefahren, als wenn der Leibhaftige hinter ihm her wäre. Pass mal auf, in der nächsten Kurve liegt der vielleicht im Straßengraben."

„Stell dir vor, wir hätten jetzt eine Panne gehabt, oder steckten fest. Der Verrückte hätte uns durch seine Sonnenbrille nicht einmal gesehen. Dazu das Funkloch, na das hätte ja gepasst."

„Male den Teufel nicht an die Wand, wir fahren weiter."

Wir hatten uns beide etwas beruhigt und Peter startete den Wagen, der bei unserem Walzer einfach ausgegangen war. Er drehte den Schlüssel im Zündschloss, aber nichts geschah. Kein leises Tuck, tuck, kein noch so winziges Geräusch. Peter schaute mich mit einem Blick an, der Bände zu sprechen schien. Er machte eine kurze Pause und startete wieder einen Versuch. Fehlanzeige, nicht das kleinste Geräusch war zu hören. Bei unserem Tanz war der Motor ausgegangen und jetzt sagte er kein Wort mehr. Ich starrte auf das Handy, auf dem die Balken, die den Empfang anzeigten, fehlten. Als hätte ich es geahnt, das Auto sprang nicht an und dazu ein Funkloch. Dann rast ein Verrückter an uns vorbei und der Braten stand zu Hause. Wenn das mal nicht genug der bösen Geister waren.

2. Teil

Er hatte den Kopf auf die Innenflächen seiner beiden Hände gelegt und stützte die Ellenbogen auf den Knien ab. Sein Blick war leer und irgendwie irre. Achim stierte vor sich auf den Boden und schien Löcher in den Belag zu brennen. Eine kleine rote Lache hatte sich um seine Füße gebildet, begann langsam zu versickern. Aber er bemerkte sie nicht, denn seine Augen schienen einen Schleier zu haben. Er wusste nicht, wie lange er dort gesessen hatte. Jedes Zeitgefühl war ihm verloren gegangen. Seine Gedanken liefen nur in seinem Kopf ab. Alles um ihn herum war nur da draußen. Die Pistole lag achtlos auf dem Boden, die rote Lache kroch langsam näher, wie um daran zu schnüffeln. Aber kurz bevor sie ihr Ziel erreichen konnte, wurde das Rinnsal langsamer, schien im Boden zu versickern.

Sein Vater war tot. Er war eines Tages aus dem Haus gegangen, um nie wieder zu kommen. Mutter war schrecklich wütend, schimpfte ihn einen Nichtsnutz, einen Faulenzer. Täglich erfand sie neue Schimpfwörter, die sie als Begrüßung jeden Morgen über den Frühstückstisch ergoss. Am Abend war es das Schlaflied, dass sie Achim sang. „Merke dir gut, was dein Vater uns angetan hat, jetzt muss ich dich allein großziehen. So sind die Männer, sie wollen nur das eine. Dann sitzt man mit einem Balg allein da und muss zusehen, wie man zurechtkommt. Werde bloß nicht wie dein Vater.“ Es klang wie eine Drohung. Jedes einzelne Wort, jeder Buchstabe hämmerte sich in sein Gedächtnis. Jedes Wort, jeder Buchstabe wurde mit einem winzigen Hammer in sein Herz getrieben, hinterließ ebenso winzige Narben.

Sie sah ihren Sohn vorwurfsvoll an, jeden Morgen rutschte er ein winziges Stück nach unten auf seinem Stuhl, so als könnte er in ihm versinken. Irgendwie hatte er dann das Gefühl, dass er an allem die Schuld trug. Was war es, das der Vater ihr angetan hatte? Achim konnte sich den Kopf zerbrechen, aber er kam nicht darauf.

Manchmal starrte er seine Mutter lange an, um irgendeine Verletzung zu entdecken. Aber meistens merkte sie es und schimpfte mit ihm. „Was starrst du Löcher in die Luft, du bist schon genau so ein Träumer wie er. Merke dir eins, ich werde dich nicht ein Leben lang durchfüttern. Bilde dir bloß nichts ein!“

Mutter setzte die Schimpfparaden fort, bis eines Tages die Polizei vor der Tür stand. Sie hatten seine Leiche gefunden. Er war von der Brücke in die Elbe gesprungen und hatte Achim seinem Schicksal überlassen. Das Wasser trug seine Leiche weit davon. Manchmal glaubte Achim, dass sein Vater so viel Kilometer wie möglich zwischen sich und seine Mutter bringen wollte. Vielleicht wurde er deshalb lange Zeit nicht gefunden.

Nicht das seine Mutter jetzt mit den Beschimpfungen aufgehört hätte, nein, jetzt änderte sich nur die Tonart. „Das sieht ihm ähnlich, will unbedingt einen großen Auftritt haben. Alle zeigen mit dem Finger auf uns. Was der sich bloß einbildet.“ Sie redete und schimpfte jeden Morgen und jeden Abend. Allmählich gewöhnte sich Achim an die verhassten Worte, hörte nicht zu. Das einzige, was blieb, war der schale Geschmack, auf dieser Welt nicht willkommen zu sein.

Aber da war noch etwas anderes: Die Erinnerung an die schöne Zeit, an die vielen Tage, die er mit seinem Vater verbracht hatte. Manchmal holte ihn Vater aus der Schule ab. Sie liefen den weiten Weg nach Hause, blieben bei allen möglichen Gelegenheiten stehen, sahen den Spatzen zu, wie sie in den Pfützen badeten. Am liebsten waren sie in den wärmeren Monaten im Park.

Mächtige Kastanien standen dicht gedrängt, spendeten wohltuenden Schatten. Die Wege schlängelten sich um einen großen See, in dem sich die Sonne golden spiegelte. Viele Enten, Schwäne und andere Wasservögel tummelten sich auf dem glitzernden Wasser. Die Bäume standen sehr nahe am Ufer, so dass es aussah, als wenn manche Äste in den See eintauchen wollten. Sie beugten sich tief herab, als wollten sie sich am kühlen Nass laben. Grün gestrichen Bänke luden zum verweilen ein, Ruhe und Geborgenheit schien von diesem Ort auszugehen. Er hatte etwas Magisches, Geheimnisvolles. Vielleicht lag das daran, dass sich die Sonnenstrahlen mühsam einen Weg durch das dichte Laub der Kastanienbäume suchen mussten. Sanfter Wind trieb die Äste durcheinander. Licht und Schatten spielten eine zarte Melodie. Wenn es geregnet hatte, schillerte das Moos in allen Regenbogenfarben, es sah aus, als wenn Feen ihre Diamanten auf dem Fußweg verstreut hätten. Alles strahlte in unermesslicher Schönheit und Harmonie.

Sein Vater war ein sehr stiller Mann. Sie redeten nie sehr viel, das war auch nicht nötig, denn sie verstanden sich auch so.

Manchmal standen sie am Ufer, sahen den Tieren

beim Baden zu und ließen sich treiben. Das Wasser kräuselte sich leicht, wenn der Wind sacht durch die Äste fuhr. Es war, als wenn sich das Raunen der Blätter im See spiegelte. Der See schien dem Wind zu antworten, aus den Tiefen murmelten geheimnisvolle Botschaften. Ab und zu nahm sein Vater einen glatten, flachen Stein in die Hand, beugte sich leicht zur Seite und ließ den Stein über die sich kräuselnden Wellen reiten. Achim war entzückt, wie der Stein über das Wasser hopste, fast ohne es zu berühren. Beinah sah es so aus, als wenn der Stein schweben würde. Die einzigen, die das störte, war die Entenfamilie, die sich laut protestierend davon machte.

Einmal beobachtete Achim gedankenverloren die springenden Steine auf ihrem Weg über das Wasser. Es hörte nicht auf. Der Stein sprang und sprang, so als wollte er seinen Weg ohne Ende fortsetzen. Entgegen den Gesetzen der Natur nahm er an Kraft und Geschwindigkeit zu, wurde schneller und schneller. Wie gebannt verfolgte Achim den glatten, grauen Stein. Er überquerte fast den gesamten See. Sein Vater bemerkte es nicht, er war mit der Suche nach einem neuen Stein beschäftigt.

Mit jeden Zentimeter, den der Stein weiter hopste, rutschte Achim ein Stück weiter nach vorn. Ungläubig blieb ihm der Mund offen stehen. Der Stein versank am anderen Ufer. Dann sah er sie. Direkt am anderen Ufer standen neun Reiter mit langen, wehenden Haaren. Die Mähne ihrer wilden Pferde war beinah so lang wie die Rösser selbst. Gebannt starrte Achim auf das andere Ufer. Ohne den Blick von ihnen zu wenden, zupfte er seinen Vater wild am Arm. „Vati, Vati, siehst du die da drüben?“ Seine Stimme klang heiser und etwas belegt, so als traute er sich nicht lauter zu sprechen. Irgendwie hatte er Angst, denn die Reiter blickten zu ihnen herüber. Er konnte ihren finsteren Gesichtsausdruck fühlen.

„Was soll ich sehen Achim?“ Sein Vater beugte sich herunter, folgte mit den Augen dem ausgestreckten Arm, der auf die andere Uferseite zeigte. Achim wirkte blasser und zerbrechlicher als sonst. Vergeblich suchte sein Vater auf dem anderen Ufer nach einer Gefahr, die sein Sohn zu bemerken schien. Aber da war nichts, alles lag so ruhig wie zuvor. Achim hielt sich an den Hemdsärmel seines Vaters gekrallt, so als könnte er dort Halt und Sicherheit finden. Auf dem See zogen stille Kreise über das Wasser, der Stein war längst versunken, aber noch immer waren sie zu sehen. Sonst herrschte gespenstige Stille. Nicht einmal das Entenpärchen schimpfte wie gewohnt.

Die Reiter hatten ihre Pferde fest am Zügel, manche zogen sie heftig nach hinten, so dass sie laut wieherten und dann den Befehl folgten. Aber ihre Stimmen verhallten, ehe sie das andere Ufer erreichten. Tief in seinem Inneren spürte Achim ihr Echo. Schon dachte er, dass sie sich jetzt umdrehen und davon reiten würden. Aber da hatte er sich getäuscht. Sie wechselten nur die Plätze und beobachteten weiter Achim und seinen Vater. Deutlich konnte Achim erkennen, dass die Reiter und ihre Pferde die gleiche grau-weiße Färbung hatten. Sie schienen durchsichtig, beinah wie milchiges Glas zu sein. Sie sahen aus wie ihr eigener Schatten. Es war das erste Mal, dass er sie sah.

Gesichter konnte Achim nicht erkennen, dafür war die Entfernung zu groß.

Ihre Kleidung bestand aus einem langen, wehenden Umhang, der irgendwie modrig aussah, beinah wie ein zerfetzter, alter Sack. Oben wurde der Umhang von einer breiten Brosche gehalten, die immer wieder aufblitzte, wenn sich die Sonne darin spiegelte. Der Umhang war sehr lang und reichte über den Rücken des Pferdes beinah bis auf den Boden. Er bedeckte fast das gesamte Tier, so dass nur wenig zu erkennen war. Ihre Beine steckten in grau-weißen Stiefeln, die aber genauso löchrig waren wie der Umhang. Von den Hosen war nur ein kleines Stück zu sehen, aber es glich in der Farbe dem Umhang und den Stiefeln. Nur das lange, wehende Haar der Reiter war eine Nuance dunkler als die sonstige Erscheinung.

Sie tänzelten durcheinander, aber auf einmal hatte Achim das Gefühl, sie würden sich am Ufer formieren. Achim hielt den Atem an, seine Hand krallte fest im Ärmel. Sein Vater spürte die Angst, die Achim aus allen Poren schoss. Aber er konnte nichts entdecken. Schon leiteten die ersten Reiter ihre Rösser an das Wasser, die ersten, wagemutigsten setzten ihre Beine auf. In diesem Moment riss der empörte Schrei des Entenvaters Achim aus seiner Trance und der ganze Spuk war vorüber. Sein Vater sah ihn besorgt an. Was geschehen war, wollte er wissen. Aber was sollte er darauf antworten. Noch einmal wagte Achim einen Blick auf das andere Ufer. Aber da war nichts zu sehen. Stille Kreise zogen über das Wasser und leise raunte der Wind über den See.

Von diesem Tag an war Achim nicht mehr gern im Park. Nach und nach ließ die Angst nach und die schönen Stunden am See waren beinah wieder wie sonst.

Sie saßen auf einer der grünen Bänke, blickten über das Wasser, darüber hinweg, über die Wipfel der mächtigen Kastanien ins Unendliche. Ungesagte Worte wanderten zwischen ihnen hin und her, er sah den traurigen Blick in den Augen des Vaters und verstand. Manchmal bemerkte er das sehnsüchtige Funkeln, den Blick der in die Ferne schweifte, um im nirgendwo zu verharren. Es war, als wenn sich die Sonnenstrahlen in den Augenwinkeln verfangen würden. Dann spürte Achim die Ferne, die Freiheit. Sie war wie eine Fata

Morgana, ein schönes, blasses Bild, das bei Tageslicht verschwindet.

Diesen wunderschönen Tag Mitte Juli würde Achim nie wieder vergessen. Es war Sommer und draußen war es sehr heiß. Achim war gerade erst neun Jahre alt geworden. In diesen Tagen brach ein Hitzerekord den anderen, kaum ein Mensch war in den Straßen zu sehen. Alles stöhnte unter der Hitze der vergangenen Tage, sie schienen kein Ende zu nehmen.

Sogar Renate Walter schimpfte weniger als sonst, sie begnügte sich mit finsterer Miene am Tisch zu sitzen und aus dem Fenster zu starren.

In dieser Nacht war es so heiß, dass Achim nicht schlafen konnte. Er öffnete das Fenster weit, aber es drang nur stickige, heiße Luft in das Zimmer. Sein Kopfkissen war durchgeschwitzt und das Hemd klebte ihm auf dem Leib.

Am Abend zuvor war er unfreiwilliger Zeuge eines Streites seiner Eltern geworden. Eigentlich hatte er schon geschlafen, er erinnerte sich nicht daran, wie spät es war. Es war ein unruhiger Schlaf, er sah Bilder aus längst vergessenen Tagen.

Sein Vater stand im Park am Teich und sucht am Boden nach glatten Steinen, die er dann auf den Weg über das Wasser schickte. Achim saß auf der Bank und sah der Entenfamilie zu, die sich über das Brot hermachte, das er ihnen zuwarf.

Plötzlich erhob sich das Entenmännchen und flog fürchterlich schimpfend weg. Die restliche Familie schwamm so schnell wie möglich davon. Staunend sah Achim hinterher, aber im gleichen Moment wurde ihm klar, vor was sie erschrocken waren.

Die Schattenreiter standen am anderen Ufer, sahen zu ihnen herüber. Etwas Kaltes, Finsteres ging von ihnen aus. Achim hatte die kurze Begegnung damals im Park beinah wieder vergessen. Jetzt standen sie ihm gegenüber, die Entfernung war minimal. Der See wirkte viel kleiner als sonst.

Plötzlich saß er schweißgebadet in seinem Bett und glaubte die Schattenreiter zu sehen. Er war völlig verwirrt.

Aber im nächsten Moment erinnerten ihn die Stimmen seiner Eltern daran, dass es Nacht war, und er eigentlich schlafen müsste. Trotz der lastenden Hitze fröstelte es ihn. Die Gardine vor dem geöffneten Fenster wehte sacht. Ein leichter Luftzug schlug sie immer wieder zur Seite. Achim starrte auf die sich bewegende Gardine. Silbern leuchtete der Mond auf die zurückgeschlagene Bettdecke. Die Schatten der Reiter warfen ihr graues Licht an die Wände.

Plötzlich hörte er ein Knacken, das von den altersschwachen Dielen im Treppenhaus kam. Leise setzte er seine Füße vor das Bett auf den Boden, tippelte an die Tür und öffnete sie vorsichtig.

„... für ein Nichtsnutz, andere Männer gehen arbeiten, aber du starrst immer nur Löcher in die Luft!“ Achim hörte die leicht kreischende Stimme seiner Mutter, und er erkannte an der Tonlage, dass das Gespräch sich schon in einem fortgeschrittenen Stadium befand. Dann hörte er ein leises Brummeln, das er von seinem Vater kannte. Für gewöhnlich war nur seine Mutter zu hören, Vater antwortete entweder gar nicht, oder nur sehr wenig und sehr leise. „Dein feiner Herr Sohn wird schon genauso wie du, die anderen Jungen in seiner Klasse hocken auch nicht den lieben langen Tag zu Hause. Die können sich beschäftigen. Aber Achim ist zu nichts in der Lage.“

Jetzt wurde die Stimme seines Vaters lauter. „Lass Achim aus dem Spiel, was kann er dafür, dass du nicht fähig bist, andere Menschen zu lieben. Dein eigener

Sohn, überlege dir, was du sagst!“

Irgendetwas in der Stimme seines Vaters klang anders als sonst, etwas schärfer. Einen Moment lang herrschte bedrückendes Schweigen. Dann öffnete sich laut quietschend die Zimmertür und sein Vater stürmte über den Gang. Achim drückte sich mit pochenden Herzen an die Wand und hielt die Luft an. Tränen tropften aus seinen Augen und sammelten sich an seiner Nasenspitze. Dann fielen sie auf sein Schlafhemd. Aber das war eh schon durchgeschwitzt, so dass es nicht weiter auffiel. Aber es fiel ja sowieso nie Jemanden auf.

Er blieb ein paar Sekunden an der schützenden Wand und schlich sich dann in sein Zimmer zurück. Die Schatten der Reiter auf den grauen Pferden hingen noch immer in den Winkeln des Raumes. Achim saß in der äußersten Ecke seines Bettes und beobachtete weiter die wehende Gardine. Er wusste nicht, was er tun sollte, wenn die Reiter wieder kamen.

Sein Vater war, wie immer nach den Streitereien mit seiner Mutter, aus dem Haus gegangen. Irgendwann in der Nacht kam er zurück. Achim spürte bis in sein Zimmer den Atem seines Vaters. Seine Mutter würde ihn am nächsten Morgen wie immer erzählen, welch einen schlimmen Vater er hatte. Aber das kannte er schon.

Zum Glück waren die letzten beiden Unterrichtsstunden frei und Achim konnte nach Hause gehen. Das Gespräch seiner Eltern heute Nacht, er fühlte sich wie zerschlagen. Seine Mutter war nicht zu Hause. Die anderen Jungen trafen sich zum schwimmen, aber Achim mochte nicht mit ihnen gehen. Meistens hänselten sie ihn, nur weil er der kleinste Junge in der Klasse war. Vielleicht lag das daran, dass er jeden Morgen ein Stückchen tiefer in den Stuhl rutschte. Er schien nach innen zu wachsen bei jedem Wort, das wie ein winziger Hammer auf seinen Kopf niedersauste.

Außerdem war er nicht besonders gut in der Schule, obwohl er es durchaus sein konnte. Aber wozu sich anstrengen? Er wusste es von seiner Mutter, er war ein Nichtsnutz, wie sein Vater. Jeden Tag hatte sie es ihm eingetrichtert. So lange, bis er selber daran glaubte.

Achim trottete nach Hause und saß in der Küche, um das Mittagessen hinunter zu schlingen. Es gab kaltes Hühnchen und Brot. Seine Mutter hatte es am Morgen in den Kühlschrank gestellt und ihn ermahnt, ja alles aufzuessen. Dann folgte eine nicht endend wollende Klage über die Verschwendung in der Welt, über die hungernden Kinder, über das Elend, von dem sie glücklicher Weise verschont blieben. Mit jedem Bissen, den er herunter würgte, verschluckte er ein paar Worte. Schwer kaute er an den Klagen und alles wurde nur noch mehr in seinem Mund.

Plötzlich stand sein Vater mit stark errötetem Kopf in der Tür, atmete schwer, als wenn er die Straße herunter gerannt wäre und schaute seinen Sohn an. Leichter Alkoholdunst wehte durch den Raum. Achim hielt den kalten Hähnchenschenkel in seiner Hand und starrte auf den Vater. Es kam ihm so vor, als wenn Stunden vergehen würden. Aber in Wirklichkeit waren es nur wenige Sekunden. Sekunden, in denen Achim alles sah. Er sah den gehetzten Blick seines Vaters, die Verzweiflung, die Angst. Aller Glanz, alles Leuchten war erloschen.

Instinktiv wusste er, dass dieser Tag sein weiteres Leben entscheidend verändern würde. Sein Vater war sein einziger Vertrauter, sein einziger Freund. Er verstand ihn, auch wenn sie nie darüber sprachen. Es war wie ein unsichtbares Band, das ihre Gedanken geknüpft hatten. Unausgesprochene Worte wanderten mit den Blicken hin und her.

Ich weiß, dass du mich brauchst, aber versuche mich zu verstehen. Ich kann so nicht weiterleben. Ich liebe dich.

Dann kam sein Vater auf ihn zu, immer noch hielt Achim den kalten Hähnchenschenkel in der Hand. Er nahm seinen Sohn in den Arm, drückte ihn sehr heftig an sich. Dann gab er ihm einen Kuss auf die Stirn, die Augen starrten seltsam in die Ferne. Es war nicht dieser verträumte Blick, den Achim so mochte, es war ein fremder Blick, aller Hoffnung beraubt. Wortlos drehte er sich um und verließ das Haus, sie sollten sich nie wieder sehen.

Für einen Moment glaubte er die Schatten der nächtlichen Reiter zu sehen, die zu ihm herüber starrten. Achim saß wie erstarrt auf dem Stuhl, zur Untätigkeit verdammt. Heiß liefen die Tränen die Wangen herunter, heiß brannte der Kuss auf der Stirn. Wie ein Brandzeichen markierte er diesen Tag auf immer und ewig in sein Gedächtnis.

In dieser Nacht kehrten die Schattenreiter zurück. Es war die heißeste Nacht des Jahres und Achim wälzte sich aufgeregt auf seinem verschwitzten Laken. Er fand keinen Schlaf, die Gedanken jagten wild durch seinen Kopf. Immer wieder lauschte er, ob sein Vater doch nach Hause kommen würde. Aber im Grunde genommen wusste er, dass er für immer gegangen war. Später fiel er in einen unruhigen Schlaf.

Plötzlich standen sie wieder vor ihm, diesmal betrug die Entfernung keine zehn Meter. Die Schattenreiten saßen hoch erhobenen Hauptes auf ihren grau-weißen Rössern, Nebel quoll aus den Nüstern. Sie hatten die gleichen Umhänge über den Schultern. Die Brosche, die sie zusammenhielt, glänzte im kalten Licht des vollen Mondes. Achim konnte durch die Reiter hindurch sehen. Dunstiger Nebel verwischte die Umgebung, sie waren unwirklich, fast unsichtbar. Sie kamen über das Wasser. Jede Berührung mit der Wasseroberfläche ließ einen kleinen Kreis entstehen, der sich langsam ausbreitete. Sie fixierten ihn mit ihren düsteren Blicken, ließen ihn keinen Moment aus den Augen. Mit jedem Atemzug kamen sie näher, Achim versuchte zu gehen, aber er konnte seine Beine nicht bewegen. Jetzt waren sie schon auf seiner Seite des Sees, er spürte den leichten Alkoholatem seines Vaters neben sich. Jetzt waren die Reiter so nah, dass er deutlich ihre Gesichter sehen konnte. Beinah skelettartig spießten die scharfen Wangenknochen unter der pergamentartigen Haut. Die Augen lagen in tiefen Höhlen und dünne Haarfäden schlängelten sich um die hageren Gesichter. Sie hatten eine Kapuze über den Kopf gezogen, und kamen so nahe, dass ihn der Atem der durchsichtigen Rösser ins Gesicht schlug. Unerwartet wendeten sie ihre Pferde und ritten auf seinen Vater zu. Sie umringten ihn und zogen den Kreis immer enger. Irgendwie war ihm jetzt klar, dass sein Vater nie wiederkommen würde.

Nie erfuhr Achim, was seinen Vater veranlasst hatte, an diesem Tag wie ein gehetztes Tier davonzulaufen. Eine traurige Wahrheit wurde ihm zum Verhängnis, eine Wahrheit, an der er selber keinen Anteil hatte.

Sein Vater war wieder einmal arbeitslos, wie so oft. Zwar hatte er einen Beruf erlernt, wie es seine Eltern von ihm verlangt hatten, aber Beruf bedeutete nicht gleich Berufung. Schon seit er denken konnte, interessierte sich Alois Walter für das Puppenspiel. Als kleiner Junge war er fasziniert von dieser fremden, bunten Welt der Phantasie. Seine Eltern waren sehr arm, Alois eines von fünf Kindern. Es war undenkbar, dass er Geld besaß, geschweige denn Geld für Eintritt zum Puppentheater ausgeben konnte. Aber es gab immer einen Weg, sich unter die Zuschauer zu mogeln. Alois tauchte völlig ein in die Welt der Puppen. Er lauschte den Geschichten und wartete auf die spannenden Abenteuer, die sie bestehen mussten. Schon sehr früh reifte in ihm der Entschluss, später einmal Puppenspieler zu werden.

Aber da waren die vier jüngeren Geschwister, deren Hunger gestillt werden musste. Einen Vater gab es nicht. Alois war der Älteste in der Familie und musste den Lebensunterhalt verdienen. Irgendwie war nie Gelegenheit, seinen Traum zu erfüllen

In dieser Zeit traf er Renate, die sich für den scheuen Alois interessierte. Sie war recht hübsch, hatte eine tolle Figur und wusste immer etwas zu erzählen. Sie brachte es fertig, eine ganze Stunde hintereinander zu reden. Alois ließ sich einspinnen in das Geflecht aus schönen Worten und Schmeicheleien. Er glaubte, sie sei seine Chance, dem Alltag zu entkommen. Er hörte ihr zu, ließ sich treiben, glaubte sich in der fernen Welt der Puppen und der Magie. Wie konnte er auch ahnen, dass Renate jemanden brauchte, der nichts von dem Kind ahnte, dass sie bereits in sich trug. Renate hatte sich mit dem Sohn der Familie Winter eingelassen, wurde schwanger. Michael Winter wollte nichts von einem Kind und einer Ehe wissen. Renate fürchtete sich vor dem Zorn ihres Vaters. Niemals durfte er etwas davon erfahren. Da kam ihr der verträumte Alois gerade recht. Er schien nichts von ihrer Schwangerschaft zu bemerken. Renate lullte ihn ein und brachte ihn dazu, sie zu heiraten. Alois dachte, dass der Junge, den sie in einer Frühgeburt auf die Welt brachte, sein Sohn wäre. Der kleine Achim war nicht sehr willkommen.

Renate hatte sich in den gut aussehenden Michael Winter verliebt, fühlte sich geschmeichelt, als er sie umgarnte. Sie hatten sich draußen an der Scheune getroffen. Michael streichelte sie, drückte sie mit sanfter Gewalt in das duftende Heu. Sie hörte die schönen Worte, fühlte seine Besessenheit, die sich hart an ihren Bauch drängte. Renate war verliebt, sie merkte kaum, dass Michael Winter sehr hart, beinah rücksichtslos seine Gier befriedigte. Für sie war es das erste Mal, aber sie dachte, dass es so sein müsste. Michael lag auf ihr, die Hitze des Sommers schwelte in der alten Scheune. Schweiß schoss aus allen Poren ihres Körpers, sein Jauchzen klang unheimlich. Später wusste sie auch, warum er so laut seine Lust hinausposaunte. Draußen warteten seine Freunde, um seine neueste Eroberung zu zählen. Sie war die Nummer dreiunddreißig in einer traurigen Reihe noch traurigerer Mädchen. Michael wollte es in diesem Sommer auf mindestens fünfzig Mädchen bringen, mit denen er geschlafen hatte. Er musste die Wette gewinnen, die er mit seinem Kumpel Georg geschlossen hatte.

Noch Jahre später hörte Renate das Lachen, die Worte von Michael, als das riesige Scheunentor aufgerissen wurde. Sie sah verdutzt in die Gesichter, die sie anstarrten. Sie sah das Grienen auf dem Gesicht von Michael. „Komm schon, stell dich nicht so an, das war doch nur ein Spiel. Dir hat es doch auch Spaß gemacht? Gib es zu, du geiles kleines Mädchen.“ Dann beugte er sich zu ihr herab, leckte mit seiner feuchten Zunge über ihre Wangen, Schweiß tropfte von seiner Nase. Eine Woge von Ekel schüttelte ihren Körper. Sie versuchte Michael von sich herunter zu stoßen, aber er lachte nur. Renate fing an zu zittern und zu schreien. Schallend krachte seine Hand auf ihre Wange. Noch Jahre später spürte sie diese Stelle. Schlagartig wurde sie ruhig, aber eher vor Entsetzen, als vor Resignation.

„Na also“, frohlockte Michael, „dir hat es doch auch Spaß gemacht, oder?“ Dann rollte er sich zur Seite, zog sich die Hose hoch und ging zu seinen johlenden Freunden.

Lange starrte Renate in das funkelnde Abendrot, dass die Nacht in eine bizarre Stimmung tauchte. Etwas war an diesem Abend zerbrochen. Das Kind, das in ihrem Bauch wuchs, erinnerte Renate jeden Tag an diesen verhängnisvollen Abend in der Scheune. Manchmal konnte sie seinen Anblick nicht ertragen. Achim war das Ergebnis einer Nacht, die sie für immer aus ihrem Gedächtnis streichen wollte.

Achim wusste nichts von alledem. Er ahnte nicht, dass sein Vater nicht sein richtiger Vater war. Er ahnte auch nicht, dass seine Mutter Alois an diesem heißen Abend die Wahrheit ins Gesicht spie.

Verbittert, vom Hass gezeichnet, konnte sie das bisschen Glück ihres Mannes nicht ertragen, er liebte seinen Sohn. Achim hatte den Streit der Eltern gehört. Sonst beruhigten sie sich nach ein paar Tagen. Aber diesmal war es anders. Renate lief ihrem Mann hinterher. Sie war wütend. Draußen, am Ende der Straße, wo der Weg zum Park beginnt, holte sie Alois ein. Sie schrie ihn an, dass er sich nicht davonschleichen sollte. Aber Alois reagierte einfach nicht. Das steigerte ihre Wut nur noch mehr. Sie schleuderte ihm die Worte ins Gesicht. „Achim ist nicht dein Kind, du bist ja nicht mal in der Lage ein Kind zu zeugen. Soll ich dir sagen, wer der Vater des Kindes ist?" Renate kostete den Augenblick aus, sie weidete sich an dem fassungslosen Gesichtsausdruck, den sie bei ihrem Mann entdeckte. „Michael Winter ist der Vater von Achim. Ich wünschte mir, ich hätte es dir schon lange gesagt."

Plötzlich herrschte eisiges Schweigen. Weiter draußen im Park schrie der Entenvater. Er war erschrocken. Wolkenfetzen verdunkelten den Mond, aber schon im nächsten Augenblick waren sie weitergezogen. In dieser Nacht war das Wasser aufgewühlt. Kleine Kreise, wie von einem geworfenen Stein, breiteten sich aus. Es war unruhig am See, als wenn sich aus den Tiefen murmelnde Antworten den Weg nach oben bahnten. Schatten tanzten über das wogende Wasser.

Renate geiferte und schimpfte, bis ihr ein kleines

Rinnsal aus Speichel und Wut an der Seite aus dem Mund herunter lief. Ihr Gesicht war rot vor Zorn und die Augen schienen aus den Höhlen zu treten. Er sollte leiden, sie wollte es sehen, dass er leidet, genau wie sie. Im Laufe der Jahre vermischte sich das Bild der Männer in ihrem Leben. Alois war gleich Michael. Es war egal, wie ein Mann hieß. Sie waren alle gleich. Dass er nicht reagierte, steigerte ihre Wut nur noch mehr. Später erinnerte sie sich kaum noch daran, was sie gesagt hatte. Die Worte kamen aus ihr heraus, ohne dass sie die Kontrolle besaß. Es waren böse Worte, sie sollten ihn treffen. Wie winzige Speerspitzen bohrten sie sich tief in sein Herz. In diesem Moment hörte er auf zu leben.

Alois mochte seinen Sohn, er spürte, dass er das gleiche Verlangen in sich trug, wie er selbst. Vielleicht gelang es ja Achim auszubrechen aus dem tristen Einerlei. Vielleicht gelang es *seinem* Sohn die Träume zu verwirklichen. Aber dann kamen diese Worte, die ihm seine Frau ins Gesicht schleuderte. *Achim ist nicht dein Sohn.* In diesem Moment, als er die Wahrheit erfuhr, zerbrach das letzte bisschen Hoffnung, der letzte Funke verlosch in seinen Augen. Nichts machte mehr einen Sinn. Alois war verwirrt, aber im gleichen Augenblick fasste er einen Entschluss. So konnte er nicht weiter leben. Wortlos kehrte er Renate den Rücken.

Am nächsten Tag ging er nach Hause. Achim saß in der Küche und aß sein Mittagessen. Er sah ihn an, suchte nach einem Zeichen. Lag ein Fünkchen Hoffnung in seinen Augen? Ungesagte Worte wanderten durch Raum und Zeit, sie starrten einander an. In diesem Moment wusste Alois, dass er nie eine Chance hatte. Er konnte es nicht ertragen an der Seite einer Illusion zu leben. Ein letztes Mal drückte er Achim an sich, ein letztes Mal spürte er den zu kleinen Körper. Aber da war er schon nicht mehr anwesend. Die Gedanken eilten ihm voraus, wanderten weit weg in eine ferne Welt. Nur ein letzter Kuss trennte ihn von besseren Zeiten.

Seit sein Vater fortgegangen war, glich ein Tag dem anderen. Namenlose Stunden reihten sich aneinander, er suchte vergeblich in den Augen der Mutter nach dem vertrauten Leuchten, nach der Spur Freiheit und Liebe, die er schmerzlich vermisste.

Graue, triste Tage reihten sich in einer endlosen Kette aneinander. Mechanisch lebte Achim sein Leben. Irgendwie hatte Achim das Gefühl, dass die Zeit an dem Tag stehen geblieben war, als ihn sein Vater das Brandzeichen auf die Stirn drückte. Die Jahre vergingen, ohne dass er es bemerkte.

Die anderen Kinder in der Schule ließen ihn jetzt meistens in Ruhe, hänselten ihn seit dem Tod des Vaters weiniger als zuvor. Aber das hätte ihn sowieso nicht interessiert.

Dafür gab es einen Lehrer, Herrn Schmidtke, der ihm das Leben schwer machte. Achim war nicht besonders gut in der Schule. Er spürte keinen Drang zum Lernen. Schmidtke holte ihn immer im passenden Moment aus seiner Lethargie. Es gab genügend Gelegenheiten den anderen zu demonstrieren, wie man sich eine schlechte Note einhandeln konnte. Immerhin waren sie keine Kinder mehr. Mit ihren vierzehn Jahren sollten sie intelligent genug sein, ihr eigenes Leben in die Hände zu nehmen.

„Achim, würdest du bitte nach vorn kommen, und uns dein unübertroffenes Wissen über den Aufbau der Atome mitteilen?“ Dazu lächelte Herr Schmidtke spöttisch in die Runde, musterte jeden Schüler genau und blieb dann bei Achim hängen. „Nun, ich warte. Würdest du bitte nach vorn kommen.“

Jetzt konnte er sich kaum noch halten, hämisches Grinsen breitete sich über das ganze Gesicht aus. Sein Blick ruhte auf Achim. Er hatte die Wahl, sich vor der

Klasse zu blamieren, oder Schmidtke den Triumph zu gönnen, ihm gleich eine schlechte Note zu verpassen. Schmidtke gewann auf jeden Fall. Irgendwann vor langer Zeit war noch so etwas wie ein Wille in seinem Körper. Aber manchmal schien es, als wäre dieser in den eisigen Fluten des Flusses mitsamt dem Vater untergegangen. Achim stellte fest, dass es bequemer war, die Vögel auf dem Fensterbrett zu beobachten. Schmidtke würde ihn sowieso bloßstellen.

„Schau einmal an, unser Musterschüler Achim Walter glänzt wieder einmal durch geistige Abwesenheit. Bitte schön, wenn du es vorziehst aus dem Fenster zu starren, kann ich dir deine Note auch so eintragen." Das war die eine Möglichkeit, die andere Variante folgte in ähnlicher Art.

„Nun Herr Walter, dürfte ich dich bitten, uns die Formel an der Tafel zu erläutern!" Meistens endeten diese Versuche im totalen Fiasko für Achim. Er stand vor der Klasse, die ihn mit neugierigen Blicken musterte. Achim spürte die Niederlage. Formeln und Zahlen tanzten auf der Tafel herum, Blicke brannten in seinem Rücken. Das zynische Grinsen des Lehrers verfolgte ihn für den Rest des Tages. Er hatte verloren, egal was er tat.

Das Gezeter der Mutter ergoss sich wie gewöhnlich jeden Morgen und jeden Abend über den Tisch. Achim hörte es kaum noch. Allmählich wurde er Alois immer ähnlicher, obwohl sie nicht einmal verwandt waren. Aber das wusste er ja nicht.

Er schaute aus dem Fenster, sah die Vögel draußen in der Freiheit fliegen. Einmal wie ein Vogel einfach auf und davon fliegen. Er träumte mit offenen Augen, die bösen Worte der Mutter ergossen sich wie ein kleines Rinnsal.

Er war froh, als er endlich die Schule verlassen konnte. Seine Mutter hatte ihm eine Stelle besorgt, an der Jugendliche mit schlechten Zeugnissen eine überbetriebliche Ausbildung absolvieren konnten. Sie wurden geschult im Umgang mit Werkzeugen verschiedenster Art, das Hauptaugenmerk galt der Schlosserei. Später konnte er sich weiter qualifizieren, er hatte nicht einmal so schlechte Voraussetzungen.

Leider gab es auch in der Berufsschule einen Herrn Schmidtke. Zuerst störte es ihn gewaltig, denn für einen Augenblick war er aus seiner Starre erwacht und glaubte so etwas wie ein Licht zu sehen.

Gleich am ersten Tag in der Berufsschule hatte er sich mit Ulf Mähnert angefreundet. Ulf stand etwas abseits von den anderen. Er war zu dünn für sein Alter und vielleicht auch etwas zu groß. Seine langen Arme baumelten an den Seiten herunter. Es machte ihn große Mühe, alle Bewegungen zu koordinieren. Der leicht gebeugte Gang und der Ansatz zu einem krummen Rücken gaben seiner Gestalt ein bizarres Aussehen. Seine Haarfarbe konnte man nicht genau bestimmen. Es war eine Mischung aus gelber und grauer Farbe, aber der Anteil an grauer Farbe schien sehr hoch zu sein. Ulf war kein besonders guter Schüler, stand meistens abseits von den anderen. Vielleicht verstand er sich deshalb auf Anhieb mit Achim. Beide waren Außenseiter.

Ulf Mähnert besaß eine beachtliche Sammlung wundervoller Waffen, das heißt, sein Vater besaß sie. Im Keller des Hauses der Familie Mähnert gab es einen Raum, der als Sammlungsraum diente. Hier lagen, verschlossen in einem Schrank, die tollsten Gewehre und Pistolen. Achim war beeindruckt von der Vielzahl der wunderbaren Gegenstände. Ehrfurchtsvoll nahm er eine alte Winchester in die Hand, musterte die glänzenden Beschläge. Er fühlte sich zurückversetzt in seine Zeit als Kind. Sein Blick wurde verklärt und entrückt der Zeit.

Er liebte all die alten, verstaubten Cowboyfilme. Er

liebte es, wenn die Helden der Serie lässig die Pistole aus dem Halfter zogen und ihr Gegenüber in Sekundenschnelle töteten. Sie hatten es verdient, getötet zu werden. Manche Männer schossen aus wunderschönen Gewehren endlose Salven auf ihre Feinde. Achim fühlte sich stark, wenn er diese Filme sah. Er fühlte die Stärke seiner Helden, von der er ein winziges Weilchen zehrte. Später wichen die verstaubten Cowboys den moderneren Helden. Männer, bestückt mit dem neuesten und besten, was es auf dem Markt gab, rächten in den Filmen die Unschuldigen. Aber wieder war dieses Gefühl, diese Stärke, die Achim spürte. Es waren seine Helden, sie waren stark und mächtig.

Und plötzlich hielt er ein Gewehr in den Händen. Seine Augen bekamen diesen Glanz. Er hielt es andächtig, fast wie eine Bibel in den Händen. Mehrere Male drehte und wendete er es, gab es dann seinem Freund zurück. Ulf schob es ihm wieder hin. „Nein, nein, behalte es ruhig ein Weilchen. Wenn du willst, kannst du es auch mal ausprobieren."

Ungläubig schaute ihn Achim an. „Wie meinst du das? Ich kann doch nicht hier herumballern."

„Ach, das ist kein Problem. Komm, ich zeig dir was." Er schob Achim zur Tür hinaus, und sie überquerten den dunklen Kellergang. Dann öffnete Ulf die Tür zu einem anderen Raum und machte ein geheimnisvolles Gesicht. Mit einer Kopfbewegung deutete er an, dass Achim eintreten sollte und schloss dann leise hinter ihm die Tür. Ulf schaltete das Licht an, denn in diesem Raum gab es keine natürliche Lichtquelle. Lange Neonröhren an der Decke sorgten für fast taghelles Licht, aber trotzdem hatte man das Gefühl, in einer künstlichen Welt zu sein. Vielleicht lag das an den gelblichen Matten, mit denen der gesamte Raum ausgepolstert war. Sie hatten eine eigenartige Farbe und glichen beinah Ulfs Haar. Das Licht wurde von den Matten ebenso verschluckt wie alle Töne, die sich wagten, in diesem Raum auf die Reise zu gehen. Selbst das Schließen der Tür klang hohl und weit entfernt. Achim hätte es sowieso nicht bemerkt. Fasziniert tauchte er ein in diese fremde Welt.

In der Mitte teilte eine niedrige Holzwand den Raum in zwei Hälften, so dass zwei längliche Gänge gebildet wurden. Am Ende der beiden Gänge waren runde Schießscheiben an der Wand angebracht. Die Scheibe auf der rechten Seite zeigte eine Menge Einschüsse, die Scheibe auf der linken Seite war unberührt. Weiter vorn stand jeweils ein Tisch, auf dem mehrere Schachteln mit Munition lagen.

„Komm schon, hier kann uns niemand hören, wir können schießen üben, wenn du willst."

Ungläubig schaute Achim erst Ulf und dann das Gewehr in seinen Händen an. Er betastete das kühle Metall, das sich wunderbar anfühlte. Beinah liebevoll streichelte er das Gewehr. „Meinst du wirklich? Was sagen denn deine Eltern dazu, wenn die nach Hause kommen."

„Ach, da mache dir mal keine Sorgen. Mein Vater kommt immer sehr spät, meistens erst nach neun. Außerdem würde der nichts sagen. Meiner Mutter ist es egal. Warte mal, ich werde dir mal zeigen, wie du die Patronen einlegen musst."

Ulf nahm Achim das Gewehr aus der Hand erklärte seinem Freund alles ganz genau. Dann überreichte er es ihm feierlich. „Na dann. Versuche mal ins Schwarze zu treffen." Achim trat an den Tisch, auf dem achtlos mehrere Patronen lagen. Er hob das Gewehr und visierte die Zielscheibe an. Er kniff das rechte Auge zusammen, legte den Kopf etwas schief und drückte ab. Ein lauter Knall flog an seinem Ohr vorbei und die Wucht des Schusses drückte ihn etwas nach hinten, so dass er beinah strauchelte.

Zwar hatte er nicht ins Schwarze getroffen, aber er hatte ein gutes Gefühl. Ein Gefühl der Stärke und Unbezwingbarkeit. Liebevoll drehte er das Gewehr um, betrachtete es und nahm sich eine neue Patrone. „Macht Spaß, was?“ Ulf zielte gerade mit einer Pistole auf die andere Zielscheibe. Er gab mehrere Schüsse hintereinander ab, gleich einer endlosen Salve ratterten sie in ihr Ziel. Achim konnte gerade noch erkennen, wie die bereits vorhandenen Löcher weiter auseinander gefetzt wurden. Offenbar war Ulf ein guter Schütze, was seinen Stellenwert in Achims Augen nur noch steigerte. Ulf bemerkte den anerkennenden Blick seines neuen Freundes. „Was sagst du denn zu diesem guten Stück?“ Ulf hielt Achim die Pistole, die sich immer noch warm anfühlte, unter die Nase und setzte seine Erklärung fort. „Das ist eine Makarow. Willst du die probieren?“

Ehrfurchtsvoll nahm Achim die Pistole in beide Hände. „Schau mal, du musst sie so mit beiden Händen halten und eine Linie mit dem Ziel da vorn bilden.“ Ulf zeigte Achim noch einmal die Technik, dann gab er sie ihm zurück. Achim umklammerte das kühle Metall. Dann hob er die Makarow langsam in die Höhe, kniff ein Auge zu und zielte auf die runde Scheibe. Als der laute Knall verflogen war, den er selbst durch die Ohrstöpsel sehr deutlich hörte, war ihm, als wenn er beim Heben der Pistole selber ein Stück gewachsen wäre. So, als wenn sich seine Schultern in die Höhe reckten, er wuchs und wuchs. Es war ein unbeschreibliches Gefühl, ein Gefühl, dass er schon seit Jahren nicht mehr kannte. Früher, wenn sein Vater die flachen Steine über das Wasser hopsen ließ, dann spürte es Achim. Er war nicht so winzig, unbedeutend. Später bemühte sich niemand mehr um ihn.

Aber jetzt stand er hier im Keller, mit einem Freund an seiner Seite. Das kühle Metall gab ihm Stärke und auch ein bisschen Macht.

Sie entwickelten ein System, eine Art Wettschießen. Menschen aus Pappe, ohne Gesicht, ohne Namen, dienten als Zielscheiben. Es waren grob geschnittene Figuren, die im Grunde genommen mehr Kegeln ähnelten als Menschen. Sie machten ihre Scherze mit den Kegeln, aber je häufiger sie auf die Pappmenschen zielten, umso deutlicher zeigten sich ihre Gesichter. Sie hatten viel Freude daran, es den Lehrern und Strebern da draußen heimzuzahlen.

„Ha, siehst du, den habe ich platt gemacht, Ohlert, dieser Wichser."

„Ich glaube den Drescher habe ich nicht richtig erwischt, das war ein glatter Bauchschuss. Aber warte mal, ich lege gleich nach, der entkommt mir nicht." Sie stachelten sich gegenseitig an und es gewann derjenige, der die meisten Einschüsse auf das Herz des Gegners nachweisen konnte. Die meisten Punkte erzielte derjenige, der das Gesicht des Gegners traf. Abzüge gab es für Schüsse in Arme oder Beine.

Ulf und Achim hielten sich so oft in dem schalldichten Keller auf, dass sie langsam den Bezug zur Welt da draußen verloren. Ihre Lehre zog in endlosen Stunden an ihnen vorbei. Eines Tages, für sie selbst überraschend, hatten sie es geschafft. Sie waren frei. Die Lehrzeit war beendet, ein neues Leben begann. Achims Mutter nervte ihn nach wie vor. Sie zeterte von morgens bis abends. Als er kleiner war, stellte er sich vor, mit dem Vater am See zu sitzen und dem Gesang der Vögel zu lauschen. Meistens funktionierte das sehr gut. Ein Teil der Ruhe, die sein Vater ausströmte, schien auf ihn überzugehen. Mit den Jahren allerdings verblasste sein Bild. Eines Tages konnte er sich nicht erinnern.

Wenn ihn Mutter nervte, ließ er sie stehen und verließ das Haus. Manchmal war er sehr wütend. Dann gewann er fast immer das Zielschießen. Einmal gab er, begleitet von einem wütenden Schrei, eine endlose Salve auf die Pappfigur ab. „Mann, dein Feind möchte ich aber nicht sein“, bemerkte Ulf nebenbei. Fast ein bisschen ängstlich nahm er ihm die Pistole aus der Hand.

An diesem Tag hatte ihn Mutter besonders genervt. Die Hitze des Sommers waberte durch alle Räume. Sein erster Weg, als er von der Arbeit nach Hause kam, führte ihn zum Kühlschrank. Er starrte hinein, aber es herrschte gähnende Leere. In diesem Moment kam seine Mutter in die Küche und fing sofort an zu zetern. „Da kannst du lange suchen. Du denkst wohl, ich bin dein Diener und der Kühlschrank füllt sich von selber? Du könntest auch einmal einkaufen gehen, aber du bisst doch genau so ein Taugenichts wie dein Vater.“

Achim umklammerte die Kühlschranktür so fest, dass die Knöchel weiß hervortraten. Er spürte, wie ihm die Hitze ins Gesicht schoss. Aber die Kühle des geöffneten Kühlschrankes schien ihn zu besänftigen. Wortlos schob er die Kühlschranktür wieder zu, ging zur Tür und verließ das Haus.

Früher fand Achim seine Mutter attraktiv, sogar schön. Aber mit den Jahren gruben sich tiefe Furchen in ihr Gesicht. Die Mundwinkel zeigten nach unten und verliehen ihr ein boshaftes Aussehen. Ihre Nase war leicht gekrümmt und die dürren Finger sahen aus wie Skelettknochen, wenn sie damit ihre Drohungen unterstrich. Sie fuchtelte mit ihren Geisterhänden in der Luft herum, geiferte und drohte. Manchmal lief etwas Speichel aus den Mundwinkeln und die Augen traten aus den Höhlen. Dann erinnerte sie Achim an eine Hexe aus den alten Märchenfilmen, die er als Kind so mochte. Nur vor der Hexe fürchtete er sich.

Achim traf sich täglich mit Ulf. Nach dem Ende Lehre arbeiteten sie zusammen auf einer Baustelle. Manchmal gönnten sie sich ein kühles Bier im Biergarten um die Ecke. Sie saßen zusammen, hielten sich an ihren Gläsern fest und warteten auf die Pizza. Normalerweise war der Biergarten im Sommer gut besucht, manchmal bekamen sie nicht einmal einen freien Platz. Aber heute war es zeitiger als sonst und sie konnten die Tische gut überschauen.

Plötzlich bemerkten sie ein paar Reihen weiter zwei kichernde Mädchen, die ständig zu ihnen herüber blickten und dann die Köpfe zusammensteckten. Ulf stieß Achim mit dem Ellenbogen an und nickte mit dem Kopf zu den Mädchen. „Denkst du auch, was ich denke?"

„Oh Mann. Meinen die uns?" Achim drehte sich um, aber sie waren die einzigen Jungs, die hier saßen. Weiter hinten saß ein älteres Pärchen. Achim spürte, wie ihm rote Flecken den Hals empor wuchsen.

„Ob wir mal rüber gehen? Los komm schon!" Ehe Achim etwas erwidern konnte, hatte ihn Ulf am Arm nach oben gezogen. Etwas unsicher trottete er hinter seinem Freund her. Noch nie hatte es sich Achim gewagt, ein Mädchen anzusprechen. Er überließ Ulf das Wort, murmelte verlegen, als er den Mädchen die Hand zu Begrüßung reichte.

„Hallo ihr zwei Hübschen, dürfen wir uns setzen?" Ulf wartete gar nicht erst die Antwort ab und ließ sich einfach auf den freien Stuhl neben der blonden Marie fallen. Etwas unschlüssig stand Achim vor dem anderen Stuhl, aber das Lächeln der Mädchen ermutigte ihn und er setzte sich. Neugierig beäugten sich die vier Jugendlichen.

Achim betrachtete das Mädchen, das auf seiner rechten Seite saß, aufmerksam. Sie war sehr zierlich, fast elfenhaft schlank. Das rötlich gefärbte Haar war zu einem strengen Knoten nach hinten gebunden, aber dadurch kamen nur ihre wunderschönen blauen Augen zur Geltung. Sie waren sehr groß und verliehen ihr den Ausdruck ewigen Staunens. Die vollen, roten Lippen leuchteten verführerisch, wenn sie lachte, zeigte sich eine Reihe blitzender, weißer Zähne. Achim saß wie gebannt am Tisch und fühlte den dicken Kloß, der sich in seine Kehle setzte. Es war, als wenn es in diesem Augenblick nichts anderes gäbe. Er saß hier mit dem schönsten Mädchen der Welt an einem Tisch und fühlte das leidenschaftliche Pochen in seiner Leistengegend.

Später erinnerte er sich nicht an ihre Unterhaltung. Er erinnerte sich nur an die leuchtenden Augen und an ihren Namen. Franziska. Achim wusste nicht, was er denken sollte. Sie redeten und redeten. Achim kam es vor wie Minuten. Als sie sich verabschiedeten, war es bereits nach Mitternacht. Sie haucht ihm beim Abschied einen flüchtigen Kuss auf die Wange. Zum ersten Mal seit vielen Jahren erinnerte sich Achim an diesen heißen Tag im Sommer, als ihm sein Vater den Kuss auf die Stirn brannte. Zartes Kribbeln breitete sich auf den gesamten Körper aus und wohlige Wärme durchströmte seinen Körper. Aber es war ein angenehmes Kribbeln.

Sein Freund klopfte ihm auf die Schulter, als sie wieder allein waren. „Mensch Waldi, jetzt hat es dich wohl erwischt? Da hast du aber Glück, dass mir die Marie besser gefallen hat.“ Achim holte tief Luft und stieß sie stoßweise durch die geschlossenen Zähne aus.

„Mann oh Mann. Das ist ein Ding, ...“ Träumerisch blickte Achim auf den nächtlichen Himmel. Er schwebte irgendwo da oben.

Er war froh, dass seine Mutter schlief, als er nach Hause kam. Manchmal schien sie auf ihn zu warten, um einen Schwall an Beschimpfungen über ihn zu ergießen. Achim befand sich in Hochstimmung. Er ging direkt in sein Zimmer, legte sich in sein Bett. Bilder huschten durch seine Träume. Riesengroße Augen beäugten ihn von allen Seiten, mal tanzten sie über einen azurblauen Himmel, mal strahlten sie wie die Sonne. Er lag auf einer riesigen Wiese, Wolken zogen über ihn hinweg, ganz weit hinten wartete Franziska, klein und winzig. Er selber war riesig, beinah hünenhaft. Er lief mit nackten Füßen über die Wiese, um zu ihr zu kommen. Aber plötzlich stand er vor einem reißenden Strom. Immer noch winzig schwebte die kleine Elfe am anderen Ufer, er konnte nicht zu ihr gelangen. Er fühlte, wie er schrumpfte, wie er an Gestalt und Größe verlor. „Neeeein, neeeein ...“ Hilflos streckte er beide Arme aus, um sich an irgendetwas festzuhalten. Aber eine unsichtbare Macht zog ihn weg.

Erschrocken setzte er sich auf und schaute sich verwundert in seinem Zimmer um. Fast glaubte er das Rauschen des Wassers zu hören, spürte seine feuchte Haut. Achim war schweißnass und keucht leicht vor Anstrengung. Er überlegte kurz, aber im gleichen Augenblick fiel ihm ein, dass er die Handynummer von Franziska in seiner Tasche hatte. Er stand auf und fingerte mit zitternden Händen das kleine Kärtchen heraus.

Draußen hatte die Dämmerung eingesetzt, es versprach ein heißer Tag zu werden. Achim starrte auf die Nummer, er sah die leuchtenden Augen, als wenn sie ihn jetzt ansehen würde. Dann seufzte er und legte sich auf sein Bett. Er schlug die Arme unter seinen Kopf zusammen und musterte die graue Zimmerdecke. Ein schwacher Luftzug ließ die Gardine leicht bewegen. Achim starrte auf die Gardine und auf die Schatten, die der beginnende Morgen in sein Zimmer warf. Irgendwie erinnerte es ihn an diese Nacht, in der sein Vater gegangen war.

Franziska! Er wollte jetzt nur an sie denken. Die auf einem Bierdeckel gekritzelte Handynummer war eine Aufforderung. Wann konnte er sie anrufen? Ihr Blick, diese Augen. Achim döste vor sich hin und träumte von ihr.

Plötzlich hörte er ein zartes Piepsen und sofort wurde

ihm klar, dass ihm Jemand eine Nachricht auf sein Handy geschrieben hatte. Mit einem Satz war er aus dem Bett und holte das Handy aus der Tasche. Tatsächlich blinkte der kleine Brief in der linken, oberen Ecke. Freudige Erregung breitete sich fächerförmig in seinem gesamten Körper aus, fieberhaft drückte er die Tasten.

Es war ein schöner Abend gestern. Schade, dass wir uns nicht treffen können, ich fahre in den Urlaub. Wenn ich wiederkomme, rufe ich dich an. Franziska.

Achim starrte auf sein Telefon und Schweißtropfen fielen auf sein Hemd.

Was konnte das bedeuten? Suchte sie nach Ausflüchten, damit sie ihn nicht wiedersehen musste? Achim wälzte sich unruhig in seinem Bett. Die Gardine wehte sacht, ließ die Schatten über sein Bettlaken tanzen. Dann stand er auf, brannte sich eine Zigarette an und setzte sich aufs Fensterbrett. Draußen zwitscherten die Vögel und der rot eingefärbte Himmel kündigte den neuen Tag an. Plötzlich ging unten die Haustür auf und seine Mutter eilte aus dem Haus. Achim schaute auf die Uhr. Es war gerade erst fünf Uhr, aber seine Mutter verließ immer um diese Zeit das Haus. Sie arbeitete als Köchin in einer Großküche und begann sehr zeitig mit der Arbeit.

Achim nahm noch einen tiefen Zug von seiner Zigarette, schnippte sie dann in den Hof hinunter. Sie würde zetern, wenn sie die Kippen entdeckt.

Nach ein paar Minuten ging Achim in die Küche, holte sich eine Pappe Orangensaft aus dem Kühlschrank und goss sich ein großes Glas ein. Dann trank er es gierig aus und stellte es in die Spüle. Überall im Haus herrschte drückende Hitze, aber in der Küche war es angenehm kühl. Er schmierte sich ein paar Brote und verließ anschließend das Haus. Obwohl es noch sehr zeitig war, lastete eine unangenehme Schwüle über den

Ort. Achim setzte sich auf sein Rad und fuhr zur Arbeit. Es war Freitag, nach der Arbeit wollten er und Ulf eine neue Pistole, die sich Ulfs Vater gekauft hatte, ausprobieren. Die Gedanken an Franziska gingen ihm nicht aus dem Kopf. Für gewöhnlich fuhr Achim die Dorfstraße entland, was einen kleinen Umweg bedeutete. Durch den Park war es kürzer, aber instinktiv mied Achim den Weg durch den Park. Irgendwo ganz weit hinten war da eine warnende Stimme, die Schattenreiter nicht herauszufordern.

Aber heute Morgen war alles anders als sonst. Das leichte Kribbeln in seinem Körper, das er in der Nacht gespürt hatte, setze wieder ein, als er an Franziska dachte. Er schwankte hin und her. Achim achtete nicht auf den Weg, und plötzlich fand er sich mitten im Park wieder. So zeitig am Morgen traf er hier niemanden. Später würden die Anwohner ihre Hunde durch den Park führen, die an allen möglichen und unmöglichen Stellen ihre Umgebung markierten. *Na ja,* dachte er, *da brauchst du nicht so schnell zu fahren, sonst bist du zu zeitig auf Arbeit.*

Aber dann trat er ungewollt immer kräftiger in die Pedale. Schweiß tropfte an seiner Stirn herunter und verschleierte ihm die Sicht. Mit dem Handrücken wischte er sich immer wieder über die Augen. Er fuhr immer schneller und keuchte vor Anstrengung.

Der See lag in der morgendlichen Stille ruhig und verlassen. Winzige Pünktchen gluckten an die Wasseroberfläche. Sonst war alles still. Die Bäume ringsherum beugten ihre Häupter tief nach unten, sie huldigten dem Gewässer. Tiefes Schweigen umhüllte die Umgebung, nur der leicht röchelnde Atem von Achim störte es. Nach ein paar Minuten endete der Pfad und mündete auf einem etwas breiteren Weg. Achim fuhr wieder langsamer, immer noch ermahnte er sich, nicht über den See zu blicken. Vielleicht lag es an der bizarren Färbung gepaart mit der unheimlichen Stille. Etwas war anders als sonst und das gleiche beklemmende Gefühl, dass er schon einige Male erlebt hatte, nahm ihm beinah die Luft zum Atmen.

Erwartungsgemäß war er der erste auf der Baustelle. Achim stellte sein Rad ab und zündete sich eine Zigarette an. Dann setzte er sich auf eine der herumliegenden Kisten und wartete auf die anderen. Kurze Zeit später kam Ulf. Achim erzählte ihm von der Nachricht, die er erhalten hatte. Den ganzen Tag über versuchten sie, eines der Mädchen zu erreichen, aber sie hatten kein Glück. „Wir versuchen es heute Abend wieder, wer weiß, vielleicht haben sie das Handy nicht dabei!“

Achim wurde immer unruhiger und konnte sich auf nichts anderes konzentrieren. Franziskas Handy blieb stumm. Der Gedanke, *sie wollte dich überhaupt nicht,* nahm Besitz von ihm. Plötzlich klingelte sein Handy und die zarte Stimme am anderen Ende ließ ihn sofort alle Fragen vergessen.

„Hallo Jimmy“, Franziska hatte ihn Jimmy getauft, weil ihr Achim nicht gefiel, „hier ist Franzi. Hast du meine Nachricht erhalten?“

„Ja, heute Morgen schon. Ich habe den ganzen Tag versucht dich zu erreichen. Wieso hast du mir gestern Abend nicht erzählt, dass du wegfährst?“

„Es sind doch nur ein paar Tage und außerdem dachte ich, dass du vielleicht keine Lust hast, dich wieder mit mir zu treffen?“

„Doch, ich wollte dich gern wiedersehen. Wo bist du denn?“

„Ich bin in einem kleinen Städtchen in der Nähe von Berlin, in Straußberg. Kennst du das?“

„Ja, aber ich war noch nicht da. Bist du allein dort?“

„Nein, meine Mutter hat hier eine Freundin, die wir besuchen. Ich habe ihr versprochen mitzukommen. Ist ja nicht zu weit von uns. Mit dem Zug höchstens eine Stunde. Aber ich komme nächsten Samstag wieder. Wollen wir uns treffen?"

„Klar, nächster Samstag ist prima, ich habe nichts vor. Wo wollen wir uns treffen?"

„Vielleicht im Park? Ich finde den See so romantisch."

Mit einem Mal war alles Blut aus Achims Gesicht gewichen. Wie sollte er Franzi erklären, dass er nach Möglichkeit den Park mied, dass er seit dem Tod des Vaters vor vielen Jahren, nicht wieder dort gewesen war. Außer heute Morgen, was er sich nur durch seine Zerstreutheit erklären konnte. Achim hörte sich sagen: „Fein, prima, treffen wir uns im Park. Welche Zeit?"

„Gegen Abend, sagen wir um fünf?"

„Einverstanden, nächsten Samstag um fünf."

Die Woche verging wie im Trance. Jimmy befand sich in einer Art Hochstimmung, was seiner Mutter natürlich nicht verborgen blieb. Zwar sahen sie sich sehr wenig. Aber Achim strahlte etwas aus, das sie selbst vor einem Jahrhundert bei sich erlebt hatte.

Sie erinnerte sich genau an den Tag, als Michael Winter plötzlich vor ihr stand und sie mit seinen wundervollen grau-grünen Augen musterte. Ein Schwall Blut schoss durch ihren ganzen Körper, Michael hatte leichtes Spiel. Sie war unerfahren. Natürlich bemerkte sie, wie sich die anderen Mädchen nach dem schönen Michael die Hälse verrenkten. Sein welliges Haar war nach hinten gekämmt und die nussbraune Haut schimmerte verführerisch. Das Hemd blieb immer leicht geöffnet und einzelne Haare kringelten sich vorwitzig auf der Brust. Tagelang umgarnte er sie, säuselte ihr Nettigkeiten ins Ohr. Nächtelang bekam Renate kein Auge zu, träumte von Michael. Jeden Tag lief ihr Michael rein zufällig über den Weg. Er machte ihr Komplimente und ließ sie in tiefer Trance wandeln. Eines Tages verabredeten sie sich. Renate erklärte zu

Hause, dass sie eine Freundin besuchen würde.

Die Dinge nahmen ihren Lauf und veränderten ihr Leben grundlegend. Manchmal dachte sie darüber nach, wie es gewesen wäre, wenn es diesen verhängnisvollen Tag in der Scheune niemals gegeben hätte. Mit den Jahren wurde sie immer verbitterter, übertrug ihre Abneigung gegen Michael Winter auf das gesamte männliche Geschlecht.

Die ganze Woche war es sehr heiß, der Sommer war richtig auf Touren gekommen. Achim schwitzte fürchterlich, nicht einmal die Nächte verschafften Abkühlung. Er nahm lustlos an den Schießübungen teil, mit den Gedanken war er bei Franziska.

Es gab nur diesen einen Abend. Aber sie brachte etwas in ihm zum Klingen, etwas, das er bis dahin nicht kannte.

Samstagmorgen wurde er sehr zeitig munter, obwohl im ganzen Haus Stille herrschte. Nicht einmal die Gardine wehte, es war wie in einem Vakuum. Kein Laut war zu hören, sogar die Vögel litten unter der sengenden Hitze.

Achim stand auf, schlug die Gardine beiseite, setzte sich wie immer auf das Fensterbrett. Er steckte sich seine Zigarette an und nahm einen tiefen Zug.

Sonst kostete er die morgendliche Kühle, die ihm angenehm erfrischte. Aber heute lastete eine Schwüle, die das Ende der Hitzewelle einleiten sollte.

Für den ganzen Tag waren schwere Gewitter angesagt. Insgeheim war er ein bisschen froh, so musste er sich mit Franziska nicht im Park treffen.

Jetzt waren deutlich von unten Schritte zu hören, und er wusste, dass seine Mutter aufgestanden war. Vielleicht machte ihr die Hitze zu schaffen. Eigentlich wollte er sich etwas zu trinken holen, aber das verschob er auf später. Er hatte keine Lust, seiner Mutter zu begegnen.

Eine Weile saß er so auf seinem Fensterbrett, beobachtete die aufgehende Sonne und wartete. Später, als er sicher sein konnte, dass seine Mutter mit der Wäsche oder etwas anderen beschäftigt war, ging er in die Küche und machte sich etwas zu essen. Dann stieg er auf sein Rad und fuhr zu Ulf, nachher wollten sie an den Steinbruch zum baden.

Gegen Mittag klingelte Achims Handy und Franziska meldete sich am anderen Ende der Leitung. „Hallo Jimmy, ich bin es, Franzi. Was machst du schönes?"

„Ich liege am Steinbruch mit Ulf und faulenze. Bist du wieder zu Hause?"

„Ja, wir sind gerade angekommen."

„Hast du Lust zum Baden? Vielleicht kannst du Marie mitbringen, Ulf würde sich freuen." Er erntete ein zustimmendes Nicken seines Freundes.

„Mal sehen, vielleicht. Ich muss erst meiner Mutter ein bisschen helfen. Ich rufe dich später noch mal an."

Jimmy legte seine Telefon beiseite und stand auf. Irgendwie musste er sich Abkühlung verschaffen, denn das leichte Kribbeln verwandelte sich in wallende Hitze. Vorsichtig kletterte er die schroffe Felswand herunter, um an die vorstehende Felsspitze zu gelangen. Von dort aus sprangen sie immer ins Wasser. Der Steinbruch war gesperrt, aber die meisten Jugendlichen hielten sich nicht daran.

Langsam setzte Achim seine Füße auf die entsprechende Stelle, seit Jahren kannte er den Abstieg. Plötzlich gab ein Stein unter seinen Füßen nach. Das letzte, was Achim spürte, war, dass er den Halt verlor.

Gelbes Licht zuckte unruhig hin und her, warnendes Ticken erfüllte den Raum. Geräusche hallten dumpf, wie unter einer Glocke. Die Umgebung hatte eine gespenstige Färbung angenommen. Dieses Ticken klang eigenartig und wirkte störend. Die Gleichmäßigkeit der

Töne passte nicht zu dieser eigenartigen Ruhe. Es wirkte deplaziert. Ab und zu zuckte etwas Helles auf, dann wurde es wieder finster.

Irgendwann erwachte Jimmy und nahm als erstes seinen trockenen Mund wahr. Die Zunge schien doppelt so dick wie normal. Er versuchte über die ausgedörrten Lippen zu fahren, aber es war so, als wenn er Sandpapier aufeinander reiben würde.

Mühsam machte er die Augen auf und versuchte sich zu orientieren. Es herrschte ein diffuses Licht. Er befand sich in einem Vakuum, zwischen den Zeiten. Nicht Tag, aber auch nicht Nacht. Angestrengt überlegte er, wo er war und was das alles zu bedeuten hatte. Sein Kopf schmerzte, der Körper existierte nicht. Jimmy machte die Augen wieder zu, träumte wirres, zusammenhangloses Zeug. Er hetzte auf seinem Rad durch den Park, vor ihm ritten die wilden Reiter auf ihren grauweißen Rössern. Er jagte sie vor sich her. Plötzlich wichen sie nach rechts und nach links aus. Abrupt brachte Jimmy sein Rad zum Stehen. Sein Vater. Er stand einfach nur da, mitten auf dem Weg und hielt einen flachen, glatten Stein in der Hand. Sie standen sich gegenüber und sahen sich an. Dieser Blick in den Augen, diese Hoffnung. Plötzlich riss ein Schrei ihn aus der Starre. Wie auf Kommando schauten sie über den See. Dort standen die Schattenreiter. Sie standen ganz still, nicht einmal die Pferde tänzelten wie sonst auf der Stelle. Jimmy sah sich wieder um, der hoffnungsvolle Blick war verschwunden, zusammen mit seinem Vater.

Dafür stand Franziska dort. Jimmy wollte schreien, *nein, nicht, komm weg von hier!* Aber seine Stimme gehorchte ihm nicht. Es war nur ein Krächzen, dass jetzt hohl in seinem Kopf nachhallte.

Plötzlich spürte er eine Hand über seine Stirn streichen. Langsam lösten sich die grau-weißen Bilder auf. Unscharf nahm er jetzt andere Konturen wahr.

Immer deutlicher wurde das Gesicht, das sich über ihn gebeugt hatte. Franziska saß an seinem Bett und versuchte mit einem feuchten Lappen die aufgesprungenen Lippen zu befeuchten. Gierig saugte er die wenige Flüssigkeit auf. Das Gesicht wurde immer deutlicher und mit der Feuchtigkeit, schien wieder Leben in seinen Körper zu gelangen.

„Hallo Franziska", presste er mühevoll hervor. Das Sprechen fiel ihm schwer, die geschwollene Zunge wollte die Worte nicht formen.

„Psst, sprich nicht, du musst erst mal wieder zu Kräften kommen!"

Jimmy machte die Augen wieder zu und schlief einen traumlosen Schlaf.

Als er später erwachte, glaubte er, Franziska sei nur ein schöner Traum gewesen, wie zuvor die Schattenreiter ein böser Traum. Aber eine Schwester riss ihn aus seinen Überlegungen und ein bisschen war ihr Jimmy dankbar. Schwester Heike hob seinen Oberkörper leicht an und flößte ihm etwas Flüssigkeit ein. Bis in den letzten Winkel seines Körpers spürte er das lebensspendende Nass.

„Mensch Alter, was machst du bloß für einen Scheiß?" Diese Stimme kannte er doch. Hinter der korpulenten Schwester Heike kam plötzlich Ulf zum Vorschein und grinste über beide Backen. „Was ist denn passiert?", hörte sich Jimmy mit einer fremden Stimme fragen.

„Du hast mir einen ganz schönen Schreck eingejagt. Bist im Steinbruch abgerutscht und hast den Felsen erwischt, volle Breitseite, würde ich sagen. Ich hörte deine Knochen brechen, Mann oh Mann, ich dachte, es wäre aus. Vom Felsen aus bist du voll ins Wasser und so schnell konnte ich nicht einmal gucken, wie du verschwunden warst. Ich bin wie ein Irrer die Felswand herunter geklettert, aber du warst weg. Untergegangen, wie ein nasser Sack. Und jetzt kommt's: Auf einmal kamst du in einem Affenzahn wieder nach oben, als wenn dich der See ausgespuckt hätte. Ich habe gleich zugelangt und dich herausgezogen. Ein paar Leute haben mit geholfen. Allein hätte ich das nie geschafft. Hast du eigentlich etwas mitbekommen?“

Jimmy versuchte sich zu erinnern, aber ihm fiel nur noch ein, wie der Felsen unter ihm nachgegeben hatte.

„Ich weiß überhaupt nichts mehr. War Franziska hier?“

„Ja, heute Nachmittag, ich war übrigens auch da, aber du warst nicht ansprechbar.“

„Was ist eigentlich für ein Tag?“, wollte Jimmy wissen.

„Es ist Montagabend. Du hast gestern und heute wahrscheinlich halb im Koma gelegen. Muss wohl ein komplizierter Bruch gewesen sein. Deine Operation dauerte eine Ewigkeit. Ich glaube, deine Mutter war sogar mal hier.“

Jimmy zog ein verächtliches Gesicht. Er spürte keine Sehnsucht nach ihr. Hauptsache Franziska kam ihn besuchen.

Nach und nach erfuhr Jimmy alle Einzelheiten seines Unfalls. Er hatte mehrere Schürfwunden, ein paar Rippen waren gebrochen und sein linkes Bein wies einen sehr komplizierten Splitterbruch auf. Er musste mehrere Male operiert werden. Dazu die Physiotherapien. Als er endlich das Krankenhaus verlassen konnte, hatte sich der Sommer längst verabschiedet.

Er stand mit den Krücken vor der Klinik, Ulf trug seine Tasche. Der Jeep seines Vaters parkte ein Stück weiter die Straße herunter. Jimmy humpelte noch ein wenig, es würde noch eine Zeit dauern, bis er das Bein wieder richtig belasten konnte. Am schönsten waren für Jimmy die Besuche von Franzi. Manchmal kam sie mit Marie im Schlepptau, aber zum Glück selten. Insgeheim fluchte Jimmy, weil er so unfähig im Bett liegen musste.

Jetzt stand er vor der Klinik, lehnte sich in seine

Krücken und atmete tief durch. Es roch nach Herbst. Dieser Sommer war zu trocken, die Bäume begannen ihre Blätter vorzeitig abzuwerfen. Die Blätter der Pappeln, die die Straße rechts und links säumten, waren bunt und bei jedem Windstoß segelte ein verfrühtes Blatt zu Boden.

Etwas verwundert musterte Jimmy seine Umgebung, so als wenn er heute das erste Mal hier stehen würde. Alles erschien ihm anders. Aber das lag nur an der Zeit, die er im Bett verbringen musste. Irgendwie fehlte ihm ein Stück.

Die Besuche seiner Mutter im Krankenhaus waren sehr selten. Achim stellte sich jedes Mal schläfrig, so dass sie nach kurzer Zeit wieder ging. Schon seit längerer Zeit grübelte er über dieses Problem nach. Die beste Lösung schien ihm eine eigene kleine Wohnung zu sein. Ulf hatte in der Zeit, in der im Krankenhaus lag, für ihn etwas ausfindig gemacht. Es war eine kleine Dachgeschosswohnung in der Hauptstraße. Das Haus gehörte der Familie Friedrich.

„Wo bleibst du denn?“ wollte Ulf wissen, der ungeduldig am Auto auf seinen Freund wartete.

„Ich komme schon.“ Jimmy humpelte zum Auto. „Wollen wir gleich zu Friedrichs fahren?“

Ulf legte den Kopf etwas schief, wie um zu überlegen. „Ist mir egal, wie du willst. Hast wohl keine Lust auf zu Hause.“

„Nein. Absolut nicht.“ Einen Augenblick lang schwiegen die beiden, Jimmy starrte auf die welkenden Bäume. Das Wetter passte zu seiner trostlosen Stimmung. Obwohl, wenn er an Franzi dachte, ihre Besuche. Das konnte doch nicht schlecht sein. Allerdings, mehr als ein Kuss auf die Wange war bis jetzt noch nicht zustande gekommen. Wer weiß, wenn er eine eigene Wohnung besaß? Die Wohnungsbesichtigung war nur eine Formalität. Ulf hatte bereits alles geregelt. Die beiden Freunde überlegten nicht lange und fuhren in die Hauptstraße 27. Jimmy unterschrieb seinen Mietvertrag. Schon am nächsten Tag sollte der Umzug stattfinden. Seine Mutter sagte nichts, als er ihr sein Vorhaben mitteilte. Im Grunde war sie froh, dass sie ihn nicht mehr sehen musste.

Am nächsten morgen stand Ulf sehr zeitig in der Tür. Franziska und Marie halfen die Sachen in den Jeep tragen. Als alles im Auto war, drehte sich Achim noch einmal um. Seine Mutter stand in der Küchentür, sie war blasser als sonst.

Plötzlich spürte er Franziska neben sich und im gleichen Augenblick sah er den verächtlichen Blick seiner Mutter. Es war der gleiche verächtliche Blick, den sie seinem Vater hinterher schickte. Es gab nichts mehr zu sagen.

Ständig wurde sie durch seine Anwesenheit an diesen verhängnisvollen Abend in der Scheune erinnert. Es war, als ob das schallende Gelächter als Echo aus allen Poren des ungewünschten Kindes drang. Sie brauchte ihn nur anzusehen, schon hörte sie den metallenen Klang der höhnischen Stimmen.

Als er im Krankenhaus lag, war sie sehr einsam, aber irgendwie auch froh. Kein Mann bestimmte mehr ihr Leben. Das Echo verschwand mit ihm. Als er nach Hause kam, war es wieder da. Doch schon am nächsten Tag standen seine Freunde vor der Tür. Diese beiden albernen Mädchen turtelten um die Jungs herum, wie aufgescheuchte Hühner. Sie wussten noch nichts von dem, was sie erwartet. Renate Walter glaubte, alle Männer seien schlecht, auch ihr eigener Sohn. Er musste es sein, denn er war das Ergebnis der Schlechtigkeit.

Gemeinsam schleppten seine Freunde die wenigen Habseligkeiten in das neue Domizil. Die wenigen Möbelstücke, die die Räume zierten, mussten für den Anfang genügen. Jimmys Bett und Schrank füllten kaum die Räume. Ulf steuerte ein älteres Sofa bei. In dem Kämmerchen, das als Küche dienen sollte, verwahrte Frau Friedrich die Küchenmöbel seines Vorgängers. Der alte Mieter wollte sie nicht mehr, so dass Jimmy günstig zu neuen Küchenmöbeln kam.

Am späten Nachmittag war alles verstaut und Jimmy ließ sich umständlich auf sein Sofa plumpsen. Franziska setzte sich neben ihn. Marie lümmelte an die Schulter von Ulf. Sie öffneten eine Flasche Sekt und stießen in Pappbechern auf die neue Wohnung an. Plötzlich begann sich die Welt um Jimmy zu drehen. Er spürte überdeutlich den warmen Körper von Franziska neben sich. Zum ersten Mal wurde ihm bewusste, dass sie sich noch nicht einmal richtig geküsste hatten. Ein Schwall heißer Begierde stieg in ihm empor, ein Kloß in seinem Hals hinderte ihn am sprechen.

Zum Glück plapperte Marie fast ununterbrochen, er konnte sich zurücklehnen und zuhören. Aber die Worte flogen an ihm vorbei. Er sah, wie sich Maries Mund bewegte, hörte Laute daraus hervorquellen. Aber er verstand nicht, was sie sagte. Seine Gedanken kreisten nur um den Körper neben ihm. Irgendwann später verabschiedete sich Marie. Ulf zwinkerte ihm aufmunternd zu, nahm die Hand von Marie und ging.

Es war ein kühler, dunkler Herbsttag. Die Tage wurden deutlich kürzer, immerhin war es Ende September. Jimmy klinkte die Tür zu. Genau in diesem Moment spürte er die absolute Stille, die hinter ihm herrschte. Einen Augenblick lang war er irritiert. Langsam drehte er sich um. Franziska saß da, als hätte sie sich stundenlang nicht bewegt. Das Sofa stand unter dem schrägen Dachfenster, man konnte die schnell ziehenden Wolken beobachten. Der Himmel wirkte dunkel, es würde nicht mehr lange dauern, bis es ganz finster war.

Deutlich zeichnete sich ihre Silhouette vor dem Dachfenster ab. Sie wirkte noch kleiner und zerbrechlicher als sonst. Etwas unsicher humpelte Jimmy auf sie zu und wusste nicht so recht, was er jetzt sagen sollte. Aber zum Glück war Franzi mutiger. Sie klopfte mit ihrer Hand auf den freien Platz neben sich und deutete damit an, dass er sich setzen sollte.

„Wollen wir noch etwas trinken?" Jimmy hielt die halb geleerte Sektflasche hoch und sah Franzi fragend an.

„Ich glaube, ich habe genug getrunken. Komm setz dich zu mir. Wir wollen uns ein bisschen unterhalten. Du hast mir noch nichts von dir erzählt."

Unschlüssig stand Jimmy mit der Flasche in der Hand da, der Kloß in seinem Hals wurde dicker und dicker. Er wusste einfach nicht, was er tun sollte. Ermuntert durch ihr heftiges Nicken fasste sich Jimmy ein Herz, stellte die Sektflasche weg und setzte sich zu Franzi. Ein köstliches Aroma stieg in seine Nase, verführerisch leuchteten ihre blauen Augen. Etwas umständlich legte er seinen Arm um ihre Schulter und zog sie vorsichtig an sich. Das Rumoren in seiner Magengegend wurde heftiger. Pulsierende Lust kroch seine Leisten empor. Immer näher drängte er sich an den duftenden Körper, immer fordernder wurden seine Küsse.

Später lagen die Beiden auf dem Boden vor dem Sofa und schauten aus dem kleinen Dachfenster. In der linken, oberen Ecke konnten sie gerade noch die schmale Sichel des Mondes erkennen. Wolkenfetzen zogen im schnellen Tempo vorbei. Es war eine dieser tiefschwarzen Nächte, in denen sich die Wolken sichtlich vom schwarzen Untergrund abhoben. Die wenigen Sterne, die schon zu sehen waren, blinkten grell. Schweigend lagen sie nebeneinander, betrachteten die ziehenden Wolken und hingen ihren Gedanken hinterher. Plötzlich setzte sich Franzi auf und sagte: „Ich muss gehen."

Es war so abrupt, so absolut, dass Jimmy erschrocken zusammen zuckte. Er wusste nichts von Franzi, so gut wie nichts.

Sie war siebzehn Jahre alt und wollte im kommenden Jahr das Abitur machen, um später zu studieren. Und er? Was gab es da zu berichten? Sein Vater war tot, für seine Mutter existierte er nicht. Er arbeitete als Mädchen für alles auf dem Bau. Keine schillernden Pläne, nichts Besonderes, dass er ihr erzählen konnte. Nichts, worauf er besonders stolz war. Ganz weit hinten regte sich ein leiser Zweifel. Aber dieser Gedanke war so winzig, so unbedeutend, dass er ihn nicht wirklich dachte. Es war mehr ein Schatten, der sich sehr leise Zugang in sein Bewusstsein verschaffte.

Franzi sammelte ihre verstreuten Sachen zusammen. Jimmy lag noch immer auf dem Boden, die Arme unter dem Kopf verschränkt und schaute Franzi zu. Inzwischen war es völlig dunkel, nur das schmale Licht einer Kerze beleuchtete den Raum. Jimmy seufzte und zog sich an. Selbstverständlich würde er Franzi nach Hause bringen. Aber da tauchte schon wieder ein Problem auf. Er besaß nur ein Fahrrad.

Jimmy wurde unruhig. „Ich bring dich noch ein Stück. Leider habe ich kein Auto und auch keinen Vater, der mir eins borgen würde.“

„Ach Jimmy, das macht doch nichts. Wir laufen einfach. Das wird uns gut tun. Schau mal, was das für ein herrlicher Abend ist.“

Jimmy bedeutete mit einer Kopfbewegung auf seine Krücken, so als wenn er sagen wollte, wie soll ich damit gehen?

Franzi legte ihre Arme um seine Schultern, zog ihn etwas zu sich herunter und küsste ihn sanft. In weichen Wellen breitete sich ein Gefühl in ihm aus, von dem er glaubte, es nicht zu kennen. Zu lange war es her, dass er geliebt wurde. Beinah hatte er es vergessen. Für den

Moment herrschte eine Vertrautheit, eine tiefe Verbundenheit. Jimmy war glücklich, er fühlte es mit jeder Faser seines Körpers.

Langsam liefen sie durch die einsamen Straßen. Sie kamen nur langsam voran. Autos fuhren an ihnen vorbei, wenige Menschen hetzten durch die Nacht.

Aber das nahmen die Beiden nur am Rande wahr. Sie liefen wie benommen, ohne zu denken, ohne zu überlegen. Sie waren einfach nur zusammen, hielten sich aneinander fest.

Franzi wohnte am Stadtrand, in einer neuerbauten Siedlung. Die Häuser waren so angeordnet, dass sie aussahen, als wenn Jemand Bauklötzer bunt durcheinander gewürfelt hätte. Man konnte vermuten, dass kein System hinter der Bebauung steckte. Aber in Wirklichkeit war es eine gelungene, architektonische Meisterleistung. Geschwungene Wege, die sich scheinbar um die Häuser schmiegten, luden zum Spaziergang ein. Bäume und Büsche wuchsen dicht an dicht. Aber der trockenen Sommer forderte seinen Tribut. Welk und lustlos hingen die Blätter an den Ästen. Jimmy und Franzi schlenkerten unter dem bunten Blätterdach entlang, fühlten sich sicher und geborgen.

Franzi wohnte im letzen Block, der seine Rückseite dem nahen Wald entgegen reckte. Hinter dem schmalen Wäldchen erstreckte sich auf einer weit ausladenden Fläche der Park. Im Sommer hörten die Anwohner die liebestollen Frösche, die sich in ihrem Konzert zu überbieten suchten. Heute lag alles still, nur das leise Rauschen der Bäume war zu hören. Vor dem Haus mit der Nummer 68 blieben die Beiden stehen. Ihre Körper pressten aneinander, die Hitze des vergangenen Sommers wallte in ihnen. Plötzlich löste sich Franzi aus den Armen ihres Freundes und ging zur Haustür. „Machs gut, wir sehen uns. Ich rufe dich an.“ Dann drehte sich Franzi um und verschwand in der Tür wie eine Fata morgana. Etwas unschlüssig stand Jimmy vor dem Haus. Der abrupte Aufbruch irritierte ihn. Ein kurzes, beklemmendes Gefühl legte sich um seine Brust. „Ja, Tschau. Bis Morgen. Ich freue mich auf deinen Anruf", rief er in die Nacht. Eigentlich wollte er noch mehr sagen, aber niemand war da, der seine Worte hörte. Kurzerhand drehte er sich um und lief den Weg zurück, den sie gekommen waren. Gedanken kreisten in seinem Kopf. Er sah Franzi in seinen Armen liegen. Spürte die nackten Brüste, die sich warm an seinem Oberkörper anfühlten. Heiß brannten die Küsse in seinem Gesicht. Kribbeln machte sich breit, Jimmy schien zu schweben.

Franziska wohnte noch nicht lange in der Stadt. Im Frühjahr war sie mit ihren Eltern hierher gezogen. Sie vermisste ihre gewohnte Umgebung. Früher wohnten sie in Straußberg, kaum eine Stunde von hier entfernt. Zum Glück besuchte ihre Mutter Sophia oft alte Bekannte. Besonders zu Rita Just unterhielt sie einen herzlichen Kontakt. Sophia hatte Rita im Chor kennen gelernt. Sie selber war eine begeisterte Sängerin, auch wenn es zu der großen Karriere nie reichte. Sophia ließ ihre schöne Stimme bei jeder Gelegenheit ertönen. Einmal schlug ihr Mann genervt die Tür seines Arbeitszimmers zu, seit dieser Zeit sang Sophia nur noch im Chor.

Franziskas Vater, Ralf Hegewald, arbeitete bei der Deutschen Bank. Vergangenes Weihnachten war er nach Hause gekommen und erklärte seiner Familie, dass er eine Stelle als Bankdirektor in Aussicht hätte. Er musste sich schnell entscheiden.

Der Schmerz, sich von ihren Freunden zu trennen, saß noch sehr tief. In den Frühjahrsferien waren sie in die schöne Mansardenwohnung am Park gezogen. Franziska hatte das beste Zimmer der ganzen Wohnung. Eine kleine Entschädigung sozusagen. Die lange Fensterfront ließ sich über die gesamte Breite öffnen. Dann war der Park ganz nah. Manchmal kam es Franzi so vor, als würde sie mitten im Park wohnen. Die großen Kastanien, die sich schon seit Jahrzehnten ihren Platz sicherten, streckten ihre weit ausladenden Baumkronen fast bis an das Haus, in dem sie wohnte. Wenn sie die Fenster öffnete, konnte sie die Vögel in den Wipfeln beobachten. Manchmal glitzerte das Wasser des Sees durch das dichte Blätterdach, sie hörte die aufgeregten Schreie der Entenfamilie.

Die Blüten der Kastanien leuchteten wundervoll im Frühjahr. Sie dufteten und an stillen Abenden hörte sie das Summen der Bienen im Geäst. Immer, wenn sie am Schreibtisch saß, und es das Wetter zuließ, ließ sie das Fenster weit offen. Manchmal wehte der Wind alle Gerüche und Geräusche des Parks herein. Dann ging sie auf den Balkon, schloss die Augen und versuchte sich an die schöne Zeit in ihrer alten Heimat zu erinnern. Sie kam sich vor wie eine Gestrandete.

Sie fand kaum Kontakt zu den anderen aus ihrer Klasse. Außer Marie kannte sie sehr wenige Leute. In der Schule blieb keine Zeit, sich mit den anderen anzufreunden. Jeder belegte einen anderen Kurs, so dass sie manche nur eine Stunde am Tag sah. Marie besuchte den Kunstkurs von Frau Janke. Die beiden Mädchen stellten schnell fest, dass sie sich für die gleichen Dinge interessierten. Marie war eine richtige Quasselstrippe, die vor lauter Energie beinah überfloss. Franziska dagegen war eher still und zeichnete sich durch die Fähigkeit des Zuhörens aus. Sie wirkte erwachsener, ruhiger. Aber sie mochten einander, vielleicht gerade deshalb, weil sie so verschieden waren.

Früher waren Franzi in einer Clique von vierzehn Jungen und Mädchen. Sie trafen sich meist an den Wochenenden. Manchmal sahen sie sich am Ufer des Sees, oder sie saßen bei Sven, Ritas Sohn, herum.

Franzi vermisste ihre Clique und die Abende am See. Sie fand es eine glückliche Fügung, dass sie in ihrer neuen Wohnung den Park und den See vor der Nase hatte. Fast so wie früher.

Franziska schlug die Eingangstür hinter sich zu und lehnte an der Wand. Ihr ganzer Körper vibrierte. Jimmy war anders als die anderen Jungen. Seine ruhige Art und der sehnsüchtige Blick in den Augen. Nur der Name gefiel ihr nicht. Achim. Das klang so alt. Jimmy, das passte viel besser zu ihm, wie sie fand. Franzi konnte sich nicht erklären, warum sie sich in Jimmy verliebt hatte. Sie kannten sich kaum. Alles kam so plötzlich. Schon den ganzen Tag lag etwas in der Luft. Sie schien förmlich zu knistern. Alle Vorsätze waren im Eimer, als sie Jimmy so unbeholfen im Zimmer stehen sah. Vielleicht war es der leicht verträumte Blick in seinen Augen, oder die Art, wie er sie ansah. Beinah ein bisschen hilflos. Er wusste nicht, was er tun sollte. Er wusste nicht, wie er sie anfassen sollte.

Sie lehnte an der kühlen Wand und spürte die warmen Küsse auf ihrer Haut. Mit geschlossenen Augen träumte sie, wiederholte in Gedanken jede Einzelheit des Abends. Der automatische Zeitschalter schaltete das Treppenhauslicht aus.

Erschrocken blickte sie sich um, für den Bruchteil einer Sekunde glaubte sie einen Schatten zu sehen. Aber sie drückte den Schalter erneut und der Schemen war verschwunden.

Schnell lief sie die Treppen hoch, schloss die Wohnungstür auf und ging in ihr Zimmer. Dort öffnete sie die breite Fensterfront und trat auf den Balkon. Kalter Wind blies ihr ins Gesicht, kühlte die glühenden Wangen. Sie lehnte sich über die Balkonbrüstung und starrte auf den dunklen Park. Ab und zu sah sie durch die Bäume den Mond, der sich im Wasser spiegelte. Die schmale Sichel warf nicht genug Licht, um den ganzen See zu erleuchten. Leise rauschten die Blätter der Kastanien.

Jimmy lief den schmalen Weg zwischen den Büschen in Richtung Hauptstraße. Zum ersten Mal seit langer Zeit war er glücklich. Das Leben war schön. Noch immer spürte er ihre sanfte Haut, roch den frischen Parfümduft, mit dem sie sich umgab.

Jimmy humpelte mit seiner Krücke die einsame Straße entlang und war mit den Gedanken in seinem Zimmer. Er sah ihre festen Brüste und die kleinen Brustwarzen, die sich leicht aufstellten, als er sie küsste. Sofort pulsierte die Lust in seinen Lenden, und er stöhnte leicht auf. Erschrocken blickte er sich um. Für einen Augenblick hatte er vergessen, dass er sich mitten auf der Straße befand. Die Bäume am Rand wiegten sich leicht im Takt des Windes, der ihm die kalten Vorboten des Winters ins Gesicht blies. An der Seite stand eine Bank und Jimmy setzte sich hin. Sein Bein schmerzte. Er schaute zurück zu dem Gebäude, vor dem er vor wenigen Augenblicken mit seiner Freundin gestanden hatte. Fast kam es ihm vor wie Traum. So musste es sein! Er sah *sie* vor sich. Ein kleines Rinnsal lief an ihren Mundwinkeln herunter, als sie geiferte. *Wollen bloß das eine ... wollen bloß das eine ...*

Jimmy umfasste seine Stütze so hart, dass die Knöchel schmerzten und die gleiche milchige Farbe bekamen, wie sein Gesicht. Im gleichen Augenblick kam die schmale Sichel des Mondes zum Vorschein, und er erkannte die Kastanien, die hinter dem Haus standen. Mit einem Mal wurde ihm bewusst, dass gleich hinter den Häusern der Park begann. Kalter Nieselregen setzte ein. Plötzlich klingelte sein Handy und Ulf meldete sich am anderen Ende der Leitung.

„Hallo, was gibt's?“

„Nichts Besonderes. Ich habe Franzi nach Hause

geschafft.“

„Wo bist du denn?“

„In der Kastanienallee.“ Am anderen Ende der Leitung zog Ulf hörbar die Luft zwischen den Zähnen ein. „Wo bist du genau? Ich komme dich holen!“

„Ich bin fast direkt vor dem Haus von Franziska.“

„Okay. Warte dort auf mich. Ich bin gleich da.“ Wenig später quietschten die Räder des Jeeps und Ulf machte die Beifahrertür auf. „Los! Komm schon! Steig ein!“

Jimmy ließ sich nicht zweimal auffordern und stieg ein. Ulf wollte alles über den Abend wissen, aber Jimmy war mit den Gedanken woanders. Immer wieder sah er das Gesicht seiner Mutter vor sich, hörte die bösen Worte. Was, wenn sie recht hatte? Er fühlte sich plötzlich klein und verletzlich. So als würde er wie jeden Morgen am Frühstückstisch sitzen und ihr Gezeter ertragen. Hammerschlägen gleich gingen die Worte auf seinen Kopf nieder. Unbewusst tat er das, was er immer getan hatte. Er zog sich zurück in seine eigene Welt.

„Hallo! Träumst du? Ich habe dich gerade gefragt, ob wir noch ein bisschen zu mir wollen?“

Jimmy schaute seinen Freund an, als ob er ihn heute das erste Mal sah. „Was ist los? Ich glaube, ich habe nicht richtig zugehört.“

„Das habe ich aber gemerkt. Wollen wir nun noch zu mir oder nicht?“

„Doch, doch“, beeilte sich Jimmy zu bestätigen, „das können wir machen.“

Gemeinsam fuhren sie zu Ulf. Seit dem Sommer hatte Jimmy keine Waffe angerührt. Beinah hatten sie ihren Reiz verloren. Aber dann spürte er das kühle Metall und das Gribbeln in seinem Körper erfasste ihn aufs Neue. Er stellte seine Krücke zur Seite und zielte auf die runde Scheibe. Plötzlich grinste sie ihn an. Erschrocken ließ er die Waffe sinken. Er starrte auf die Scheibe, während Ulf eine Salve nach der anderen herunter ratterte.

Seltsam, einen Moment glaubte er seine Mutter zu sehen. Aber vielleicht lag das daran, dass sie sich eben in seine Gedanken schleichen konnte.

Jimmy schüttelte den Kopf über sich selber und zielte erneut. Er traf ziemlich genau ins Schwarze. Ulf stand neben ihm, zielte auf die Pappfigur, die weiter vorn auf seiner Seite stand. Ohrstöpsel machten eine Unterhaltung unmöglich. Jimmy setzte sich auf den Stuhl, der an der Seite stand und begann seine Waffe erneut zu laden. Aus den Augenwinkeln beobachtete er seinen Freund, der konzentriert die Geschosse ins Ziel brachte. Er wurde müde. Es war so unwirklich, so anders. Beinah hatte Jimmy das Gefühl, ein Schleier würde auf seinen Augen liegen. Alle Bewegungen seines Freundes waren langsamer als gewohnt, beinah wie in Zeitlupe. Jimmy saß auf dem Stuhl, die Ellenbogen auf die Beine gestützt. Seine Hände hingen schlaff nach unten, die Pistole baumelte achtlos herum. Er stierte auf das braune Muster am Boden und dachte an nichts.

Plötzlich spürte er einen Schlag auf seiner Schulter, im gleichen Moment krachte ein Schuss aus der Pistole. „Mann, bist du irre!“ Ulf sprang zur Seite und schaute ungläubig auf Jimmy.

„Tut mit leid, die ist alleine losgegangen“, stammelte Jimmy erschrocken. „Ich habe gerade nachgedacht. Irgendwie muss sich der Schuss gelöst haben. Das ... das wollte ich nicht!“

Blass schauten sich die beiden Jungen an, unfähig zu einer Regung. Es schienen beinah Stunden vergangen zu sein, ehe sie sich aus ihrer Starre befreiten. Ulf war jetzt wütend, blaffte Jimmy an. Der wirkte durcheinander, brachte keinen vernünftigen Satz heraus. „Ich glaube es ist besser, wenn wir das Ganze heute verschieben. Los, ich bring dich nach Hause.“

Regen klatschte an die Scheibe des Autos, die Scheibenwischer arbeiteten auf Hochtouren. Lautlos fuhren sie durch die Nacht, jeder mit sich selbst beschäftigt. Irgendwie hatte der Schuss, der sich aus der Pistole lösen konnte, den Abend abrupt beendet. Jimmy war müde und benommen. Der Tag war aufregend, viel aufregender als sein bisheriges Leben. Alles in seinem Kopf lief durcheinander. Er starrte auf die Straße, die im Regen unterzugehen schien. Alles da draußen schwamm. Kleine Bäche voll Wasser liefen die Scheiben herunter und Jimmy sah zu, wie sie immer wieder von dem Scheibenwischer zur Seite geschoben wurden. Vor seinem Haus hielt Ulf an und verabschiedete sich von ihm.

„Machs gut, wir sehen uns dann morgen."

„Ja, bis morgen", antwortete Jimmy müde.

Langsam stieg Jimmy die Treppen zu seiner neuen Wohnung empor. Jede Stufe schien ihm höher und schwerer zu besteigen. Ihm kam es so vor, als würde mit jedem Tritt ein Stück seiner Kraft aus dem Körper gesogen. Vielleicht war das alles einfach zu viel. Sicher hatte er sich überanstrengt, nun forderte der Körper seinen Tribut. Vor seiner Wohnungstür lehnte sich Jimmy erst einmal an die Wand. Er ahnte nicht, dass Franzi vor wenigen Stunden genau wie er an der Wand den Abend überdachte.

Plötzlich ging das Licht im Treppenhaus aus und für einen winzigen Moment wurde Jimmy aus seiner Lethargie gerissen. Er raffte sich auf, knipste das Licht an und öffnete die Tür zu seiner Wohnung. In jedem Winkel des kleinen Raumes roch er Franziska. Er musste nur die Augen schließen und schon sah er sie vor sich. Jimmy setzte sich seufzend auf sein Sofa. Er rutschte weit nach unten und blickte aus dem Fenster, das jetzt fast genau über seinem Kopf war. Regen peitschte gegen die Scheibe, ab und zu klebte ein Blatt erschrocken an der Scheibe. Dann wurde es durch das Wasser herunter gerissen und an ein anderes Fenster geworfen. Der Mond war schon lange verschwunden. Jimmy starrte ins Nichts, der Regen spielte die Melodie. Langsam lullte sie ihn ein.

Regen tobte immer wieder durch die dunkle Nacht. Er fühlte, wie er durchweicht wurde. In kleinen Bächen lief das Wasser seinen Körper herunter und sammelte sich an den Füßen, in immer größer werdenden Pfützen. Jimmy stand im Regen, rührte sich nicht von der Stelle. Er fühlte nichts. Keine Kälte, keinen Regen, einfach nichts. Er hatte weder Angst, noch irgendein anderes Gefühl.

Es war diese Lethargie, diese Starre, die ihn manchmal ummantelte und festhielt. Zwar spürte er den harten, würgenden Griff, aber er konnte sich nicht daraus befreien. Ganz weit hinten hörte er die Stimme, dass er sich bewegen müsste. Aber so sehr er sich auch anstrengte, seine Beine schienen im morastigen Boden festgewachsen. Er schaute an sich herunter, so als könnte er im Boden die Ursache für seine Regungslosigkeit entdecken. Aber er sah nur zwei Beine, die bis an die Knöchel im Schlamm steckten. Mit aller Kraft versuchte er sie ein Stück zu heben, aber mehr als ein paar Millimeter kam er nicht von der Stelle. Es war wie ein Magnet, der ihn am Boden festnagelte. Plötzlich hörte er weit entfernt die vertraut, abscheulichen Klänge, die bis jetzt nie Zeichen für etwas Gutes waren.

Jimmy zwang sich in die Richtung zu schauen, auch wenn er genau wusste, was ihn jetzt erwarten würde.

In einer langen Reihe warteten die Schattenreiter am Ufer. Der Regen strömte auf ihre löchrigen Leiber und schoss an mehreren Stellen wieder heraus. Alle Augenpaare waren auf ihn gerichtet. Obwohl die Entfernung mehrere Meter betrug, konnte er es deutlich spüren. Die Pferde tänzelten leicht auf der Stelle. Ihre Reiter hielten sie fest und zügelten sie mit einem harten Griff. Kleine weiße Wölkchen quollen aus den Nüstern. Sie waren genauso weiß wie die Leiber, die sich dicht aneinander reihten. Alles schien auf ein geheimes Kommando zu warten. Jimmy steckte im Morast, auch wenn er gewollt hätte, er konnte sich nicht bewegen. Jetzt war es so still, dass er seinen eigenen Herzschlag deutlich hörte. Selbst der Regen fiel lautlos auf den Boden. Die Reiter fixierten ihn mit ihren eisigen Blicken. Gebannt schaute er sie an. Die Spannung steigerte sich, beinah konnte man das Knistern hören, die sie erzeugte. Dann löste sich ein Reiter, lenkte sein Ross nach vorn und blieb stehen. Deutlich spürte Jimmy die Kälte, die von dem unheimlichen Reiter ausströmte. Es war, als wenn er den Eisschrank geöffnet und ein kalter Luftzug ihn streifte. Ein bizarres Bild, das er von außen zu betrachten schien, zeichnete sich ab. Jimmy stand auf der einen Seite, gegenüber dem grau-weißen Reiter. Etwas strömte von ihm aus, etwas Unerklärliches, Dunkles. Die Kälte kroch Jimmy zuerst in die Beine, dann den Körper weiter nach oben, bis sie ihn umschloss.

Plötzlich hörte Jimmy weit entfernt einen Ton, ein zartes Piepen. Auch der Schattenreiter schien es zu hören. Sein Pferd bäumte sich auf, als er die Zügel heftig nach hinten riss. Dann zerriss ein lautes Wiehern die Stille und Jimmy schaute sich ungläubig um.

Immer noch klatschte der Regen an die Fensterscheiben, es regnete schlimmer als zuvor. Das zarte Piepsen ertönte erneut. Jetzt erst begriff er, dass er geträumt hatte. Missmutig setzte er sich hin. Alle Gelenke schienen ihn zu schmerzen. Sein Nacken war steif und alles tat ihm weh. Aber am allerschlimmsten waren die Schatten, die ihn auch jetzt verfolgten. Sie ließen ihn nicht los, verfolgten ihn, wo sie nur konnten. Sein Hemd war klamm. Schweiß stand ihm auf der Stirn, aber er fühlte sich kalt an.

Jimmy versuchte zu denken. Nichts, da war einfach nichts. Die Reiter warfen ihr kaltes Licht in den Raum, nahmen den gesamten Platz ein. Vorsichtig rutschte Jimmy an die Kante seines Sofas und stand auf. Sein Kopf fühlte sich leer an. Er ging ins Bad und steckte den Kopf unter die Brause. Eisiges Wasser lief ihn den Rücken herunter, ließ die Lebensgeister wieder erwachen.

Mit ihnen kehrten auch die Gedanken zurück. Franzis Parfüm wehte ihm ins Gesicht. Erschrocken drehte er sich herum, als wenn er sie irgendwo vergessen hätte. Plötzlich hatte er Angst. Unerklärliche, kalte Angst. Sie kroch ihn an wie vorher die Starre. Jimmy schaute in den Spiegel, als wenn dort die Antwort stehen könnte, die er suchte. Seine Hände zitterten und ein einziger Gedanke beherrschte ihn: Ist Franziska in Sicherheit?

Was, wenn das Piepsen, das er vorhin entfernt wahrgenommen hatte, ein Anruf oder Hilferuf von Franzi war? So schnell er konnte humpelte Jimmy zurück und suchte sein Handy. Fluchend warf er alles zur Seite, was ihm in den Weg kam. Endlich! Es war ihm beim schlafen aus der Hosentasche gerutscht und unter den Tisch gefallen. Er starrte auf das Display, aber keine Nachricht, kein Telefonanruf war darauf vermerkt. Mit zitternden Händen wählte er die Nummer von Franzi und bekam nur ein langweiliges Tut-tut-tut zur Antwort. Gedanken kreisten in seinem Kopf.

Es war ein Traum, ein dummer Traum. Reiß dich zusammen!

Jimmy schaute auf die Uhr. Es war drei Uhr morgens. Er schaltete den Fernseher ein und irgendein Nachrichtensprecher verkündete die neuesten Meldungen. Für die nächsten Tage erwarteten die Meteorologen ergiebige Niederschläge. Das beste Wetter, um zu Hause zu bleiben. Allmählich beruhigte sich Jimmy und irgendwann später fiel er in einen tiefen Schlaf.

Am nächsten Morgen weckte ihn unruhiges Klopfen an der Tür. Erschrocken setzte sich Jimmy auf. Dann klopfte es wieder und Jimmy hörte seinen Namen. So schnell er konnte stand er auf und humpelte zur Tür. Franziska stand davor und lächelte ihn an. Dann schlang sie ihre Arme um seinen Hals und küsste ihn sanft. „Na du alter Langschläfer. Du weißt wohl gar nicht, wie spät es ist?"

Tatsächlich hatte Jimmy keine Ahnung, in welcher Zeit er lebte. Irgendwie hatte sich alles ein bisschen verschoben. Es war wieder ein trist-grauer Tag. Man konnte meinen, es ist morgens acht Uhr.

„Ja, ja. Du brauchst gar nicht so zu gucken. Es ist schon um eins!" Ein bisschen vorwurfsvoll schaute ihn Franziska an und schlüpfte vorbei in die Wohnung.

„Los, jetzt! Raus aus den Federn. Ich koche uns was zum Mittagessen."

Jimmy stand immer noch in der Tür, fast ein bisschen fassungslos. Er hatte so fest geschlafen, dass er sich förmlich überrannt vorkam. Franzi sprühte vor Energie, er selber fühlte sich ausgelaugt und leer. Aber Franzi ließ nicht zu, dass sich einer dieser Gedanken in seinem Kopf einnistete. Sie plapperte wie wild, was überhaupt nicht zu ihr passte. „Komm schon, mach die Tür zu. Es wird noch ganz kalt im Zimmer." Sie wartete nicht ab, bis er sich bewegte, sondern fing sofort an, in der kleinen Küche herumzuwerkeln. Jimmy machte die Tür zu. „Ich glaube, ich brauche jetzt erst mal einen starken Kaffee. Aber ich weiß nicht, ob ich so etwas überhaupt da habe?"

„Na klar. Ich habe doch gestern schon welchen gekocht. Wann bist du gestern ins Bett? Du bist mir vielleicht verträumt!"

„Es war spät." Jimmy verschwieg den ersten unruhigen Teil der Nacht und ging ins Bad. Für einen

Moment, als er sich an den Traum erinnerte, streifte ihn ein eisiger Hauch. Er hörte Franzi in der Küche singen. Alles an ihr war fröhlich. Sie strahlte Lebenslust und Freude aus. Verständlich, sie war verliebt. Alles in ihr vibrierte, alles war rosarot.

Jimmy schaute in den Spiegel, in dem er schon am Abend zuvor nach Antworten gesucht hatte. Er sah ein blasses Gesicht, das ihn leer und düster anschaute.

Er war verliebt, alles in ihm müsste genauso sein. Alles müsste vibrieren. Er stand einfach nur da, starrte in ein Gesicht. Achtlos lief das heiße Wasser ins Becken, Wasserdampf stieg auf und nahm ihm die Sicht. Jimmy seufzte, drehte den Wasserhahn zu und wischte mit dem Handrücken über den beschlagenen Spiegel.

Erschrocken taumelte er zurück. Für den Bruchteil einer Sekunde glaubte er in das Gesicht seiner Mutter zu blicken. Ihr ausgemergeltes, fahles Gesicht wirkte drohend. Das Echo der verhassten Worte hallte ihm im Ohr. *... du bist wie dein Vater ... wollen alle nur dass eine ... Träumer...wie dein Vater ...*

„Jimmy ... Jimmy! Was ist los, mach die Tür auf." Franzi hämmerte dagegen. Jimmy schaute sich um, als wenn er von einem langen Schlaf erwachen würde. Dann öffnete er die Tür. „Was ist los mit dir? Ich habe dich schon dreimal gerufen. Möchtest du ein Brötchen oder soll ich uns lieber ein paar Spagetti kochen?"

„Ähm, ich weiß nicht", dann drehte er sich um und wischte schnell den Wasserdampf ab, „mir reicht ein Brötchen. Ich komme gleich."

Schon war Franzi durch die Tür nach draußen geschlüpft. Jimmy setzte sich auf das Klobecken und atmete tief durch. Sein Puls raste noch immer und der Atem ging flach. Köstlicher Kaffeegeruch stieg ihm in die Nase. Er atmete tief durch, stand auf und zog sich an. Bevor er nach draußen ging schüttelte er sich kurz, wie um das Erlebte zu vergessen.

Jimmy saß steif neben Franzi auf dem Sofa, das erst vor wenigen Stunden ihr gemeinsames Liebesnest gewesen war. Jetzt kam es Jimmy unwirklich vor. Aber da war Franzi, ihr herrlich, frischer Parfümduft umnebelte ihn. Allmählich spürte er, wie sich seine Muskeln lockerten und die Anspannung nachließ. Franzi erzählte ihm von ihren Freunden, die fast alle in der Nähe von Berlin wohnten. Sie erzählte von der Clique, von Rita, der Freundin ihrer Mutter.

„... du musst unbedingt einmal mitkommen“, hörte er Franzi sagen. „Auf alle Fälle werden wir bald wieder hinfahren. Straußberg ist nicht aus der Welt. Im Handumdrehen ist man da. Du wirst sehen, die sind alle in Ordnung. Vielleicht können wir alle zusammen Silvester feiern?“ Franzi war richtig ins Schwärmen gekommen. Was sollte Jimmy darauf erwidern? Ulf war der einzige Freund, den er hatte. Er durfte nie andere Kinder nach Hause einladen. Mutter konnte Kinder nicht ausstehen. Sie machten zu viel Lärm, zu viel Dreck, zu viel alles.

Plötzlich war diese Starre wieder da, als wenn ein eisernes Hemd sich um seine Schultern gelegt hätte. Er konnte nicht einfach mit Franzi mitfahren. Ihre Freunde, es waren ihre Freunde. Was hatte er zu bieten? Da war nichts, einfach nichts. Jimmy fühlte, wie sein Körper schrumpfte, so wie jeden Morgen seit seiner Kindheit. Er fühlte die Winzigkeit seines Daseins. Franzi saß neben ihm wie ein Wesen von einem anderen Stern. Sie erzählte, sie lachte, sie schmiegte sich an ihn. Ein bisschen ähnelte sie seinem Vater. Sie hatte den gleichen hoffnungsvoll, sehnsüchtigen Blick in den Augen. Was, wenn sie auch eine Fata morgana war? Unwillkürlich strich sich Jimmy über die Stelle, auf die sein Vater vor Jahren das Brandmal gedrückt hatte. Sie schien zu glühen. Es war wie ein unterirdisches Feuer, eine schwelende Glut. Ohne dass er es wollte, saß er starr auf dem Stuhl, hielt den kalten Hähnchenschenkel in der Hand. Alles war genauso. Wie konnte er auch glauben, dass sich etwas ändert?

Alles drehte sich vor seinen Augen. Der ganze Raum begann zu tanzen. Immer schneller, wie in einem makabren Walzer. Mit jeder Drehung rückte Franzi weiter von ihm weg. *Der Stein fliegt, die Kreise werden größer, schneller. Er fliegt und fliegt, schneller ... schneller. Sie breiten sich aus ...*

Er blieb im Mittelpunkt. Bilder tanzten vor ihm her, zogen immer weitere Kreise. Ihre großen blauen Augen wurden größer, entschwanden bald dem Blickfeld. Sein Vater schickte den Stein über den See. Er selber war der Stein.

Alles um ihn herum drehte sich, wurde größer, um ganz zu verschwinden. Namenloses Raunen ging durch seinen Körper, wild wirbelten die Kreise durcheinander. Plötzlich sah er sie. Ganz weit draußen, am Rande seines Blickfeldes. Sie starrten zu ihm herüber, brannten Löcher in seine Haut, taten ihm weh. Ihre Blicke schienen aus einem Laserstrahl zu sein. Eine heftige Unruhe breitete sich aus. Nervös zuckte sein ganzer Körper.

„Jimmy ..., komm schon, wach auf. Jimmyyy ...!" Franziska beugte sich über den nervös zuckenden Körper ihres Freundes, rief aufgeregt seinen Namen. Jimmys Augen waren verdreht, er schien nicht bei Bewusstsein. Franzi fasste ihn bei den Schultern und rüttelte ihn heftig. Aber nichts half. Jimmy gebärdete sich wie wild. Mit zitternden Händen zog Franzi ihr Telefon aus der Tasche und wählte die Nummer von Marie.

„Marie, du musste mir helfen. Ich weiß nicht, was mit Jimmy los ist. Er ist plötzlich umgefallen und krampft wie verrückt. Ich weiß nicht, was ich tun soll?" Bemüht die Panik in sich nicht zu sehr aufkommen zu lassen, atmete Franzi einige Male tief ein und wieder aus.

„Bleib ruhig“, hörte sie ihre Freundin am anderen Ende der Leitung sagen, „versuche ihn etwas festzuhalten, damit er sich nicht verletzt. Ich bin gleich bei dir.“

„Bitte beeile dich“, wollte Franzi sagen, aber da hatte Marie schon wieder aufgelegt.

Wenig später stürmte Marie an Franzi vorbei in das Zimmer.

Ulf stand etwas unschlüssig in der Tür, folgte aber kurz darauf. Inzwischen hatten die Krämpfe nachgelassen und Jimmy öffnete die Augen. Ungläubig schaute er Marie an, die sofort auf ihn einredete. „Was machst du denn für Sachen? Hast du vielleicht zu viel getrunken?“

Jimmy drehte es noch ein wenig im Kopf. Warum waren Marie und Ulf plötzlich hier? Er erinnerte sich an nichts. Warum stellte sie ihm so blödsinnige Fragen? Er sah das besorgte Gesicht von Franzi. Irgendwie war alles nebulös, unwirklich. Ulf half ihm aufstehen. Benommen und wacklig saß er auf dem Sofa. Alle drei standen um ihn herum und staunten ihn mit offenen Mündern an.

Vage erinnerte sich Jimmy an die Kreise, die Schattenreiter, die ihn mit ihren Blicken Löcher auf die Haut brannten. Dann sah er in das besorgte Gesicht von Franzi.

„Du hast mir einen ganz schönen Schrecken eingejagt“, hörte er sie sagen. Aber die Stimme war anders als sonst. Sie wurde geschluckt, war dumpfer und verzerrt.

Alle drei wirkten so anders. Marie war die erste, die ihre Sprache wiederfand. „Sag schon, was ist los mit dir? Du hast uns einen mächtigen Schrecken eingejagt.“

„Stimmt“, pflichtete ihr Franzi bei, „ich dachte, du kommst überhaupt nicht wieder zu dir.“ Zu den anderen gewandt sagte sie: „Wir haben uns ganz normal unterhalten. Ich habe Jimmy von meiner Clique zu Hause erzählt, dass wir sie einmal zusammen besuchen könnten, vielleicht an Silvester. Plötzlich sackte er auf dem Sofa zusammen, verdrehte die Augen und fing an zu zucken. Mir wurde ganz anders."

Franzi ging zu Jimmy, legte ihren Arm um seine Schultern. „Versprich mir, dass du mich nie wieder so erschreckst?!"

Jimmy seufzte. Was sollte er denn sagen? Es fing in seinem Kopf genau in diesem Moment an zu drehen, als Franzi von ihren Freunden erzählte. Für einen Augenblick streifte ihn die Kälte, die er empfand. Er sah seine Winzigkeit und den bohrenden Blick der Schattenreiter. Sollte er sich lächerlich machen und von seinen Albträumen erzählen? Erwartungsvoll ruhten alle Blicke auf ihn. Irgendetwas musste er sagen, auch wenn er nur zusammenhangloses Zeug hervorbrachte. „Ich kann euch nicht sagen, was passiert ist. Das hatte ich noch nie. Vielleicht liegt es daran, dass ich mit meinem Bein noch Probleme habe? Keine Ahnung. Aber keine Sorge, mir geht es wieder gut."

Sichtlich erleichtert ging ein kurzes Aufatmen durch die Reihen der Freunde und sofort herrschte eine andere Stimmung im Raum. Man konnte beinah körperlich spüren, wie die Anspannung nachließ. Franzi und Marie gingen in die Küche, um den Kaffe zu holen.

Ulf saß allein neben Jimmy. „Jetzt mal ganz ehrlich! Was war los? Mir brauchst du nichts vormachen. Irgendetwas ist nicht in Ordnung?"

Sofort legte sich das kalte Hemd um Jimmys Schultern. Er wartete einen Moment, ehe er antwortete. „Ich weiß auch nicht! Vielleicht hat meine Mutter ja recht ..."

„Womit hat deine Mutter Recht?!", wollte Franzi wissen, die gerade das Zimmer betreten hatte.

„Ach nichts, die redet eine Menge dummes Zeug am Tag."

Jimmy spürte keine Lust, sich über seine Mutter zu

unterhalten. Ein bisschen schämte er sich, außerdem fiel ihm nichts Positives ein, das er sagen konnte.

Was soll schon dabei herauskommen, wenn ich erzähle, was alles war. Dumme Geschichten. Sie sind alt. Jetzt beginnt ein anderes Leben. Die Steine ziehen weite Kreise. Wer hat sie geworfen?

„He, Jimmy. Träumst du schon wieder?“ Einen Augenblick lang glaubte er allein zu sein. Seine Augen bekamen diesen sehnsüchtigen Blick. Aber da saßen drei Menschen, die ihn mit unterschiedlichen Minen musterten. Franzi schaute besorgt drein, während Ulf und Marie eher neugierig wirkten. Ulf wusste, dass Jimmys Vater schon seit ein paar Jahren tot war. Aber er kannte nicht die Gefühle, die Jimmy einschnürten, ihm das Leben zur Hölle machten.

„Nein, nein“, beeilte sich Jimmy zu sagen, „bei mir ist wieder alles in Ordnung. Vielleicht bekommt mir die viele freie Zeit nicht.“

Damit war die Angelegenheit beendet und niemand erwähnte mehr den Zwischenfall.

Ein paar Tage später war die Begebenheit vergessen.

Es war einer dieser goldenen Herbsttage, an denen schwebende Spinnfäden durch die Lüfte segelten. Tautropfen hatten sich in ihnen verfangen und hingen wie winzige Brilliante an einer Perlenschnur. Tausendfach wurde das Licht der Sonne gebrochen. Tausendfach spiegelte sich die Schönheit. Der Morgentau glitzerte auf den rot-goldenen Blättern, die noch vereinzelt auf den Bäumen zu sehen waren. Ein Großteil lag auf dem Boden verstreut, bald Teil eines neuen Kreislaufes.

Jimmy erwachte, weil ihn die Sonne genau in die Augen schien. Er wurde mit solcher Intensität geblendet, dass er im ersten Moment nichts sehen konnte. Ein paar der goldenen Blätter klebten an seinem Dachfenster und hinterließen auf dem Fußboden ein bizarres

Muster. Es sah aus, als wenn kleine Fleckenzwerge über den Boden huschen würden. Der Herbstwind versuchte die Blätter von den nassen Scheiben zu reißen, aber sie rutschten nur ein klein wenig hin und her. Gelegentlich schob sich eine Wolke vor die Sonne, so dass die Schatten im rasenden Tempo ihr Spiel trieben. Es wurde abwechselnd hell und dunkel.

Graue Schemen wanderten eilig die Wände entlang, huschten über Jimmys Gesicht. Er machte die Augen wieder zu. In seinem Kopf wirbelte alles durcheinander.

3.Teil

Die Gedanken kreisten unaufhörlich in seinem Kopf. Franzi hatte ihn eingeladen, Weihnachten bei sich zu Hause und ihren Eltern zu verbringen.

Bis jetzt war es Jimmy immer wieder gelungen, sich um eine Begegnung mit Franzis Eltern herum zu reden. Jimmy hatte Angst.

Die Steine springen über den See. Sie schweben. Alles liegt ruhig, beinah vergessen. Trügerische Stille. Leises Raunen im See. Tief unten. Die Kreise werden größer. Hört es denn keiner? Es ist ein seltsames Rumoren. Still und trotzdem da. Die Luft scheint aufgeladen. Es knistert. Die Steine, sie fliegen ohne Ende. Die Stille, sie macht mich verrückt. Es ist ein seltsames Warten. Ein Warten worauf?

In den letzten Wochen war etwas in ihm stärker geworden. Etwas wuchs, machte sich in ihm breit. Wie ein böses Geschwür wucherte es in seinem Körper, seinem Geist. Es war eine Art Druckgefühl, unbestimmt, aber trotzdem da.

Sehnsüchtig wartete er, dass er Franzi treffen konnte. Wenn er sie dann sah, wollte er so schnell wie möglich wieder weg. Er fühlte sich zerrissen. Alles in ihm war durcheinander. Er fühlte sich klein und elend. Sie kamen jetzt häufiger, die bleichen Reiter auf ihren dumpfigen Gäulen. Jimmy versucht sich abends so lange wie möglich wach zu halten. Die Treffen mit Ulf mussten im Moment ausfallen, da die Mähnerts ihr Haus renovierten. Jimmy schaute fern. Wenn er sich eine Dose Bier öffnete, mischte sich ein vertrauter Geruch, der ihn an seinen Vater erinnerte, in sein Leben. Aber nachts kamen die Schattenreiter.

Jetzt saß Jimmy auf seinem Sofa und stierte auf den Boden. Auf dem schrägen Dachfenster lag eine weiße Decke aus frisch gefallenem Schnee. Die dadurch gefilterte Helligkeit drang spärlich in sein Zimmer. Jimmy nahm das nur am Rande wahr. Er schaltete kein Licht ein, rührte sich auch sonst nicht von der Stelle.

Die Gedanken kreisten immer wieder.

Heute Morgen war er aus dem Haus gegangen. Sein Bein war gut verheilt. Im neuen Jahr würde er wieder mit seiner Arbeit beginnen. Ein kühler Schleier aus frisch gefallenem Schnee bedeckte die Umgebung. Die Bäume vor dem Haus trugen weiße Hauben. Der Hund aus dem Nachbarhaus, den Jimmy manchmal streichelte, tobte durch den Schnee. Er kläffte heftig die winzigen Kristalle an, versuchte welche zu erhaschen. Immer wieder sprang er in die Luft, fiel auf das Hinterteil. Er schien unbändigen Spaß zu haben. Das Kläffen wurde lauter, beinah schrill.

Heute störte es Jimmy. Mit tief vergrabenen Händen lief er an dem kleinen Quälgeist vorbei. Er zog den Kopf zwischen seine Schultern ein, um sich so besser vor der Kälte zu schützen. Er wollte an diesem Vormittag zu Ulf.

Wieder einmal hatte Jimmy schlecht geschlafen. Gleich einem Geist war sein Vater durch die Träume gewandert. Jimmy sah ihn immer nur von hinten. Er versuchte ihn zu rufen. Nichts. Keine Reaktion. Sein Vater drehte ihm den Rücken zu. Jimmy rief verzweifelt. Er brauchte ihn. Plötzlich blieb sein Vater stehen. Langsam, ganz langsam, fast im Zeitlupentempo drehte er sich um. In gespannter Erwartung verharrte Jimmy an der Stelle, hielt den Atem an. In dem Moment, als er ihn sah, schrie er laut auf. Erschrocken saß Jimmy in seinem Bett.

Waren sie wieder da? Sie kommen immer näher. Die Steine versinken. Die Kreise werden größer, breiten sich aus.

Einen kurzen Augenblick lang versuchte er sich zu orientieren. Dann wusste er, warum er erschrocken war. Das Gesicht seines Vaters war keines. Es war eine lose, leere Höhle. Da waren keine Augen. Die Augen, die er so mochte. Das sehnsüchtige Hoffen, das er immer lesen konnte. Nichts. Die Hoffnung, die er immer ahnte. Nichts. Alles blieb leer. Stumpf. Jimmy war zurückgewichen. Aber er spürte in seinem Rücken einen Widerstand. So als würde er an einer Wand lehnen. Aber diese Wand war weich, fast wie Wachs. Er spürte für den Bruchteil einer Sekunde, wie sie hinter ihm nachgab. Das letzte, an was er sich erinnern konnte war, wie er verzweifelte die Hände nach dem gesichtslosen Wesen vor sich ausstreckte.

Dann war er aufgewacht. Schweißgebadet! Wie schon seit Tagen.

In seinem Körper saß ein Knoten. Ein dumpfer, fester Knoten. Er drückte und würgte ihn. Das einzige, was er an diesem Morgen denken konnte: du musst hier raus.

Eilig zwängte er sich in seine Sachen und lief zu Ulf. Aber er sah es schon an den Spuren im Schnee. Das Auto war nicht in der Garage, im Haus brannte kein Licht. Jimmy klingelte, klopfte, aber niemand rührte sich. Missmutig stand er vor dem Haus. Ihm blieb nichts weiter übrig, als wieder umzukehren. Wo sollte er hin? Gerade heute hätte er gern das kühle Metall zwischen seinen Händen gespürt. Der Knoten, den er seit Wochen spürte, war dann erträglicher. Aber das Haus blieb stumm. Kein Mensch war zu sehen. Umständlich bugsierte Jimmy sein Handy aus der Tasche, versucht Ulf zu erreichen. Nichts. Keiner hörte oder sah ihn heute.

Eisiger Wind pfiff um die Häuserecken. Jimmy versuchte den Kopf noch tiefer zwischen die Schultern zu ziehen. Aber es half alles nichts. Seine Ohren waren bereits dunkelrot. Ihm blieb nichts weiter übrig, als wieder nach Hause zu gehen.

Jimmy lief, er lief immer schneller, um der eisigen Kälte zu entkommen. Dichtes Schneetreiben setzte ein, so dass man die Hand kaum noch vor den Augen sehen konnte. Jimmy hielt den Kopf auf den Boden gerichtet, um so ein wenig sein Gesicht zu schützen. Immer wütender zerrte der Sturm an seinen Sachen. Jimmy musste sich weit nach vorn beugen, um vorwärts zu kommen. Die Straßen waren wie leergefegt. Kein Wunder. Bei diesem Wetter lief kein vernünftiger Mensch draußen herum. Gleich scharfen Messern schnitten die Eishände in sein Gesicht. Bald hatte Jimmy die Orientierung verloren, nur noch darauf bedacht, nach Hause zu kommen.

Abrupt brach der Wind ab. Ohne Vorankündigung, einfach so. Beinah wäre Jimmy gefallen, da der Widerstand nicht mehr da war. Erstaunt sah er sich um. Ohne zu wissen wie, war er auf den Weg in den Park geraten.

Hier war es still. Der heftige Sturm, der ihm vor ein paar Minuten noch die Luft zum Atmen nahm, hatte sich gelegt. Die kahlen Äste der Bäume reckten sich wie Geisterhände in den Himmel. Gleich dürren Knochen drohten sie ihm in der unwirtlichen Umgebung. Etwas verwundert sah sich Jimmy um. Alles schien so unwirklich. Einen Augenblick blieb er stehen. In der Nacht war Schnee gefallen. Alles war bedeckt von einer weißen Pracht. Es gab keine Spuren im Schnee. Nicht einmal seine eigenen. Eigentlich hätte das Jimmy verwundern müssen. Aber er nahm es nicht mit einer gewissen Logik wahr. Das Denken blieb ausgeschaltet, alles war auf einfache Instinkte reduziert. Vorsichtig sah sich Jimmy um, dann steckte er entschlossen den Kopf zwischen die Schultern und ging los. Eine leichte Röte überzog sein Gesicht, die Zähne schlugen aufeinander. Weniger wegen der Kälte, eher wegen der gespannten Erwartung. Jimmy richtete seinen Blick stur auf die Füße, so als wüsste er, was ihn erwartet.

Eilig folgte er den Weg, den er heute nur vermuten konnte. Alles lag tief verschneit. Nichts deutete darauf hin, dass Menschen durch den Park in seiner winterlichen Pracht gelaufen wären.

Plötzlich blieb er erschrocken stehen. Direkt vor ihm waren deutlich Spuren zu erkennen. Tiefe, frische Spuren. Er brauchte nur einen Augenblick um zu begreifen, was das für Spuren waren. Gleich mehrere nebeneinander. Nicht hintereinander, wie es beim reiten üblich wäre. Nein, nebeneinander. Jimmy stand da und starrte auf die frischen Spuren im Schnee. Ihm kam es so vor, als könnte er sich nicht mehr bewegen.

Schlagartig wurde ihm bewusst, was er in seinem Rücken spürte. Es waren die bohrenden Blicke der Schattenreiter. Er musste sich nicht umsehen. Er wusste es. Sie standen hinter ihm, in einer sauberen, geraden Reihe. Aus den Nüstern der Rösser quoll weißer Nebel, er spürte, wie er sich mit der kalten Dezemberluft vermischte. Unruhig tänzelten die Rösser, als könnten sie nicht erwarten, auf ihn zu zu reiten. Das tonlose Schniefen traf ihn wie Messerspitzen. Jimmy schloss die Augen, hielt den Atem an. Alles um ihn herum schien still zu stehen. Er versuchte sich das Bild seines Vaters ins Gedächtnis zu rufen. Er war der einzige, der ihn verstehen würde. Er hatte sie gesehen, damals, als sie ihn holten. Aber so sehr sich Jimmy auch anstrengte. Das Gesicht bekam keine Konturen. Es blieb eine augenlose, leere Maske. Jimmy stand da, Eishände hielten ihn umklammert. Er fühlte eine Leere, eine absolute, betäubende Leere.

Plötzlich, von einer Sekunde auf die andere, war alles vorbei. Der Sturm fegte mit ungeminderter Geschwindigkeit über den See. Die Geisterhände der leeren Kastanienbäume schüttelten drohend ihre dürren Knochen. Jaulend riss der Wind an Jimmys Haaren, die ihm wild auf dem Kopf durcheinander wirbelten.

Jetzt war Jimmys Gesicht nicht mehr rot. Es war weiß, fast so weiß wie der frisch gefallene Schnee im Park. Ohne sich noch einmal umzudrehen, lief er nach Hause.

Den Rest des Tages verbrachte er mit unzähligen Dosen Bier in seinem Zimmer.

Am nächsten Morgen weckte ihn heftiges Klopfen an der Tür. Jimmy setzte sich im Bett auf und ließ sich gleich mit einem heftigen Stöhnen wieder zurück fallen. Sein Kopf schmerzte und alle Glieder taten ihm weh. Er überlegte einen Augenblick, wie er ins Bett gekommen war, aber er konnte sich beim besten Willen nicht daran erinnern. Wieder hämmerte es an der Tür und diesmal hörte er Franzi, wie sie seinen Namen rief.

„Los Jimmy, mach auf. Ich weiß, dass du da bist.“

Missmutig setzte sich Jimmy hin und stöhnte. Das Klopfen klang wie mit hundertfacher Verstärkung. Es hallte dumpf in seinem Schädel wider.

„Jimmy, bitte, ich muss mit dir reden.“

„Ich komm schon!“, hörte sich Jimmy mit einer fremden Stimme sagen.

Er zog seine Schuhe an und schlurfte an die Tür.

„Wie siehst du denn aus? Und überhaupt. Was ist mit dir los? Ich habe gestern versucht dich anzurufen. Hattest du das Handy ausgeschaltet?"

„Ähm, ja. Komm rein." Flüchtig hauchte er Franzi einen Kuss auf die Wange und schloss die Tür hinter ihr.

„Mir ging es gestern nicht so gut." Besorgt schaute ihn Franzi an. Gleichzeitig verzog sie das Gesicht, als sie seine Alkoholfahne roch. Zielstrebig ging sie zum Fenster und ließ die kalte Dezemberluft in das Zimmer strömen. Jimmy schlüpfte in seine Sachen und versuchte, seine Gedanken zu ordnen.

Gestern war er zu Ulf gelaufen und auf dem Nachhauseweg fand er sich auf einmal im Park wieder. Dann hatte er die Schattenreiter gespürt. Deutlich. Sie standen direkt hinter ihm.

Aber heute Morgen kam ihm das alles anders vor. Plötzlich hatte er das Gefühl, es war wieder nur einer dieser dummen Träume. Sicher, so musste es sein. Es kann doch nicht möglich sein, dass er am helllichten Tag auf Reiter im Park trifft. Ein bisschen war Jimmy froh, dass Franziska in seiner Küche stand und einen Kaffee kochte. Jimmy lehnte im Türrahmen und beobachtete sie schweigend.

„Jimmy, jetzt mal ehrlich. Was ist mit dir los? Du siehst mich an wie einen Geist. Habe ich etwas an mir?" prüfend schaute Franzi an sich herunter, so als ob sie einen Makel an sich entdecken könnte. In den letzten Wochen ertappte sie Jimmy immer wieder, wie er einfach dasaß und die Wände anstarrte. Wenn sie ihn daraufhin ansprach, schien er aus einem Traum zu erwachen. Dann versicherte er ihr, dass alles in Ordnung wäre. Aber tief in ihrem Inneren spürte Franzi, dass nichts in Ordnung war. Sie versuchte auf ihn einzureden, streichelte ihn und küsste ihn. Anfangs spürte sie, wie sich die Spannung bei ihm löste, und er lockerer wurde. Aber in den letzten Wochen war eine Veränderung eingetreten. Franzi konnte sich einfach nicht erklären, warum das so war. Was hatte er für ein

Problem, das er nicht mit ihr besprach. Da war mehr, als er zugeben wollte.

Einmal versuchte sie ihn zu überreden, mit ihr nach Straussberg zu fahren. Sie erinnerte sich genau an diesen Tag. Sie saßen auf dem Sofa, scherzten und lachten miteinander. Sie sagte es aus der Laune heraus. Plötzlich spürte sie, wie sich sein Körper versteifte. So konnte es nicht weitergehen. Franzi war es leid, ihn ständig zu betteln. Sie hatte sich fest vorgenommen, ein letztes Mal mit ihm zu sprechen.

Der Kaffee sprudelte lautstark in die Kanne, während sich Jimmy im Bad den Schlaf aus dem Gesicht wusch. Nachdenklich stellte Franzi die Tassen auf den Tisch. Es musste etwas geschehen.

Als Jimmy aus dem Bad kam, saß Franzi bereits auf dem Sofa und hielt die Tasse fest umklammert. Sie sah den aufsteigenden Wölkchen zu. Jimmy setzte sich neben sie. Etwas war anders heute. Das spürte er sofort. Franzi war sonst ausgelassener. Heute schien sie ernst und abwesend zu sein.

Da war sie wieder, die Angst. Ohne es zu wollen, mischte sie sich ein. Sein Herz schlug schneller, so als ahnte er, was ihn erwartete. Seine Hände zitterten leicht, als er sich die Tasse mit dem dampfenden Getränk nahm. Der Raum war erfüllt mit klarer, kalter Luft. Sie schien elektrisiert. Die Sonne schien etwas schräg auf sein Dachfenster und ließ den Schnee schmelzen. Plötzlich hatte sie ein kleines Loch in die Schneedecke gebrannt und ein greller Sonnenstrahl zeigte in das Zimmer. Erschrocken blickte Franzi auf, als wenn sie aus einem Traum erwachen würde.

„Jimmy“, sagte sie leise, „ich muss mit dir reden. Was ist bloß mit dir los? Du weichst mir aus. Wenn du mich nicht mehr magst, warum sagst du es dann nicht. Dadurch wäre vieles leichter.“ Etwas trotzig schaute sie ihn an, wartete auf eine Reaktion.

In Jimmys Kopf begann sich das Karussell zu drehen.

Größer und größer werden die Kreise. Sie ziehen dich in ihren Bann. Der Stein geht unter. Die Kreise drehen sich schneller. Sie ziehen dich herab.

Jimmy starrte in seine Tasse, als wenn dort die Antwort auf alle Fragen stehen würde. Sie konnten es nicht verstehen. Plötzlich schallten die Worte seiner Mutter in seinem Kopf. ... *Nichtsnutz, ... Taugenichts, ... genau wie dein Vater ...*

Er wusste jetzt, was er sagen würde.

„Ich glaube, das hat keinen Zweck mit uns Beiden. Lass es uns beenden." Jimmy schaute Franzi nicht an, so als fürchtete er ihren Blick. Im Grunde genommen wusste er, dass er den traurigen Blick nicht ertragen würde. Er mochte ihre Augen, sie waren das Spiegelbild ihrer Seele.

Einige Minuten saßen sie schweigend nebeneinander. Die Luft hatte sich verdickt, war schwer und unerträglich. Keiner getraute sich zu bewegen. Die Sonne war weiter gewandert, kümmerte sich nicht um die Schmerzen, die das atmen in dem Raum unerträglich machte. Mit einem Mal war es wieder dunkler.

Jäh stellte Franzi ihre Tasse auf den Tisch, der inzwischen kalte Kaffee schwappte über den Rand.

„Kannst du mir bitteschön auch sagen, warum es keinen Sinn hat?"

Ein Kloß in ihren Hals veränderte ihre Stimme, so dass sie sich beinah selber nicht erkannte. Sie klang fremd, als würde eine andere Person aus ihr sprechen. Das musste auch Jimmy aufgefallen sein, denn er schaute sie verwundert an. Er hatte keine Ahnung, was er ihr sagen sollte. Stattdessen starrte er wieder auf den Boden.

Damit hatte Franzi nicht gerechnet. Sie hatte gehofft, ihn aus seiner Lethargie zu reißen. Aber Jimmy blieb gelähmt. Franziska stand auf und ging zur Tür.

„Na schön", sagte sie mit brüchiger Stimme, „wenn du mir nichts zu sagen hast, dann gehe ich eben." Einen Moment blieb sie in der Tür stehen, so als hoffte sie auf ein letztes Wort. Aber Jimmy blieb stumm. Franzi drückte die Klinke herunter, schaute auf Jimmy und ging.

Geistesabwesend saß Jimmy auf dem Boden. Die salzige Flüssigkeit, die seine Wangen herunter lief, trug den Geschmack der vergangenen Tage.

Jetzt spürte er die Wand in seinem Rücken sehr deutlich. Sie war aus Wachs und sehr weich. Er liebte Franzi. Eigentlich hätte er sie aufhalten sollen. Aber da waren die dummen Gedanken in seinem Kopf. Er spürte ihre Tränen bis ins tiefste Innere seiner Seele. Aber das hatte keinen Zweck. Sie würden ihn nie verstehen. Sie sahen nicht, was er sah. Keiner sah etwas. Keiner war wie sein Vater.

Ich kann ihn sehen. Da, er schwebt über den See. Hörst du das auch? Es klingt so anders. Schau! Der Stein fliegt. Fast ist er am anderen Ufer. Siehst du die Kreise. Sie werden schneller, da, immer schneller. Jetzt sehe ich sie. Dort stehen sie und schauen uns zu. Komm weg von hier! Bitte! Komm!

Auf einmal mischte sich ein lauter Knall in seine Ängste. Erschrocken sah Jimmy auf. Für den Bruchteil einer Sekunde glaubte er im Park zu stehen. Aber nichts war passiert. Er hockte in seiner Wohnung. Im gleichen Augenblick klingelte das Telefon.

„Hallo Jimmy, wollte mich mal wieder bei dir melden. Wie geht es so? Warst du gestern bei mir. Hab ich dir vergessen zu erzählen. Ich war mit Marie unterwegs."

„Ähm mir geht's ganz gut, ich war zu Hause." Jimmy verschwieg seinen erfolglosen Besuch bei den Mähnerts.

„Hast du Zeit? Kannst du rüber kommen? Wir sind fertig mit renovieren. Wir könnten ein bisschen schießen üben. Was meinst du?"

„Okay. In einer halben Stunde bin ich da. Bis dann." Jimmy schaltete das Telefon aus und steckte es in die Tasche. Plötzlich wusste er nicht mehr, warum er Franziska weggeschickt hatte. Fast war es so, als ob ein anderer aus ihm gesprochen hätte.

Ulf öffnete Jimmy die Tür, als er vor der Haustür stand. Er brauchte noch nicht einmal die Klingel zu betätigen. Er ging hinein und roch sofort das würzige Aroma. Ulf schien den Gesichtsausdruck seines Freundes zu bemerken und zeigte mit einem Kopfnicken auf die Küche. „Wir bekommen heute Abend Besuch. Meine Mutter versucht sich im Kochen. Ich glaube, das ist ihr nicht ganz gelungen." Jimmy nickte nur beiläufig und folgte dann seinen Freund die Stufen in den Keller. Normalerweise gingen sie immer gleich unten durch die Garage, aber durch den strengen Frost der letzten Tage hatte sich das Holz verzogen und die Tür ließ sich schwer öffnen.

Im Keller roch es nach Schießpulver, ein eigenartiger Geruch lag in den Räumen. Es war eine Mischung aus der restlichen Farbe, die immer noch im Kellergang stand und frisch verschossenen Patronen. Etwas irritiert legte Jimmy seine Jacke ab und ging zu dem Schrank mit den Waffen.

Da war es wieder, dieses Gefühl. Weit weg rückten die Schattenreiter mit ihren modrigen Pferden. Sie hörten auf, ihm ihren stockigen Atem in den Nacken zu blasen. Mit einem Mal waren sie völlig verschwunden. Es gab keine Kreise mehr auf dem Wasser. Als wäre es heute das erste Mal, nahm Jimmy die Makarow in die Hand und umschloss das kühle Metall mit beiden Händen.

Ulf beobachtete seinen Freund aus den Augenwinkeln und nahm zum ersten Mal etwas wahr, was ihm nicht gefiel.

Jimmy war schon immer etwas sonderbar. Er war nie

ein Mann der großen Worte. Genau wie er selber. Aber genau das mochte er an ihm.

Es war dieser Gesichtsausdruck, den Ulf bei Jimmy bemerkte. Sein Blick war starr, seltsam entrückt, so als wäre er mit den Gedanken woanders. In Jimmy hatte sich eine Wandlung vollzogen, die Ulf nicht gefiel.

Er erinnerte sich an den ersten Tag in der Berufsschule. Ulf stand als Außenseiter, wurde von den anderen gemieden. Ulf begriff nie, woran das lag. Vielleicht lag es an seiner Aussprache. Wenn er aufgeregt war, brachte er kaum einen vernünftigen Satz heraus. Er stotterte, deshalb schwieg er meistens. Damals stand Achim genauso verloren auf dem Schulhof, wie er selber. Er spürte die Angst, die er so gut bei sich kannte. Er ahnte, dass diesen Jungen die gleichen Dinge quälten. Sofort war da eine Verbindung. Von da an trafen sie sich regelmäßig. Sie veranstalteten Schießübungen oder lungerten einfach nur herum. Mit den Jahren sprach Ulf immer besser, selbst wenn er aufgeregt war. Trotzdem blieb er gern allein, war höchstens mit Jimmy zusammen.

Damals auf dem Schulhof wirkte Jimmy schüchtern, vielleicht sogar etwas verträumt. Das änderte sich schlagartig nach seinem Unfall. Genau genommen änderte es sich mit Franziska. Er wirkte auf einmal unsicher, das Träumerische verschwand nach und nach aus seinen Augen. Manchmal blitzte etwas anderes auf. Etwas, was Ulf Angst einflößte.

Ulf erinnerte sich an den Tag, als sie Jimmy krampfend auf dem Boden seiner Wohnung vorfanden. Von da an wusste Ulf, dass etwas nicht in Ordnung war.

Etwas verstohlen musterte Ulf seinen Freund aus den Augenwinkeln. Der konzentrierte sich auf seine Schießscheibe und schien nichts zu bemerken. Mit jedem Schuss, den er abfeuerte, kehrte frische Farbe in sein Gesicht.

„Sag mal, was ist eigentlich los mit euch Beiden?“ wollte Ulf wissen.

Jimmy zielte weiterhin auf die Scheibe, antwortete ohne aufzusehen.

„Was soll denn los sein? Alles ist in Ordnung.“ Jimmy sagte es mit solch einer Leichtigkeit, dass Ulf keinen Zweifel an der Richtigkeit des Satzes hegen konnte. Immer noch starrte er auf das Profil seines Freundes. Einen Moment lang zögerte Ulf, ob er weitere Fragen stellen sollte, aber dann besann er sich eines Besseren.

„Was machen wir eigentlich Silvester? Franzi sagte, dass eine Party bei ihren Freunden in Straußberg läuft. Hast du schon mit ihr gesprochen?“

Da waren sie wieder. Sie standen am anderen Ufer, schienen auf ihn zu warten. Jetzt wusste er es, sie wollten ihn in die Falle locken.

Ohne den Blick von der Schießscheibe zu nehmen antwortete Achim.

„Wir haben nichts ausgemacht. Bei dem Wetter ist das vielleicht keine so gute Idee.“

„Wir haben ja noch ein paar Tage Zeit. Mal sehen, was Marie sagt.“

Später saß Jimmy in seiner kleinen Wohnung und grübelte düster vor sich hin. Eine Weile war es ihm gelungen, die Schatten zu vertreiben. Aber in den Nächten kehrten sie zurück. Morgen war Weihnachten. Achim mochte nicht daran denken.

Als er sehr klein war, gab es immer die gleiche Zeremonie. Er ging mit seinem Vater in den Park. Wenn sie nach Hause kamen, war der Baum geschmückt und es roch im ganzen Haus nach Gänsebraten. Diese Mischung aus Essenduft und zarten Geruch nach den Wäldern im Wohnzimmer, erinnerte ihn jedes Jahr an Weihnachten. In diesem Jahr, würde ihn nichts an Weihnachten erinnern.

Anfangs mochte er diese Tage. Er konnte Geschenke auspacken und es herrschte so etwas wie Ruhe und Frieden.

Aber wenn er an das letzte gemeinsame Weihnachten mit seinen Vater dachte, schüttelte er sich leise. Jetzt war er wieder der kleine verletzliche Junge mit viel Hoffnung. Vielleicht würden sich seine Eltern eines Tages verstehen? Manchmal glaubte er das, besonders an Weihnachten. Welch trügerische Hoffnung.

Er war wieder am See, wie jedes Jahr mit seinem Vater. Aber sie konnten keine Steine werfen, riesige Schneeberge verbargen die Wege und die Steine. Eisiger Wind fegte alles von der Straße, nur die beiden einsamen Gestalten stemmten sich wacker gegen den Sturm. Er zerrte an ihren Mützen und knurrte. Fast hörte sich das an wie das schauerliche Geheul einer wilden Hexe. Wieder einmal war die Phantasie mit dem kleinen Achim durchgegangen. Aber zum Glück war sein Vater an seiner Seite. Sie kehrten zeitiger als sonst in das Haus zurück. Aber Renate hatte ihre Vorbereitungen noch nicht beendet. Sie keiferte und schimpfte. Die Beiden sollten sich aus dem Weg scheren. Wenn sie schon nichts mit halfen, sollten sie machen, das sie fort kamen und so weiter und so weiter. Vater und Sohn machten auf dem Absatz kehrt und gingen. Seinen Vater schien das nichts auszumachen. Er schlug einfach den Kragen seiner Jacke höher und stapfte durch den Schnee. Gelegentlich schaute Achim seinen Vater an, aber es war nichts zu erkennen. An diesem Tag saßen sie in der Gaststätte ein paar Straßen weiter. Achims Vater bekam nach einer Weile den sehnsüchtigen Blick, den Achim so mochte. Beschwingt und fröhlich gingen sie am späten Nachmittag nach Hause.

Jahre später erinnerte sich Achim mit Grausen an jenen Abend. Seine Mutter empfing sie in der Diele, beide Arme in die Hüften gestemmt. Achim verkroch sich sofort hinter seinen Vater. Das einzige, an was sich Achim erinnerte, war die kreischende Stimme seiner Mutter, der Geruch nach Essen und Wald. Alles mischte sich in das klirrende Gerassel den die Weihnachtskugeln verursachten, als der Baum auf den Holzboden krachte.

Den Rest des Abends verbrachte Achim in seinem Zimmer, unten herrschte eisiges Schweigen. Nur der Sturm fegte ums Haus, ließ die Scheiben erzittern.

Das war das letzte Weihnachten, das er mit seinen Eltern gemeinsam verbrachte.

Im folgenden Sommer war Vater gegangen. Es folgten viele traurige Weihnachtsabende, die sich im Grunde kaum voneinander unterschieden. Er hockte meistens mit einem Geschenk in seinem Zimmer. Später saß er mit seiner Mutter in der Küche, aß schweigend den Gänsebraten. Schwacher Tannenbaumduft waberte durch die Räume. Die meiste Zeit schwieg seine Mutter. Das war ihm lieber, dann brauchte er nicht die unendlichen Klagen zu hören, die sie täglich von sich gab.

In diesem Jahr verbrachte Jimmy die Weihnachtstage allein, ohne Geschenk und ohne Duft nach Tannengrün. Er betäubte sich mit Bier. Ulf blieb an den Feiertagen bei seiner Familie, Jimmy in seinem Bett. Er verließ es gelegentlich, um sich etwas zu essen oder zu trinken zu holen. Bald hatte er jedes Zeitgefühl verloren. Das Handy blieb ausgeschaltet. Er war abgeschnitten von der Außenwelt.

Nach Weihnachten holte ihn heftiges Klopfen an der Tür aus seinem Bett. Verschlafen öffnete er seinem Freund, der ihn kopfschüttelnd betrachtete. In der ganzen Wohnung roch es stickig. Kein Wunder, Jimmy hatte drei Tage lang kein Fenster geöffnet. Der abgestandene Geruch gerauchter Zigaretten und geöffneter Bierdosen schwelte in den Räumen. Zielstrebig steuerte Ulf auf das Fenster zu und schob es weit auf. Gähnend stand Jimmy in der Badtür. „Machst du uns einen Kaffee?“ „Mann oh Mann, dich kann man ja nicht aus den Augen lassen. Klar mache ich einen Kaffee. Du brauchst bestimmet einen mit Megakoffein. Oder?“ Fragend schaute Ulf seinen Freund an, der müde antwortete.

„Wenn du meinst. Mach wie du willst.“ Dann verschwand er hinter der Badtür. Ulf hantierte in der Küche herum. Er fand es sehr seltsam, dass sich Jimmy von Franzi getrennt hatte. Am Anfang war Franzi traurig und weinte ununterbrochen. Tagelang hockten sie beieinander, suchten nach Gründen. Aber dann verwandelte sich die Traurigkeit in Wut. Ulf hatte keine Erklärung für den Zustand seines Freundes parat. Er fragte sich ja selber, was mit Jimmy los war. Alles fing so wunderbar an. Aber dann begann er sich zu verändern.

Ulf wollte einen letzten Versuch starten, Jimmy zur Silvesterparty nach Straußberg einzuladen. Ein bisschen graute ihm davor. Ulf wusste nicht, wie er das anstellen sollte. Offiziell wusste er nichts von der Trennung.

„Brauchst du Zucker?“, rief Ulf. „Nein, ich nehme ihn schwarz.“

Wenig später saßen beide um den niedrigen Tisch und hielten sich an der Kaffeetasse fest. Keiner wollte zuerst reden. Das Unausgesprochene schwelte im Raum, wie zuvor die stickige Luft. Jimmy starrte in seine Tasse, während Ulf rührte und rührte. Schließlich war es Ulf, der die Stille unterbrach.

„Warum hast du mit Franzi Schluss gemacht? Marie hat es mir erzählt. Ich dachte, das mit euch Beiden ist okay?“ Jimmy starrte weiter in seine Tasse, ohne seinen Freund auch nur einmal anzusehen. Dann seufzte er tief. Was sollte er erzählen? Irgendwie wusste er doch selber nicht, warum er sich um die Liebe dieses wunderbaren Mädchens betrog. Nachts, wenn das Raunen des Sees ihn aus den Schlaf holte, dann wusste er es genau. Er wusste es, weil seine Mutter es ihm immer wieder gesagt hatte. Er war ein Taugenichts, wie sein Vater. Er hatte ein solches Mädchen nicht verdient. Besonders jetzt, da er seinem Freund gegenüber saß, fehlten ihm die Worte. Stattdessen nippte er an dem heißen Getränk.

„Mann Jimmy, wach mal auf! Was ist bloß mit dir los? Schon seit du aus dem Krankenhaus gekommen bist, bist du so komisch. Dir ist wohl das lange zu Hause sein nicht bekommen? Sag doch auch mal was!?"

Jimmy blickte jetzt auf, sah seinen Freund direkt in die Augen.

„Nichts ist los. Ich habe bloß keine Lust auf irgendwelche Leute, die ich nicht kenne. Ständig soll ich den oder den besuchen. Da hab ich keinen Bock drauf." Dann wand er sich wieder ab und trank den Kaffee. Sichtlich erleichtert ließ sich Ulf tiefer in den Sessel fallen. Damit hatte er nicht gerechnet. Er wusste zwar, dass Jimmy nicht besonders gesellig war. Aber darauf wäre er nie gekommen. Manchmal hatte er geglaubt, Jimmy wäre nicht mehr ganz richtig im Kopf. Wer weiß? Vielleicht hatte er sich damals bei dem Sturz nicht doch etwas zugezogen? Dieser Anfall und sein eigenartiges Verhalten? Ab und zu ertappte er Jimmy, wie er Löcher in die Luft starrte. Sein Gesichtsausdruck war zum Erschaudern. Das erste Mal bemerkte er ihn, als er Jimmy an diesem Abend nach dem langen Krankenhausaufenthalt vor dem Haus von Franzi abholte. Jimmy saß im Regen auf einer Bank. Er wirkte eingefallen und um Jahre gealtert. Es war nur ein kurzer Eindruck und er konnte sich täuschen. Aber die geistige Abwesenheit seines Freundes häufte sich. Ein bisschen unwohl war Ulf bei den Gedanken an die beiden

Freundinnen. Aber er brachte es nicht fertig, Jimmy Vorschriften zu machen. Im Grunde getraute er sich das auch nicht. Etwas in der Art seines Freundes warnte ihn. Er hatte vor ihm Respekt. Insgeheim schwor er sich, Abstand von Jimmy zu halten. Natürlich nicht von heute auf morgen. Aber ganz allmählich.

Da gab es schon wieder ein Problem. Silvester stand vor der Tür, und er hatte Marie versprochen mit nach Straußberg, zu Franzis Freunden, zu kommen. Ursprünglich war auch Jimmy mit von der Partie. Aber jetzt zeichnete sich ab, dass er nicht mitkommen würde. Ulf befand sich in einer Zwickmühle. Zum einen wollte er die Silvesternacht mit Marie verbringen, zum anderen Jimmy nicht allein lassen. Vielleicht konnte er ihn ja doch noch überzeugen, mit ihnen zu fahren.

„Was ist denn nun mit Silvester?" fragte er zaghaft seinen Freund. Jimmy reagierte überhaupt nicht, beinah so, als ob Ulf nichts gesagt hätte. Er stierte in seine Tasse, ohne einmal aufzusehen. Eine Weile herrschte schweigen, unangenehmes schweigen. Aber dann gab sich Jimmy einen Ruck.

„Nichts ist mit Silvester. Ich bleibe hier." Damit schien die Unterhaltung beendet. Es breitete sich eine sonderbare Stille aus. Unsicher rutschte Ulf auf seinem Sitz hin und her. Etwas im Blick seines Freundes sagte ihm, dass er keine Widerrede duldete. So beschränkte sich Ulf darauf, in seine Tasse zu starren. Es herrschte eine gespannte Atmosphäre, in der keiner sich zu rühren wagte. Alles war gesagt.

Beinah kam es Ulf so vor, als ob Stunden vergangen wären. Unruhig spähte er auf seine Uhr, wieder und immer wieder. Dann seufzte er hörbar und stellte die Tasse auf den Tisch. „Na, ich geh dann mal. Ich habe meiner Mutter versprochen, mit ihr einkaufen zu fahren." Er schaute Jimmy an, der aber rührte sich nicht. „Tschau. Überleg es dir noch mal mit Silvester.

Vielleicht kommst du ja mit. Wir telefonieren."

Schnell war Ulf an der Tür. Er drehte sich um, wartete, ob Jimmy eine Reaktion zeigen würde. Aber der starrte weiter in seine Tasse, als wenn dort die Antwort auf alle Fragen stehen würde.

Jimmys Welt hatte sich verändert. Zuerst war sie nur grau im Einerlei des Alltages. Aber jetzt mischten sich die düsteren Schatten in sein Leben. Sie beherrschten die einsamen Nächte.

Die Steine, sie fliegen. Sie fliegen über den ganzen See, werden schneller und schneller. Aus den Nüstern quillt dicker, weißer Rauch. Unruhig tänzeln sie auf der Stelle hin und her. Aber Jimmy weiß es. Sie warten. Genau wie damals. Er spürt ihre bohrenden Blicke. Sie warten.

Jimmy schaute auf, aber die Tür war leise ins Schloss gefallen. Er hörte die schweren Schritte, die sich schnell entfernten. Trotzdem schien alles weit entfernt. Jimmy blickte durch alles hindurch. Stille breitete sich aus. Jetzt konnte es passieren, dass er die Stimmen seiner Eltern hörte, die sich stritten.

Vor zwei Tagen war er nachts aufgewacht, schon glaubte er für einen verzweifelten Moment, sein Vater sei zurückgekehrt. Die leicht kreischende Stimme erinnerte ihn an seine Mutter, der dazugehörige Bass weckte Erinnerungen. Aber dann fiel das silberne Licht des Mondes in sein Zimmer. Jimmy wusste, dass sich bloß wieder die Leute unter ihm stritten.

Ulf war gegangen, irgendwie war das Jimmy recht. Er hatte keine Lust zu erklären, warum er die Leute da draußen nicht sehen wollte. Sie taten ihm weh. Aber wenn er an Franzi dachte, zogen sich seine Därme leicht zusammen.

Kurz entschlossen stand Jimmy auf, zog sich seine Jacke über und verließ das Haus. Er wusste nicht, wohin er wollte, aber er musste hier raus. Draußen empfing ihn ein heftiger Wind, der wild an seinen Haaren zerrte. Er schlug den Kragen hoch und stemmte sich gegen den Wind. Er lief und lief, ohne zu ahnen, wohin.

Silvester

Die wenigen Tage waren genauso vergangen, wie die vorhergehenden, unmerklich und still. Petrus hatte sich in diesem Jahr dazu entschlossen, alles was an Schnee zur Verfügung stand, auf die Menschheit loszulassen. In den Straßen türmten sich die weißen Massen beinah ins Unendliche. Zur Krönung des Ganzen begann es Silvester Nachmittag wieder zu schneien. Eine schwarze, breite Wolkenwand verdunkelte plötzlich den Himmel. Dicke Flocken wirbelten wild durcheinander. Eisiger Wind fuhr durch die Schneewehen, die sich überall gesammelt hatten. Man konnte kaum ein paar Meter weit sehen, so heftig schneite es.

Franzi war schon vor drei Tagen mit ihrer Mutter nach Straußberg gefahren. Sie wohnten wie gewöhnlich bei Rita Just. Anfangs war sie traurig und wütend, dass Jimmy sie so schmählich verraten hatte. Aber bald fand sie es nicht mehr so schlimm und freute sich auf ihre alte Clique.

Als sie mit ihrer Mutter am Bahnhof ausstieg, war es anders als sonst. Vielleicht lag das an Sven, der sie am Bahnhof abholte. Rita hatte sie angerufen, um ihnen Bescheid zu geben, dass Sven sie vom Zug abholt. Sven stand am Ende des Bahnsteiges. Lässig lehnte er mit dem Oberkörper über die Brüstung, die den Bahnsteig von den anderen Wegen trennte. Er schien etwas zu beobachten, so dass Franzi nur sein Profil ausmachen konnte. Er wirkte kräftiger und männlicher. Immerhin hatten sie sich ein halbes Jahr nicht mehr gesehen. Svens dunkle Wollmütze bedeckte fast den ganzen Kopf. Nur ein paar vorwitzige Strähnen lugten unter der Mütze hervor. Die Winterjacke war leicht geöffnet. Ein dicker Rollkragenpullover kam darunter zum Vorschein. Plötzlich schien er zu erwachen und schaute zu den beiden Frauen herüber. Als er sie entdeckte, winkte er ihnen überschwänglich. Dann lief er ihnen entgegen und begrüßte sie wie immer mit einem Kuss auf die Wangen. Bei Franzi musste er sich tief nach unten beugen. „He, bist du eingegangen?“, wollte er von ihr wissen. Tatsächlich hatte auch Franzi den Eindruck, dass Sven ein Stück gewachsen wäre.

„Ich bin nicht eingegangen, eher bist du ein Stück gewachsen!“, konterte Franzi. Sie sahen sich an und mussten beide lachen.

Franzis Mutter stand etwas abseits, aber ihr war nicht der Blick entgangen, den sie bei Sven entdeckte. Beide kannten sich seit unzähligen Jahren. Aber heute sah er sie an, als wenn er sie das erste Mal in seinem Leben sehen würde.

Die nächsten drei Tage steckten die Jugendlichen zusammen und brüteten irgendwelche Pläne aus. Franzi schien aufzublühen, wie schon seit Wochen nicht mehr. Ihre Mutter sah sehr wohl, wie sich die Gesichtsfarbe ihres Kindes von einem eingefallenen Grau in ein gesundes rosa verwandelte. Sie ahnte auch den Grund dafür.

Endlich war es soweit, der letzte Tag des Jahres hatte begonnen. Es war noch eine Menge vorzubereiten. Nach dem Mittagessen wollte sich die Clique im Ort treffen, um die letzten Vorbereitungen für Silvester zu besprechen. Irgendetwas heckten die jungen Leute aus. Ständig steckten sie die Köpfe zusammen und taten sehr geheimnisvoll. Es waren zwölf junge Leute, voller Elan und Tatendrang. Außerdem kamen Franzis Eltern, und die beste Freundin von Svens Mutter, Lillie mit ihrem Mann Peter. Rita und Mathias freuten sich schon auf eine turbulente Silvesterparty. Die Stimmung war bestens. Am Vormittag schien in Straußberg und Umgebung die Sonne. Der Schnee reflektierte das Sonnenlicht. Jedes einzelne Kristall glitzerte und funkelte in unermesslicher Schönheit. Es sah aus, als wenn ein Teppich aus Diamanten vor den Häusern ausgebreitet lag. Der See war zugefroren, die Menschen tummelten sich auf dem Eis. Es war eine einmalige Pracht. Beinah ein bisschen zu schön.

Jimmy wachte am Morgen auf und fühlte sich wie zerschlagen. In der Nacht hatte er wirres Zeug geträumt. Er sah sich am Steinbruch an den Wänden klettern. Aber er schaute auf sich drauf, wie auf einen anderen Menschen. Er wollte rufen, sich selber warnen. Aber es kam kein einziger Laut aus seinem Mund. Beinah fühlte er sich schwerelos, schwebend über sich selber wachen. Dort war nur der Körper, aber er war die Seele, er wusste, was geschehen würde. Plötzlich lockerte sich ein Stein unter den Händen und fiel ins Wasser. Jimmy versuchte seinen Körper aufzuhalten. Er stemmte sich mir aller Macht gegen sich selbst. Es schien ihm zu gelingen. Der Körper klebte am Fels und fiel nicht, wie befürchtet, nach unten. Plötzlich wurde ihm bewusst, dass er den Stein, den er losgerissen hatte, fallen hörte. Sein Körper verharrte auf der Stelle, aber hinter ihm hallte das Echo des Steines tausendfach im Ohr. Plump, ... plump, ... plump, ... wieder und immer wieder hörte er das Echo. Vertraut und doch so fremd. Er wusste es, noch bevor er sich Sicherheit mit einem Blickkontakt verschaffen konnte. Der Stein hopste über den ganzen See, wie er es schon immer getan hatte.

Der Stein, er fliegt wieder. Weiter und immer weiter drehen sich die Kreise. Sie werden größer und schneller. Wenn du fällst, werden sie dich verschlingen. Dann haben sie gesiegt. Sie sind da. Rauch quillt aus den Nüstern. Ich kann sie fühlen. Ihr Blick bohrt sich in meinen Rücken. Oh, es tut weh. Die Schmerzen werden unerträglich. Ich darf mich nicht umdrehen. Sie stehen am anderen Ufer. Die Schatten werden länger. Jetzt schauen sie alle zu mir, es wird heiß und grell.

Sonnenlicht durchflutete die winzige Behausung, als Jimmy die Augen aufschlug. Für einen Moment hatte er Mühe, sich zu orientieren. Aber allmählich wurde ihm klar, dass er hier in seinem Zimmer lag und draußen die Sonne schien.

Jimmy erinnerte sich kaum noch an den Abend vor drei Tagen. Ulf war gegangen, lautlos und still. Jimmy hielt es danach nicht mehr in seinem Zimmer aus. Er lief aus dem Haus ohne Sinn und ohne Ziel. Irgendwie brauchte er die kalte Luft, um einen klaren Kopf zu bekommen.

Alles drehte sich in ihm. Am besten wäre es, wenn er aufhört zu denken. Einfach laufen, laufen und sich gegen die Elemente stemmen. So stapfte an diesem Abend eine einsame Gestalt durch den wütenden Schneesturm. Irgendwie passte das zu seiner Stimmung, er war genauso wütend. Wütend auf sich, wütend auf die anderen, wütend auf alles. Keiner konnte sagen, wie lange er durch den Schnee gelaufen war. Plötzlich fand er sich vor dem Haus seiner Eltern wieder.

Verwundert schaute er auf die spärlich beleuchteten Fenster. Er wusste selber nicht, wie er hierher gelangt war. Das Haus lag fast im Dunkeln. Aber Jimmy sah das matte Licht, das von der einzigen Lampe im Wohnzimmer stammte. An den langen Winterabenden herrschte im Haus eine gespenstige Atmosphäre. Seine Mutter bestand darauf, dass nicht unnötig Licht eingeschaltet wurde. Eine alte Stehlampe spendete das wenige Licht für den ganzen Raum. Seine Mutter saß meist neben der Lampe in einem Sessel und verfolgte das Fernsehprogramm.

Einmal war Jimmy in die Stube geschlichen. Es herrschte eine eigenartige Stimmung. Die flackernden

Fernsehbilder spiegelten sich im Gesicht seiner Mutter. Das gelbliche Licht der Stehlampe beleuchtete ihr Profil. Befremdende Schatten huschten durch den Raum. Jimmy hörte die gleichmäßigen Atemzüge seiner Mutter und betrachtete ihr Gesicht. Es wirkte grau, verblichen, wie das Licht der alten Lampe. Für einen Moment hatte er geglaubt, sie war gegangen, genau wie sein Vater. Aber dann siegte die Vernunft, sie atmete ja. Jimmy fühlte sich schrecklich allein. Die Schatten an den Wänden wurden immer größer, füllten bald den ganzen Raum ein. Alles wirkte grau. Groteske Muster zeichneten sich auf dem Gesicht der Mutter. Bald sah er die aberwitzigsten Gestalten. Dunkle Flecken kamen auf ihn zu, dehnten sich über ihn aus, um ihn zu verschlingen. Erschrocken war Jimmy immer weiter nach hinten getaumelt. Er spürte den salzigen Geschmack auf seiner Zunge, das nasse Hemd an seinem Körper. Aber plötzlich war da die Wand. Harte Hände hielten ihn fest. Jimmy schlug die Hände vor die Augen und hockte sich hin, machte sich klein. Vielleicht würden sie dann verschwinden, vielleicht? Aber dann zerrte eine kalte Hand an seinem Arm und der ganze Spuk war vorüber. Seine Mutter starrte auf ihn herunter. Sie stand vor ihm, wie ein schwarzer Schatten. Ihr Körper verdeckte völlig das wenige Licht im Zimmer. *Jetzt holen sie mich,* dachte Jimmy. Aber allmählich drang die Stimme seiner Mutter in sein Bewusstsein. *Das ist alles nicht wahr,* es gibt keine Schatten.

Aber von diesem Tag an hatte Jimmy Angst, wenn er an die dunklen Winterabende dachte.

Jetzt stand er vor dem Haus und starrte auf das gelbliche Licht. Das Gebäude hob sich grotesk von seiner Umgebung ab. Schneemassen umhüllten den schwarzen Körper. Wie ein Tuch lag es auf dem dunklen Mauern. Gleich einer Höhle gähnte ihn die dunkle Eingangstür an. Die Augen flackerten unmerklich. Ein

Auge schielte böse zu ihm herüber. Es war gelb, gezeichnet von Bosheit und Zorn. Jimmy versenkte den Kopf noch weiter zwischen seinen Schultern. Fast sah es so aus, als ob er in sich selbst kriechen wollte. Aber dann lief er weg. Nach ein paar Metern schien er sich zu besinnen, blieb stehen und drehte sich langsam um. Er hatte ihn gespürt, den bohrenden Blick in seinem Rücken. Es sah ihn an, er wusste es. Genau wie er vermutet hatte. Das Auge schielte ihm hinterher. Er hatte es immer gespürt, wenn sich bohrende Blicke in seinen Rücken hefteten. Schnell drehte er sich um und lief in die andere Richtung weiter. Noch einmal sah er sich um, wie um sich zu vergewissern. Aber er hatte es schon von vornherein gewusst. Es sah ihm hinterher, egal wohin er sich wendete. Für einen Moment meinte er ein hämisches Grinsen zu entdecken. Eine heftige Windböe riss ihn aus seinen Überlegungen. Beinah wäre er unter der Wucht gestrauchelt. Schnee wirbelte vor sein Gesicht und der Blickkontakt verschwand im stickigen Weiß des nassen Winterabends.

In den nächsten drei Tagen hatte sich Jimmy nicht mehr vor die Tür gewagt. Draußen stürmte es ohne Unterlass. Die spärlichen Telefonate, die er mit Ulf führte, hatten einen schalen Beigeschmack.

Aber heute, am letzten Tag des Jahres blendete ihn das gleißende Licht einer wunderbaren Sonne. Noch etwas benommen von einem Traum, der an ihm klebte, wie ein nasses Hemd, wankte Jimmy ins Bad. Er drehte den Duschhahn auf und stellte sich unter das fließende Wasser. Den Kopf streckte er den frischen Wasserstrahl entgegen, kostete jeden Tropfen, der sich in seinem Mund verirrte. Ewig stand Jimmy unter der Dusche, spülte alles von sich ab. Tatsächlich fühlte er sich hinterher frischer, ausgeruhter, wie seit Tagen nicht mehr.

Vielleicht war das alles, was er bis jetzt erlebt hatte,

nur ein böser Traum? Die grellen Sonnenstrahlen, die alle Staubpartikel im Zimmer aufspürten und durch den Raum jagten, ließen die letzten Tage verblassen. Kurz entschlossen warf sich Jimmy die Jacke über die Schultern und verließ den Raum. Alles schien heute anders als sonst. Alles war lebendiger, fröhlicher. Schneekristalle leuchteten wie polierte Brillanten. Meterhohe Schneewehen türmten sich an den Straßenrändern. Jimmy hatte nichts von dem Verkehrschaos in den vergangenen Tagen mitbekommen. Viele Straßen waren unpassierbar, der Winterdienst kam einfach nicht nach, die verwehten Straßen von ihrem Ballast zu befreien. Jimmy lief die Straße herunter, vorbei am Park, vorbei an den kahlen Kastanien. In dieser hellen Sonne hatten sie ihren Schrecken verloren. Die Äste waren einfach nur ohne Blätter, nichts erinnerte an die bedrohlich wirkenden Arme, die sich sonst nach ihm ausstreckten. Trotzdem vermied es Jimmy, in Richtung des Parkes zu sehen. Überall wehten ihm Essensdüfte in die Nase. Die Menschen bereiteten sich auf den letzten Tag des Jahres vor. Langsam lief Jimmy das Wasser im Mund zusammen. Sein knurrender Magen erinnerte ihn daran, dass er vorhin nur eine Semmel gegessen hatte. Jimmy wollte zu Ulf. Er wusste nicht, dass die gesamte Familie Mähnert Silvester bei Freunden verbrachte. Er klopfte, klingelte, rief, aber nur sein eigenes Echo verhallte lautlos. Jimmy lief um das Haus herum, versuchte, einen Blick auf das Innere des Gebäudes zu erhaschen. Erneut klingelte er an der Haustür, aber niemand öffnete ihm.

Er starrte auf die Tür, als könnte er nicht begreifen, was er eigentlich wissen musste. Ulf hatte ihm gesagt, dass er Silvester nach Straußberg fahren würde. Er hatte sogar versucht, Jimmy davon zu überzeugen, mitzukommen.

Plötzlich spürte er ihn, den bohrenden, stechenden

Blick in seinem Rücken. Die Tür versperrte ihm den Weg. Keiner öffnete, legte den Arm um seine Schulter, hieß ihm zum Essen willkommen. Nur die Menschen in den Häusern herum, lebten dieses Leben. Jimmy blieb vor dieser verschlossenen Tür, die auf einmal sein gesamtes Leben versinnbildlichte. Diese Tür versperrte ihn den Weg zu all den Düften, zu all den Leben, die er nicht leben würde.

Die Kreise werden schneller, sie drehen sich. Ich spüre den kalten Atem in meinem Nacken, spüre die Hufe, wie sie über das gefrorene Eis scharren. Die Zeit ist da. Nicht umdrehen, einfach nicht umdrehen! Vielleicht gehen sie weg.

Genau in diesem Moment schob sich die Wolkenwand, die Jimmy vorhin nicht beachtet hatte, vor die letzten Sonnenstrahlen des Jahres. Dunkle, kalte Luft schloss ihn ein, umhüllte seinen Körper.

Jimmy konnte sich nicht umdrehen. Sie waren da. Er spürte den eisigen Luftzug, der sich hinter ihm erhoben hatte. Es konnte nur einen Weg geben, er musste durch diese Tür, koste es, was es wolle. Jimmy holte sein Taschenmesser aus der Jackentasche, versuchte das Schloss zu öffnen. Seine Hände zitterten leicht. Gleichzeitig stemmte er sich mit aller Kraft gegen die Tür.

Glücklicher Weise war die neue, stabile Tür noch nicht eingebaut. Sie stand schon seit drei Monaten im Keller. Frau Mähnert hatte ihrem Mann deswegen schon in den Ohren gelegen. Aber bis jetzt war noch keine Zeit dafür.

Nach wenigen Augenblicken gab die Eingangstür ihren Widerstand auf und öffnete sich in einem Ruck. Jimmy fiel fast herein. Ohne sich umzusehen drückte er die Tür hinter sich zu und lehnte sich atemlos dagegen. Panische Angst beschleunigte seine Atmung, der Puls raste. Jimmy hörte sein Herz klopfen, überlaut schlug es in seiner Brust. Das einzige was er wusste: sie sind hier. Genau hinter dieser Tür.

4. Teil

So hatte ich mir den letzten Tag des Jahres nicht vorgestellt. Irgendwie lief mir heute alles verquer. Ich freute mich auf unser Treffen mit Rita und den Kindern. Aber jetzt steckten wir hier im dichten Schneetreiben, nichts funktionierte. Das Handy zeigte keinen Empfang und das Auto sagte keinen Mucks.

Ich weiß nicht, wie lange wir schweigend nebeneinander saßen. Peter starrte auf die Fronscheibe, als wenn er ein Gespenst gesehen hätte.

„Wenn dieser Verrückte nicht so an uns vorbei gerast wäre, hätte er uns vielleicht helfen können", tat ich meine Meinung kund. Aber Peter antwortete nicht, sondern starrte weiterhin aus dem Fenster.

„He, sagst du auch mal was?!", versuchte ich ihm zum reden zu ermuntern. Aber Peter brummelte nur vor sich hin.

Beleidigt drückte ich mich noch tiefer in den Sitz und überlegte, was wir jetzt machen könnten. Bei diesen Temperaturen, ohne eine Heizung, würden wir sehr schnell frieren. Schon jetzt wurde es empfindlich kühl, obwohl wir erst wenige Minuten standen. Einen Augenblick lang geisterte mir das Windspiel durch den Kopf, aber ich schob den Gedanken schnell beiseite.

„Wenn das Auto nicht anspringt, müssen wir Hilfe holen. Wer weiß, wann mal wieder jemand hier entlang fährt. Außerdem sind wir bald zugeschneit. Etwa einen Kilometer weiter die Straße runter, gibt es eine Tankstelle." Peter musste in den letzten Sekunden einen Entschluss gefasst haben, er sah mich jetzt durchdringend an. „Am besten, du bleibst hier im Wagen. Ich laufe los und versuche einen Abschleppwagen aufzutreiben. Mal sehen, vielleicht kommt ja auch jemand mit einem Starthilfekabel vorbei. Dann könntest du das

Auto in Gang bringen und wir treffen uns an der Tankstelle."

Ich versuchte meine Gedanken zu ordnen. Ganz wohl war mir nicht. Auch wenn ich es nicht zugeben wollte, ein Rest der Angst, die der Traum in mir erzeugt hatte, ließ sich einfach nicht vertreiben. Aber sicher hatte Peter wie immer Recht. Was sollte es bringen, wenn wir beide hier herumsaßen und auf Hilfe warteten. Wiederum herrschte draußen ein regelrechtes Schneechaos. Mir kam es so vor, als wenn das Schneetreiben dichter geworden wäre.

„Aber bei dem Wetter die Straße lang laufen ist nicht so toll. Bei dem Schneesturm siehst du ja kaum die Hand vor den Augen. Ich habe kein gutes Gefühl dabei."

„Hast du eine bessere Idee?", wollte Peter von mir wissen. „Wenn wir noch ein Weilchen hier sitzen bleiben, können sie uns morgen als Mumien ausgraben."

Mit einem Kopfnicken lenkte er meinen Blick auf die Motorhaube, auf der sich schon eine verdächtig hohe Schneewehe angesammelt hatte. Das Auto begann zuzuwachsen. Der Wind, der schräg von vorn in unsere Richtung blies, schaufelte im Sekundentakt immer neue Schneezentimeter auf das Fahrzeug. Man konnte dabei zusehen, wie sich Schicht um Schicht um das Auto legte. Krampfhaft versuchte ich eine andere Lösung zu ersinnen. Ich starrte auf das Handy, klopfte es ein paar Mal auf meine Handflächen, aber alles schien vergebens. Nicht ein Balken war zu sehen, es gab einfach keinen Empfang. Ich konnte mir gar nicht vorstellen, warum das Auto nicht anspringen wollte. Eigentlich hatte es uns noch nie im Stich gelassen. „Versuch doch noch einmal das Auto zu starten", ermunterte ich Peter.

Und tatsächlich, schon bei der ersten Drehung des Zündschlüssels tuckerte der Motor leise und schnurrte wie ein Kätzchen. „Na also, wir sind gerettet", rief ich überschwänglich. Aber Peter schaute immer noch ernst. Ich folgte seinem Blick und ahnte, warum er meinen Freudenschrei nicht so recht teilen wollte. Das Auto war in den wenigen Minuten fast komplett eingeschneit. Nur hinter uns lag der Schnee nicht so hoch. Peter musste versuchen, sich durch rückwärts fahren aus der Umklammerung der weißen Hülle zu befreien. Wir sahen uns kurz an. Dann legte Peter entschlossen den Rückwärtsgang ein, drehte seinen Oberkörper nach hinten und gab vorsichtig Gas. Nichts. Das Auto stemmte sich gegen einen Widerstand, jaulte empört und sackte dann in sich zusammen. Peter legte eine kurze Pause ein, um erneut einen Versuch zu starten. Wieder nichts. Nicht einen Zentimeter bewegte sich unser Gefährt nach hinten. Peter sah mich mit einen Blick an, der Bände zu sprechen schien. Es klang wie: *Jetzt müssen wir wohl doch noch raus und Hilfe holen.* Er versuchte noch drei oder vier Mal den Wagen aus der Schneewehe zu fahren, aber wir steckten fest. Peter seufzte und ließ den Motor tuckern. „Das nützt alles nichts. Wir müssen raus und versuchen den Schnee zu entfernen."

„Wie stellst du dir das denn vor?", wollte ich wissen.

„Das weiß ich auch noch nicht, aber irgendetwas fällt mir schon ein. Du kannst ja im Auto bleiben. Lass den Motor laufen, da kühlt es nicht so aus."

„Kommt gar nicht in Frage, ich lass dich in der Kälte nicht allein Schnee schaufeln." Ohne weiter auf eine Antwort zu warten, zog ich meine Jacke über, rückte die Mütze tiefer ins Gesicht und machte die Tür auf. Wütend zerrte der Sturm an meiner Jacke, versucht mir die Tür zu entreißen. Eine geballte Ladung Schnee blies mir ins Gesicht, nahm mir vollkommen die Sicht. Ich versank knietief im Schnee. Ich konnte mir kaum vorstellen, wie wir ohne ein Hilfsmittel das Auto von der Stelle bewegen konnten. Peter hatte im Kofferraum ein altes Stück Blech gefunden und schaufelte das hintere

Rad frei. Auf seiner Seite war der Schnee noch nicht so hoch. „Wir werden das schaffen“, schrie Peter. Aber der Sturm trug seine Worte davon. Ich konnte nichts Brauchbares finden, also versuchte ich mit den Händen den Schnee zu entfernen.

Nach einigen Minuten war ich völlig außer Atem. Peter konnte ich fast nicht mehr erkennen, das dichte Schneetreiben verdeckte sein Gesicht. Sein keuchender Atem hörte sich weit entfernt an. Ich rüttelte Peter an der Jacke, denn mein Rufen hatte er nicht gehört.

„Wollen wir es noch einmal versuchen?“, schrie ich in den Sturm. „Ja, mal sehen, vielleicht klappt es!“

Entschlossen stiegen wir wieder in das Auto ein und atmeten tief durch. Peter dampfte regelrecht, sein Unterhemd war sicher durchfeuchtet. Wieder legte Peter den Rückwärtsgang und gab vorsichtig Gas. Erst spürte ich den Widerstand, aber nach ein paar weiteren Versuchen ruckte der Wagen und wir befanden uns wieder auf einer befahrbaren Straße. Eine Straßenhälfte lag unter einem hohen Berg aus Schnee begraben. Wir mussten sehr vorsichtig fahren, um nicht wieder stecken zu bleiben. Meter um Meter kämpften wir uns an der weißen Pracht vorbei. Bald kam es mir so vor, als wären wir schon ein halbes Leben unterwegs. Immer nur Schnee, nichts als weiß um uns herum. Wir fuhren in der Höhle, die ich in meinen Traum gesehen hatte. Fast schien es, dass wir tatsächlich die einzigen Menschen weit und breit waren. Mit jedem Meter, mit jeder Minute, die wir unterwegs waren, versteifte sich mein Körper mehr und mehr. Keiner von uns sagte ein Wort, die Luft im Auto knisterte förmlich vor Spannung.

Ich weiß nicht, wie lange wir unterwegs waren. Plötzlich öffnete sich die Höhle, die Straße wurde breiter. Mit einem Schlag fiel alle Spannung von mir ab, ich schalt mich insgeheim einen dummen Angsthasen. Sichtlich erleichtert seufzte ich tief. Peter warf mir einen fragenden Blick zur Seite, aber ich sagte nichts. Im Stillen nahm ich mir vor, mich nie wieder so in meine Panik hinein zu steigern.

Jetzt kamen wir an der Tankstelle vorbei, die Peter vor wenigen Minuten noch zu Fuß erreichen wollte. Sie war fast vollkommen im Schnee versunken, nur die Umrisse waren zu erkennen. Aber plötzlich entdeckte ich das Auto, das uns vorhin beinah umgefahren hatte. Es parkte etwas schräg vor dem Eingang, so dass es aussah, als hätte es der Fahrer sehr eilig.

„Hast du das Auto an der Tankstelle gesehen? Das war doch der Spinner, der vorhin an uns vorbeigerast ist. Merkwürdig, wie der parkt. Na ja, kann uns egal sein!", beendete ich das Thema. Peter spähte seitlich an mir vorbei. Aber wir waren vorbei, und er konnte nichts mehr erkennen.

Jimmy lehnte hinter der Eingangstür. Sein Atem ging noch immer schwer und sein Herz pochte überlaut. Er hatte die Augen geschlossen und lauschte gespannt. Da, wenn man sich genau darauf konzentrierte, hörte man, wie aus den Nüstern der gläserne Atem kroch. Er sah ihn vor sich, wie er sich in kleinen Wölkchen in die kalte, klare Winterluft empor schlängelte. Fast hatte er das Gefühl, dass es noch dunkler in dem Vorraum wurde. Jimmy riss die Augen auf. Er musste weg, weg von dieser Tür, weg aus diesem Haus, weg, einfach ganz weit weg. Die Gedanken rasten in seinem Kopf. Wohin sollte er? Einen kurzen Moment kam ihm Franziska in den Sinn. Ulf, sein Freund, wo waren sie jetzt alle?

In meinem Kopf dreht sich alles. Der Stein fliegt über den See. Er fliegt und fliegt, wird schneller und schneller. Wellen breiten sich aus, Kreise rollen über den See. Das Raunen wird lauter. Sie sind da.

Er spürte seine Winzigkeit, spürte die Hitze, die plötzlich in ihm wallte. Sie stieg in ihm hoch, wie die heiße Lava im Vulkan. Aber auf einmal ging ein Ruck durch seinen Körper. Jimmy sah seinen Vater, der sich an der Tür zu ihm umdrehte. Er sah seinen Vater lächeln, sah die vielen trostlosen Jahre, die sich aneinander reihten.

Jimmy dachte nicht mehr. Mechanisch setzte er seinen Körper in Bewegung. Die Geräusche hinter ihm waren leiser geworden. Er kannte sich aus in dem Haus. Er ging in den Keller. Vertrauter Geruch stieg ihn in die Nase. Jimmy schloss die Augen und atmete mehrere Male tief ein und wieder aus. Als er die Augen öffnete, war sein Blick glasig. Jimmy öffnete den Schrank, in denen die Kostbarkeiten des Herrn Mähnert aufbewahrt waren. Zielsicher griff er nach der Pistole und steckte sie in die Innentasche seiner Jacke. In dem polierten Metall des alten Gewehres spiegelte sich Jimmys Gesicht. Es war verzerrt. Dann packte er sich mehrere Patronen in die Jackentaschen und ging in die Garage. Plötzlich war er nicht mehr klein. Er fühlte die Macht. Das kalte Metall fühlte sich gut an unter seiner Jacke.

Sie sollten ihn nicht allein bekommen.

Die Schatten würden sich in dem Haus ungehindert ausbreiten. Er wusste, wie sie an den Wänden empor krochen. Er kannte die Farbe, das milchige, verwaschene Weiß. Es war, als wenn sie leise wisperten, wenn sie sich ihm näherten. Waberndes Licht hüllte die ohnehin schon dunklen Räume.

Plötzlich fand er sich, im Jeep seines Freundes sitzend, vor dem Eingang seines Elternhauses wieder. Jimmy hatte keine Ahnung, wie er an das Haus gelangt war. Es spielte keine Rolle.

Jetzt stand er vor dem Haus, das ihn aus schwarzen Augen beobachtete. Bis hierher konnte er den Geruch der Räume ahnen. Jimmy stellte den Motor ab. Die weißen Tücher lagen noch immer schwer auf den dunklen Mauern. Ein schmaler Gang, gerade breit genug für einen Menschen, führte direkt vor die Tür.

Einen Moment lang dachte Jimmy an seine Panik, als er aus der Garage heraus gefahren war. Er hatte sich nicht erst die Mühe gemacht, die Tür hinter sich zu schließen. Dazu war keine Zeit. Jimmy sah nicht zur Seite, als er im rasenden Tempo die Auffahrt empor schoss. Sein Blick war starr auf die Straße gerichtet. Kein Mensch war weit und breit zu sehen. Dichtes Schneetreiben verhinderte jede Sicht. Jimmy fuhr umhüllt in einem weißen, wirbelnden Tuch. Das war seine Chance. Er fuhr die Straße herunter, die an der Kreuzung mit einer Ampel mündete. Instinktiv wählte er den Weg.

Er hatte keine Ahnung, was er als nächstes tun sollte. Der schale Nachgeschmack seiner Angst lag ihm auf der Zunge. Sein Mund fühlte sich trocken an. Die Lippen waren aufgesprungen und rissig. Vorsichtig fuhr er mit der Zunge über die rauen Lippen. Für einen Moment fühlte sich das gut an. Aber dann wurde es nur noch schlimmer. Er brauchte jetzt unbedingt etwas zu trinken.

Als er die Autotüre öffnete, riss eine heftige Windböe sie ihm beinah aus der Hand. Die Luft war eisig. Jimmy versenkte den Kopf tief zwischen die Schultern und lief auf die schmale Gasse zu.

Die große dunkle Eingangstür schien aus einer einzigen Fratze zu bestehen. Hämisch grinste sie ihn an. Für einen Moment wurde Jimmy unsicher. Aber dann spürte er den Druck seiner kalten Begleiter unter der Jacke. Entschlossen trat er einen Schritt nach vorn und legte seine Hand auf die Türklinke. Dann drehte er seinen Kopf ein wenig zur Seite und versuchte ein Geräusch zu erlauschen. Nichts. Drinnen herrschte absolute Stille. Es war die Art Stille, die er nur zu gut kannte. Beinah körperlich spürte er diese kalte Regungslosigkeit, die ihn lähmte und schwarze Schatten hervor brachte. Einen

Augenblick lang zog Jimmy in Erwägung sich einfach umzudrehen und zu gehen.

Aber Jimmy zögerte eine Sekunde zu lange.

Gerade als er sich umdrehen und gehen wollte, hörte er im Inneren des Hauses ein leises Kratzen. Er kannte dieses Geräusch. Es wurde immer dann erzeugt, wenn seine Mutter den Küchenstuhl über das alte Linoleum schob. Er sah sie vor sich, wie sie am Küchentisch saß und die Zeitung las. Er kannte genau die Mimik, die sich von Artikel zu Artikel veränderte. Wurde sie gestört, verdunkelte sich ihr Blick noch mehr. Deutlich sah er sie vor sich. Ihre Brille war auf die vordere Spitze der Nase gerutscht. Den Kopf leicht nach vorn geneigt und sah sie über die Brillenränder hinweg, woher die Störung kommen konnte. Er kannte den missmutigen Gesichtsausdruck.

Achim legte die Hand auf die Klinke, drückte sie langsam, beinah so, als ob er niemanden stören wollte, herunter.

Renates Leben war einsam und trostlos. Sie wurde bestraft, ein Leben lang. Alles begann mit diesem einen Abend. Nie würde sie dieses Lachen vergessen, als das Scheunentor aufgerissen wurde. Immer wenn sie nachts die Augen schloss, holte sie das Echo dieses Abends ein. Manchmal fasste sie sich unweigerlich an die Stelle, die ihr auch nach so vielen Jahren noch schmerzte. Die Ohrfeige hatte sich in ihr Gesicht und in ihre Seele gebrannt. Wenn sie sich im Spiegel betrachtete, sah sie die fünf Finger, die ihr weiteres Schicksal besiegelten. Menschen besiegelten mit einem Handschlag einen Vertrag. Das war ein Handschlag der anderen Art. Renate hatte einen Pakt geschlossen. Einen Pakt mit sich selbst. Nie wieder sollte ein männliches Wesen ihr Herz erobern. Nie wieder würde sie sich verlieben. Für immer wurde das Wort Liebe aus ihrem Leben gestrichen.

Hart und nachhaltig blieb es in ihrer Erinnerung haften.

Als Achim klein war, ertappte sie sich manchmal dabei, wie sie ihn an ihr Herz drückte. Einem außen stehenden Beobachter wäre der sehnsüchtige Blick in Renates Augen aufgefallen. Einmal hatte Walter seine Frau so gesehen. Er war glücklich. Die weichen Gesichtszüge gefielen ihm sehr gut. Sie wirkte freundlicher, weiblicher.

Aber als wollte sie der kleine Junge an den Pakt erinnern, fing er an zu schreien. Sofort fiel ihr der geheime Vertrag ein, und sie legte den Jungen in sein Bett.

Die Gesichtszüge verhärteten sich im Laufe der Jahre. Ihr ganzes Wesen erfüllte den Pakt. Sie war gestraft ein Leben lang, Sühne für einen einzigen Abend.

Schwach erinnerte sie sich an ihren Vater. Jeden Abend saß er an der Stirnseite des Tisches, blickte mit finsterer Miene über sie hinweg. Meistens suchte er einen Grund, an dem er seine Wut und schlechte Laune austoben konnte. Er wurde schnell fündig. Renate. Für seinen Geschmack war seine Tochter viel zu dürr. Sie hatte kaum ein Gramm Fett auf den Rippen. Kein normaler Mann würde sich nach ihr umdrehen. Wer weiß, wie viel Jahre er Renate durchfüttern musste. Er hielt es so wie seine Eltern. Nur strenge Disziplin und Ordnung würden einen anständigen Menschen aus den Kindern machen. Seine Frau neigte leider dazu, die Tochter zu verweichlichen. Das musste er als Vater ausgleichen.

Er regierte mit eiserner Faust, duldete keinen Widerspruch. Es konnte schon einmal passieren, dass die Schüssel mit Kartoffeln durch die Küche flog, bloß weil er etwas anderes zu essen erwartet hatte. Sein Jähzorn war kaum auszuhalten. Seine Frau Edeltraud versuchte immer wieder, ihm alles recht zu machen. Aber schon das allein reichte aus, um ihn zur Rage zu bringen. Er brauchte nicht diese wehleidige, zahme Frau. Je mehr er brüllte, um so mehr versuchte sie, ihm zu dienen. Aber im Laufe der Jahre war der Vorrat an Demut aufgebraucht. Edeltraud Lechner wurde immer kleiner und dünner, bis sie schließlich an Erschöpfung und Hoffnungslosigkeit starb.

Renate war damals im zarten Alter von zwölf Jahren. Instinktiv wusste sie, was ihr Vater von ihr erwartete. Sie sollte den Platz der Mutter einnehmen. Sollte ihn bedienen und fürchten. Ihr einziger Schutz hatte sie verlassen. Ihr blieb nichts weiter übrig, als sich in ihr Schicksal zu fügen. Sie fürchtete ihren Vater schrecklich. Arthur Lechner war aufbrausend, impulsiv, gewalttätig. Schon öfter hatte sie es erlebt, dass er ihr mit der flachen Hand ins Gesicht schlug. Aber sie hatte nicht die Kraft, sich gegen ihn zu stellen. Wenn ihre Mutter noch da gewesen wäre, ja dann! Aber so blieb sie auf sich allein gestellt. Allmählich wurde aus Renate eine junge Frau, was auch ihrem Vater nicht verborgen blieb. Plötzlich hatte er es mit dem Erwachsen werden nicht mehr eilig. Es war bequem, wenn sich seine Tochter um alles kümmerte. Arthur wollte nicht, dass seine Tochter erwachsen wird. Argwöhnisch überwachte er jeden ihrer Schritte. Jeder Mann stellte eine Bedrohung dar. Ständig ermahnte er seine Tochter, ihre Tugendhaftigkeit nicht zu vergessen. Renate wagte kaum, sich nach einem Jungen umzusehen.

Dann stand eines Tages dieser gut aussehende Michael Winter vor ihr. Renate war nicht besonders hübsch. Aber ihre Figur wurde von manchen bewundert. Sie war schlank, hatte einen kleinen Busen und ein wohl geformtes Gesäß. Heimlich betrachtete sie sich manchmal im Spiegel und fand, dass sie gar nicht so übel aussah. Ihr Vater sagte ihr zwar immer wieder, dass sich kein Mann für sie interessieren würde. Aber insgeheim hatte sie sein Spiel durchschaut. Sie war ein wenig stolz, dass ihr ausgerechnet Michael Winter den Hof machte. Abends lag sie im Bett und träumte davon, wie sich seine Küsse anfühlen würden. Sie schlang die Arme um ihr Kissen und träumte immer wieder den gleichen betörenden Traum. Das Kissen war Michael. Das war ihre Chance, mit ihm konnte sie dem Vater entkommen. Eine Weile ließ sie sich umgarnen, bis sie schließlich die letzten Bedenken in die Tiefen ihres Unterbewusstseins versenkte. Renate gab nach, ließ sich an diesem verhängnisvollen Abend in die Scheune führen. Dort lebte und atmete sie für diesen einen Augenblick. Obwohl ihre Träume schöner waren, kostete sie den Moment.

Ihre Wangen brannten, wenn sie Achim betrachtete. Zum Glück traf sie damals Alois, diesen Träumer. Aber ihr Vater sollte Recht behalten. Vielleicht haben Eltern immer Recht? Ihre Erfahrung hatte sie gelehrt, dass sie niemals einem Mann vertrauen durfte. Keinem einzigen Mann.

Renate verhärmte innerlich und äußerlich. Wenn abends das gelbliche Licht der einzigen Lampe brannte, meinte man, durch ihre dünnen Knochen hindurch zusehen. Ihre Haut wirkte dünn wie Pergament, sie schien zerbrechlich.

Achim wohnte nicht mehr zu Hause. Jetzt erinnerte sie niemand mehr an diesen Abend in der Scheune. Trotzdem blieb die Erinnerung an ihr haften. Kein Mann war in ihrer Nähe, aber Verbitterung fraß sich vorwärts, vernichtete das letzte bisschen menschliche Wärme.

Renate hatte ihre einzige Chance, die sie nur hätte ergreifen müssen, vertan. Walter hätte seine Frau auf Händen getragen. Er liebte sie anfangs verzweifelt. Sie war sein Strohhalm. Aber sie war zu schwach, um Beide zu tragen.

Jeden Abend spürte sie die Hand auf ihrer Wange. Etwas war zerbrochen. Nie wieder würde sie einem Mann vertrauen. Sie war erleichtert, als Walter gegangen war. Achim blieb der einzige Zeuge dieser Nacht.

Renate verspürte keine Sehnsucht nach dem Jungen. Aber es gab Abende und Nächte, an den sie etwas in ihrem Inneren daran erinnerte, dass sie die Mutter eines menschlichen Wesens war.

Einmal hatte sie Achim im Krankenhaus besucht, ihre Pflicht erfüllt. Gerade jetzt an Weihnachten schlich sich dieses diffuse Gefühl in ihr Leben. Vielleicht war der Pakt falsch. Aber solche Gefühle waren meist von kurzer Dauer, verschwanden nach den Feiertagen von selbst.

Dieses Jahr war besonders schlimm gewesen. Renate hatte auf den Tannenbaum verzichtet, sich nur ein paar Tannenzweige ins Zimmer gestellt. Sie wusste selber nicht, warum sie die Zweige schmückte. Manche Jahre herrschte um die Weihnachtsfeiertage das schönste Wetter, so dass man meinen konnte, der Frühling ist nicht mehr weit. Aber dieses Jahr wehte der Schnee alles zu, so dass man kaum vor die Tür konnte. Renate hatte alle Mühe, sich einen schmalen Gang bis zum Hoftor zu graben. Früher hatte Achim diese Aufgabe übernommen, davor Walter.

Seit dem sie allein in dem Haus wohnte, musste sie sich selber helfen. Aber sie würde es allen beweisen. Ihre dünnen Knochen knackten, wenn sie die schweren Schneemassen zur Seite schippte. Renate ging kaum nach draußen, der eisige Sturm hätte sie wahrscheinlich davongetragen.

Das Jahr würde genauso zu Ende gehen, wie die davor. Renate würde sich die große Gala im Fernsehen anschauen, sich eine kleine Flasche Sekt öffnen, auf das neue Jahr anstoßen.

Jetzt saß sie in der Küche und las zum wiederholten Male die Zeitung. Im ganzen Haus herrschte Ruhe. Nur selten schaltete sie das Radio oder den Fernseher an. Renate lebte sparsam. Sie legte die Zeitung beiseite und lauschte. Der Wind rüttelte an den Mauern des alten Hauses, zerrte an den Dachziegeln. Hoffentlich würden keine herunter fallen. Im ganzen Haus war es duster, die Schneewolken verdeckten das bisschen Licht, das durch die kleinen Fenster dringen wollte.

Vormittag schien die Sonne, man sah die Staubwölkchen durch die Räume tanzen. Aber dann wurde es mit einem Schlag so dunkel, dass sie das Licht eher als gewöhnlich einschalten musste. Renate seufzte, legte die Zeitung beiseite und lauschte. Wahrscheinlich war es nur der Wind, der um das Haus strich. Das Heulen und Jammern zerrte nicht nur an den Dachziegeln, sondern auch an ihren Nerven. Es hörte sich manchmal an wie Klagen, als wenn sich die Elemente gegen sie richten würden. Einen Moment lauschte sie noch

Dann widmete sie sich wieder ihrer Lektüre, ohne auf den Wind und die unheimlichen Geräusche zu achten. Aber dann hörte sie es wieder. Es war nicht dieses normale Heulen an den langen Winterabenden, es war ein neues Geräusch, das sie nicht einordnen konnte. Es klang eigenartig. Beinah wie Getrappel von vielen Hufen. Renate schüttelte den Kopf. Wahrscheinlich lag es daran, dass sie gerade einen Artikel über ein teures Zuchtpferd gelesen hatte. Die Menschen waren in ihren Augen verrückt. Wie konnte man so viel Geld für ein Tier ausgeben. Das war eine Welt, von der Renate nichts verstand.

Für einen Moment richtete sie ihren Kopf auf, lauschte in den Sturm, das Geräusch blieb verschwunden.

Aber dann erschrak sie gewaltig. Das letzte bisschen Farbe verschwand aus ihrem Gesicht. Jetzt wusste sie, was sie gehört hatte. Jemand stand an der Tür. Jemand stand da draußen. Vorsichtig schob sie ihren Stuhl zurück und stand auf. Die Geräusche waren jetzt leiser, aber dennoch da. Renate spürte, wie ein wenig ihre Knie zitterten. Sie konnte sich nicht erklären, woher diese Angst kam. Normalerweise kannte sie dieses Gefühl nicht. Sie war nicht ängstlich.

Einmal hatte ein unheimlich aussehender Mann an ihrer Tür geklingelt. Sie erinnerte sich genau an sein Gesicht. Es war leicht aufgedunsen, hektische rote Flecke wuchsen an Hals und Wangen empor. Das schmuddelige Hemd war nicht bis oben zugeknöpft und überhaupt wirkte der Mann verwahrlost. Sein Haar war fettig. Der Mann hatte es, um die Glatze zu verdecken, vom Ohr auf der rechten Seite, bis zum Ohr auf der linken Seite gekämmt. Trotzdem reichten die paar Strähnen nicht aus, um die durchschimmernde Kopfhaut zu bedecken.

Dieser Mann grinste sie blöde an, nahm ihre Hand und streute ein ominöses Pulver darauf. Einfach so, ohne Vorwarnung, ohne Worte. Etwas ratlos schaute Renate damals zuerst auf das Pulver in ihrer Hand, dann auf den merkwürdigen Mann.

„Ja meine Dame“, griente der Mann immer noch, „wenn ich sie bitten dürfte, mich in ihr wunderbares Haus zu lassen, dann erkläre ich ihnen unseren Top-Reiniger. Selbst der dunkelste Fleck wird entfernt. Haben sie angetrocknete Reste auf ihrem Bodenbelag, kein Problem ...“

Weiter kam der Mann mit seiner Rede nicht, denn Renate kippte das Pulver einfach von der Hand und schlug die Tür zu. So weit würde es noch kommen, dass ein fremder Mann ihr Haus betrat.

Damals ahnte sie nicht, wie knapp sie einer Katastrophe entkommen war. Dieser dubiose Mann hieß Schlüters, Franz Schlüters. Er war Vertreter für Staubsauger und Reinigungspulver. Sobald dieser Franz Schlüters sich in das Haus älterer, allein stehender Damen Eintritt verschafft hatte, war es um den Besitz der Damen geschehen. Unter einem Vorwand lockte er die Frauen aus dem Zimmer und durchsuchte die Wohnung. Einmal war eine Frau zu zeitig wieder erschienen, ihr Pech. Was musste sie auch so misstrauisch sein. Die Treppe hatte genau vierzehn Stufen. Später sah es nach einem tragischen Unglück aus.

Franz Schlüters wurde überall gesucht, die Polizei war ihm auf der Ferse.

An jenem sonnigen Vormittag traf er auf Renate Walter, scheinbar eine leichte Beute. Diese griesgrämigen alten Weiber hatten meistens eine Menge Geld im Wäscheschrank versteckt. Ihre Wohnungseinrichtung war spärlich, sie selber ärmlich bekleidet. Aber ihm konnten sie nichts vormachen. Gerade dort holte er das meiste Geld. Mit einem einzigen gezielten Blick hatte Franz Schlüter seine Chance erkannt. Doch dann hatte diese Person ihm die Tür vor der Nase zugeschlagen und ihn um den Tagesverdienst gebracht. Einen Moment lang überlegte er, ob er gewaltsam in das Haus eindringen sollte, aber dann entschied er sich anders. Vielleicht würde er später noch einmal auf dieses Haus zurückkommen. Er behielt es sozusagen in der Hinterhand.

Renate Walter hatte damals zu keinem Zeitpunkt Angst verspürt. Im Gegenteil. Es verschafft ihr eine gewisse Genugtuung, wie sie diesen penetrant riechenden Menschen einfach die Tür vor der Nase zugeschlagen hatte.

Heute war das anders. Sie wusste nicht, wieso ihre Knie und Hände zitterten. War es eine Vorahnung, ein Wissen um etwas, was tief in ihrem Innersten schlummerte?

Langsam und bedächtig näherte sie sich der Eingangstür. Mit jedem Schritt, den sie näher zur Tür kam, verkrampfte sich ihr magerer Körper. Ihre Ohren sausten und in ihrem Kopf drehte sich alles. Beinah war es so, als ob das Echo des heulenden Windes in ihrem Kopf widerhallte. Es wurde lauter, mit jedem Schritt, den sie der Tür näher kam.

Vorsichtig schob er die Tür ein Stückchen auf, der dröhnende Wintersturm schien in einer anderen Welt zu wehen. Er befand sich in einer Art Oase, auf einer Insel. Nichts um ihn herum existierte. Gerüche der Vergangenheit empfingen ihn, gaukelten ihm Bilder von damals vor. Sein Vater würde vor ihm stehen, wie immer, wenn er aus der Schule kam. Sie würde gemeinsam zum See hinunter laufen, im Schatten der mächtigen Kastanien den Tag verbringen. Er brauchte nur diese Tür aufstoßen, dann war alles so wie früher. Sein Blick war glasig, die Lippen rau. Irgendwo weit hinten spürte er den Durst. Es war nicht nur der Durst nach Wasser, es war vielmehr der Durst nach Liebe, nach Freundschaft, Geborgenheit. Seine Seele brauchte es wie die Luft zum Atmen.

Plötzlich schlug ihr kalte Luft entgegen. Da stand er, Zeugnis eines verhängnisvollen Fehlers, Zeugnis einer verruchten Nacht. Mit aller Macht öffnete sich das Scheunentor, hämisches lachen hallte im Hintergrund.

Sein Blick war leer. Mit glasigen Augen sah er durch sie hindurch, stierte sie an, als wäre sie nicht aus Fleisch und Blut. Schwaches Zittern durchlief ihren Körper. Obwohl es sich Renate nicht eingestehen wollte, verspürte sie Angst. Mit aller Macht brach sie aus ihr heraus.

Einen Augenblick lang standen sie sich gegenüber, Mutter und Sohn. Sie befanden sich in einem Vakuum. Draußen tobte der Sturm, die Balken ächzten. Das Knirschen blieb weit entfernt, fremd. Unfähig zu einer Bewegung starrte Achim auf seine Mutter. Wie ein Schatten stand sie vor ihm. Das wenige Licht im Inneren des Hauses reichte nicht aus. Schemenhaft nahm er die Gestalt ihm gegenüber wahr, die am ganzen Leibe zu schlottern schien. Unfassbar registrierte Jimmy die zitternden Bewegungen. Alles war weit weg. Kein Laut, kein Gefühl drang zu ihm durch.

„Was willst du...?“ stammelte das blasse Wesen. *Was willst du*, hallte es in seinem Inneren wider.

Was wollte er? Achim hatte es vergessen. Aber dann spürte er den Druck. Sie waren nicht weit. Schnell schlug er die Tür hinter sich zu. *Trinken, du musst deinen Durst stillen.* Das Vakuum füllte sich mit Leben, Achim schien aus der Trance zu erwachen.

Das Wesen ihm gegenüber straffte sich. Immer noch spürte Renate schwach die Angst. Einen Moment lang wusste sie nicht, was sie sagen sollte. Er war sonderbar, reagierte nicht auf ihre Fragen.

Immer noch schwieg Achim, die Luft in dem kleinen Vorraum schien vor Spannung zu knistern. Etwas war heute anders, das hatte Renate von Anfang an gespürt.

Ja, genau hier hatten seine Eltern damals gestanden. Hier unten im Vorraum. Er klebte an der Wand, sein nasses Hemd an ihm. Stimmen der Vergangenheit hallten durch seinen Kopf.

„... ist zu nichts in der Lage, dieser Nichtsnutz ...“

„...lass Achim aus dem Spiel...“

Er hörte, wie sich Schritte entfernten. Ohne es zu sehen, wiederholte sich die Szene, als wäre kein einziger Tag vergangen.

„...Nichtsnutz...“

„...bist nicht zur Liebe fähig...“

Wie zarte Spinnweben flogen Wortfetzen durch den Raum, vernebelten ihm die Sinne. Er hatte Durst. Seine Seele lechzte nach Liebe, aber die Stimmen wichen nicht zurück. Er sah sich oben am Geländer stehen. Seine Eltern stritten wie immer. Aber etwas war dieses Mal anders. Achim wusste es vorher. Er wusste, dass sie seinen Vater holen kamen. Graue Schatten stoben an den Wänden empor. Panik machte sich breit. Nein, das konnte er nicht zulassen. Er musste verhindern, dass Vater das Haus verließ. Irgendwie musste er Mutter dazu bringen, sich bei seinem Vater zu entschuldigen. Sie hatte es in der Hand. Wenn sie ihn aufhielt, hätten die Reiter keine Chance. Langsam ging er auf sie zu. Er wollte mit ihr reden.

Renate hatte jetzt furchtbare Angst. Achim kam auf sie zu. Aber er schien nicht bei Sinnen. Noch nie hatte sie einen so irren Blick bei einem Menschen gesehen. Sie wusste nicht, was sie tun sollte. Manchmal hatte ihr Vater einen ähnlichen Ausdruck im Gesicht. Wenn er sie schlug, waren seine Augen leer. Was waren das für Augen? Einen Augenblick lang war sie verwirrt. Aber dann war es ihr klar. Das waren die Augen der Männer. Renate wurde wütend.

Sie würde es nicht zulassen, dass ihr Sohn sie so ansah. Augenblicklich straffte sich ihr Körper. Ein Nichtsnutz, wie sie es immer gesagt hat. Dieser Nichtsnutz würde ihr keine Angst einjagen. Abrupt drehte sie sich um und ging in Richtung Stube. Sollte er doch kommen, wenn er etwas von ihr wollte. Sie würde nicht in diese leeren Augen starren.

Achim stierte hinter ihr her, als wäre sie eine Fata Morgana. So einfach machte sie es sich?! Drehte sich um und ließ seinen Vater gehen?! Achim spürt, wie ihm der Schweiß in wahren Sturzbächen die Achseln herunter lief.

Der Stein fliegt über den See, macht keine Pause. Vater, schau, warum siehst du es nicht. Er springt und springt. Schneller wird er, ja schneller. Da ziehen die Kreise über das Wasser. Das murmeln aus den Tiefen des Sees wird lauter. Achim weiß es. Sie steigen aus den kalten Fluten. Keiner sieht sie, aber Achim spürt es mit jeder Faser seines Körpers. Sie kommen sich die Menschen holen.

Warum bleibt sie nicht stehen? Was willst du? hallte es dumpf in seinem Schädel.

„Du musst ihn zurückhalten, er darf nicht gehen. Ich will..., ich will, dass die Schattenreiter verschwinden und nie wieder zurückkehren." Achim lauschte einer fremden Stimme nach, die hohl aus seinem Inneren hallte.

Abrupt blieb seine Mutter stehen. Was faselte er da? Jetzt war er vollkommen durchgedreht. Soviel war sicher. Renate drehte sich um, sah in seine leeren Augen.

„Was redest du für einen Schwachsinn. Du bist schlimmer als dein Vater. Dieser Taugenichts hat es auch zu nichts gebracht. Und du? Redet irres Zeug, Schattenreiter, als ob es nichts anderes zu reden gäbe? Was ist das für ein Blödsinn?" Ohne es zu wollen, hatte Renate ihre Stimme leicht erhoben. Vielleicht versuchte sie, ihre Angst zu unterdrücken, die immer noch unter der Oberfläche schwelte. So hatte sie Achim noch nie erlebt.

„Bist du betrunken? Das würde dir ähnlich sehen, willst deinem feinen Herrn Vater nacheifern? Hatte sein Vergnügen, aber das sieht ihm ähnlich!"

„Mutter, bitte, hör auf!" Achim dröhnte jedes Wort tausendfach in seinem Kopf. Jeder Buchstabe glich einem Hammerschlag. Aber sie kam erst mal so richtig in Fahrt.

„Ach, das möchtest du wohl nicht hören. Ich will dir sagen, was die Männer sind. Sie sind alles Nichtsnutze. Dein Vater, du ..." Renate schien durch Achim hindurch zusehen. Plötzlich stand da nicht mehr ihr Sohn. Es stand ihr Vater, Michael Winter, all die Männer, die sie verletzt hatten, vereint in ihrem Sohn.

„Ihr seid alle gleich ...“

„Mutter, bitte ...“, schwach protestierte Achim, ließ sich in den Bann ziehen.

Aber das stachelte Renate umso mehr an. Jetzt hatte sie die Gelegenheit, jetzt wollte sie abrechnen.

„Was willst du nicht hören?! Jetzt sage ich es dir, damit du es für immer weißt. Alle Männer taugen nichts. Du bist wie die anderen. Sieh dich doch nur an. Stehst da wie eine Vogelscheuche. Aber das ist ja nichts neues, hätte ich mir denken können. Du bist wie dein Vater, der hat mich nur benutzt.“

„Das stimmt nicht ...“, versuchte Achim zu protestieren, aber seine Mutter war so richtig in Fahrt gekommen. Es war genau wie an diesem verhängnisvollen Abend, als sie sich an der gleichen Stelle stritten, an der sie jetzt standen. Alles war so, als wären die Uhren zurückgedreht, als wäre kein einziger Tag vergangen.

„Das stimmt nicht?“, geiferte sie, wobei sich ihre Stimme beinah überschlug. „Das stimmt nicht? Was weißt du denn schon. Du weißt nichts, gar nichts.“ Sie starrte Achim an, dessen wirrer Gesichtsausdruck sie nur noch mehr in Rage brachte.

„Jetzt will ich dir mal was sagen, hör mir gut zu. Dein Vater hatte nie Interesse an dir, er wusste nicht einmal, wann du geboren wurdest.“ Jetzt redete sie Unsinn, Achim bäumte sich innerlich auf.

„Du lügst, Vater hat mich geliebt, er ...“, zarte Röte stieg ihm ins Gesicht, während Achim langsam aus seiner Trance erwachte. „Er war der Einzige ...“

Mit einer kurzen, wirschen Handbewegung brachte Renate Achim zum Schweigen. Jetzt war sie es, die einen irren Gesichtsausdruck bekam. Dieser Junge verkörperte die Schmach eines ganzen Lebens.

„Vater, das ich nicht lache. Denkst du, dass dieser Träumer Alois dein Vater war? He, denkst du das wirklich?“ Renate ging langsam ein paar Schritte auf Achim zu, wobei sie sich leicht duckte, so dass es so aussah, als wenn sich eine Katze zum Sprung auf die Beute bereit macht. Aber nicht mehr als ein paar Schritte, noch immer raste ihr Puls, war die Angst nicht aus ihrem Körper entwichen.

„Jetzt will ich dir mal was sagen“, sie fixierte ihren Sohn, senkte die Stimme merklich ab, „du kannst deinen Vater nicht kennen, du bist ihm nie begegnet. Alois ist nicht dein richtiger Vater. Dein richtiger Vater hat sich einen alten Teufel um dich geschert. Glaubst du, er hätte sich auch nur ein einziges Mal um dich gekümmert? Glaubst du das? Er hat nur seine Gier befriedigt, dann ist er gegangen. Keinen Pfifferling ist er wert.“ Jetzt ging sie noch ein Stück näher auf Achim zu. Während ihre Augen langsam einen irren Blick annahmen, erwachte Achim immer mehr aus seiner Trance. Unmerklich schüttelte er den Kopf, vorsichtig, zaghaft. Je näher sie auf ihn zukam, umso weiter wich er vor ihr zurück. Mit jedem Schritt wuchs ihr Schatten, wurde lang und gestreckt.

„Nein, das stimmt alles gar nicht. Du lügst. Bitte ...“ Achim schüttelte immer mehr seinen Kopf, wollte die Worte, diese unglaublichen Worte abschütteln. Doch gleichzeitig begriff er, dass seine Mutter die Wahrheit sagte. Ihm fiel der Blick ein, mit dem sich sein Vater von ihm verabschiedet hatte. Instinktiv ahnte er damals, dass etwas Schreckliches passiert sein musste. Aber erst heute konnte er die Hoffnungslosigkeit in den Augen seines Vaters deuten. Achim schüttelte immer mehr seinen Kopf, während seine Mutter wüste Beschimpfungen ausspie. In einem grotesken Spiel tanzten sie einen Reigen, den sie nicht mehr kontrollieren konnten. „Nein, hör auf, da ist alles nicht wahr ...“, immer weiter taumelte Achim nach hinten, während seine Mutter nicht genug bekommen konnte.

Plötzlich spürte er die Tür in seinem Rücken, er spürte *sie*. Ihre Blicke trafen ihn genauso wie die Worte seiner Mutter. Ihr fades Gesicht wirkte im gelblichen Licht grau und eingefallen.

Mit einem Schlag wurde es still im Haus, unglaublich still. Kein einziger Ton war zu hören. Kleine Kreise machten sich auf den Weg. Man konnte glauben, dass es dunkler wurde. Nicht einmal das Ticken der Küchenuhr war zu hören. Gefangen in Zeit und Raum, drehte sich beider Leben umeinander. Die Kreise wurden größer, breiteten sich aus, erfassten sie.

Jetzt spürte er den letzten Kuss, der in seiner Seele brannte. Alles bekam einen eigenartigen Sinn.

Er spürte das Metall an seiner Brust. Es war so real, so sicher.

Mit der rechten Hand griff er sich an die Jacke, wie um sich zu vergewissern, dass er sich nicht irrte.

Immer noch herrschte Ruhe im Haus. Keiner sagte etwas, nichts bewegte sich. Achim saß da, beobachtete die kleine Lache, die sich langsam seinen Füßen näherte. Gedankenverloren verfolgte er den Weg über den Boden. Draußen tobte der Sturm, aber nichts dergleichen drang in das Innere des Hauses. Allmählich wurde die Lache langsamer, begann zu versickern. Später würde ein hässlicher, brauner Fleck den Boden verschandeln.

Allmählich hörte das Karussell in seinem Kopf auf, sich zu drehen. Der Schneesturm rüttelte an dem alten Gemäuer, während Achim versuchte, sich an das Geschehene zu erinnern.

Worte, da waren schlimme Worte. Er wollte sie nicht hören, aber sie hämmerten gegen die Innenseite seiner Stirn. Achim fühlte sich seltsam leer. Da war nichts in seinem Körper, nichts in seinem Kopf. Die Lache hatte aufgehört, neugierig über den Boden zu kriechen.

Sie war selber schuld. Sie wollte einfach nicht schweigen. Er hatte es ihr gesagt, *hör auf*, immer wieder, *hör auf*. Aber sie hörte nicht auf.

5. Teil

Schweigend fuhren wir durch das Schneegestöber, jeder mit seinen eigenen Gedanken beschäftigt. Das hätte durchaus gefährlich werden können, wenn wir im Schnee stecken geblieben wären. Peter konzentrierte sich fast verbissen auf die Fahrbahn. Sonst lehnte er beim fahren entspannt in seinem Sitz. Jetzt saß er steif wie ein Stock hinter dem Lenkrad. Mit der Nase klebte er fast an der Windschutzscheibe. Ohne Zweifel deutete ich sein Schweigen richtig. Peter wusste, dass eine falsche Bewegung, ein falscher Ruck, den Wagen in eine Schneewehe befördern konnte. Glücklicher Weise näherten wir uns unserem Ziel, ohne weitere Zwischenfälle. Als wir am Ortseingangsschild von Straußberg ankamen, waren wir beide erleichtert.

„Wenn ich nicht wüsste, dass hier das Ortseingangsschild steht, würde ich es nicht erkennen“, gab mir Peter jetzt zu verstehen. Sichtlich erleichtert lehnte er in seinem Sitz und schien sich zu entspannen.

„Das ist kein Wunder, alles ist zugeweht. Wenn man da ein Ortsfremder ist, hat man schlechte Karten. Ich bin froh, dass wir endlich da sind. Stell dir mal vor, wir würden jetzt irgendwo im Straßengraben liegen. Oder nein, viel schlimmer. Stell dir vor, wir müssten uns durch den Schneesturm kämpfen und Hilfe holen. Das wäre vielleicht was geworden“, witzelte ich, obwohl mir das flaue Gefühl im Magen etwas anderes sagte. Wir mussten nur noch den See umfahren. Normalerweise eine Strecke, die nur ein paar Minuten beansprucht, aber heute war nichts normal.

Ich betrachtete mein Handy, siehe da, es herrschte wieder voller Empfang. „Das ist nicht wahr“, ließ ich

Peter an meiner Entdeckung teilhaben, „jetzt haben wir auch auf dem Handy wieder vollen Empfang.“

Einen Moment lang dachte ich an die Situation, in der wir uns vor einer Stunde noch befanden. Beinah unwirklich kam es mir jetzt vor. Sicher deutete ich viel zu viel in eine harmlose Sache. Insgeheim nahm mich mir vor, Rita davon zu erzählen. Nicht einfach nur von dieser schrecklichen Fahrt. Ich musste ihr von dem Traum und dem Windspiel erzählen. Irgendwie passte etwas nicht zusammen, ich wusste nur nicht was.

Wenig später sahen wir das Haus meiner Freundin. Es war hell erleuchtet, denn trotz der frühen Stunde blieb es duster. Verschwommen sah ich eine Gestalt am Fenster stehen, sie schien uns zuzuwinken. Wir machten uns nicht die Mühe, die Sachen erst auszupacken, sondern hasteten sofort ins Haus.

Natürlich hatte Rita uns gesehen und die Eingangstür aufgehalten.

„Na jetzt aber rein mit euch“, ertönte ihre weiche Stimme.

„Bin ich froh, dass wir gut angekommen sind“, ließ ich Rita noch an der Eingangstür wissen. „Du kannst dir nicht vorstellen, was auf der Straße los ist.“

„Was heißt hier Straße, da draußen gibt es keine Straße mehr, man muss raten, wo sie ist.“ Wie immer drückte Peter Rita einen Kuss zur Begrüßung auf die Wange und zog die Jacke aus. Ich ließ Peter immer den Vortritt, weil ich den Moment, den wir einander begrüßen durften, gern allein genoss. Es war eine Art Geborgenheit, die von Rita ausströmte. Ihre dunklen Augen beruhigten mich, es war, als wäre ich bei ihr zu Hause. Sie legte ihre Arme um meine Schultern, schaute mich an. „Du bist ein bisschen blässlich um die Nase meine liebe Lillie. Komm erst mal rein, ich habe uns einen Kaffee gekocht, Mathias müsste auch jeden Moment kommen.“ Dann nahm sie mich in den Arm und drückte mich sacht. Wohlige Wärme machte sich in meinen Körper breit. „Du glaubst nicht, was das für eine verrückte Fahrt war. Ach was sage ich Fahrt, der ganze Tag war irgendwie verrückt. Das muss ich dir in Ruhe erzählen.“ Rita nickte mir zu, als hätte sie sofort verstanden, um was es ging. Manchmal verblüffte sie mich wirklich. Ich hatte das Gefühl, sie wüsste alles im Voraus.

Wenig später saßen wir gemütlich im warmen Wohnzimmer, während draußen der Schneesturm nach Herzenslust tobte. Die Fenstersimse waren schon einige Zentimeter zugeweht. Das leise Heulen des Windes störte uns kaum, denn wir hatten uns in unser Gespräch vertieft. Die Kinder waren noch nicht wieder zurück. Sophia und Ralf Hegewald, Franzis Eltern, wollten erst am Abend da sein. Sie hatten sich zum Kaffe mit Bekannten verabredet, so dass wir noch eine Weile allein zusammen saßen. Der richtige Trubel würde mit dem Eintreffen der jugendlichen Meute noch zeitig genug losgehen.

Daran konnte sich Sven sehr gut erinnern. Vor drei Tagen stand er am Bahnhof und wartete auf Franzi und ihre Mutter. Gerade dachte er darüber nach, wie er seinem besten Freund Berti helfen könnte. Berti hatte sich in eine fast ausweglose Lage manövriert. Die beiden Jungen kannten sich von Kindesbeinen an. Manche Lausbubenstreiche hatten sie miteinander ausgeheckt. Berti befand sich in der Ausbildung, er wollte Maler werden. Berti gehörte zur Clique. Sie trafen sich regelmäßig, so oft es ihnen ihre Zeit erlaubte. Gemeinsam feierten sie so manche Feste, aber auch Probleme wurden diskutiert. Sie waren eine gute Gruppe.

Vor ein paar Tagen saß Berti zusammengesunken auf dem Sofa, als Sven den Club betreten hatte. Er wirkte eingefallen und um Jahre gealtert. Sven sah sofort, dass etwas nicht in Ordnung war. Berti war ein fröhlicher, kluger Junge, der die Menschen mit seinem verschmitzten lächeln verzaubern konnte. Da sonst niemand weiter im Raum war, konnten sie sich, ohne gestört zu werden, unterhalten.

Von Anfang an fühlte sich Berti in seinem Ausbildungsbetrieb nicht wohl. Der Ausbilder duldete keine Widerrede, konnte richtig fies zu den Jungen sein. Aber Berti redete sich immer wieder ein, dass er die drei Jahre zu Ende bringt und sich dann einen Job sucht. Er hatte gerade das dritte Jahr begonnen. Wie immer schikanierte Mister Eisenfaust, wie die Jungen den Ausbilder heimlich nannten, alle, die ihm in die Quere kamen. Je näher Weihnachten heranrückte, umso unerträglicher wurde es. Der Meister hatte eine Menge Aufträge angenommen, die sie kaum schaffen konnten. Berti arbeitete jeden Abend länger, obwohl er lieber mit in den Club gegangen wäre. Aber an diesem verhängnisvollen Nachmittag stürzte er unglücklich von der Leiter und verletzte sich am Bein. Mister Eisenfaust glaubte, dass sich Berti nur eine Pause verschaffen wollte. Er brüllte ihn an, wenn er jetzt geht, brauch er nicht wieder zu kommen. Berti kochte innerlich vor Wut, versuchte aber trotzdem, seine Arbeit zu beenden. Aber die Schmerzen im Bein wurden unerträglich. Erneut versuchte er sich bei Mister Eisenfaust zu rechtfertigen, aber der hörte ihm nicht einmal zu. Tränen der Wut standen Berti in den Augen. Er spürte, wie sich sein Nacken versteifte und ihm die Zornesröte über die Wangen kroch.

Später wusste er nicht mehr, was er in seiner Wut alles gesagt hatte. Ohne auf Antwort zu warten war gegangen. Jetzt wusste er nicht, ob er sich in die Firma getrauen konnte. Sein Fuß war gebrochen, eigentlich eine gute Entschuldigung. Trotzdem wusste Berti nicht, wie er reagieren sollte. Er hatte Dinge gesagt, die er lieber nicht sagen sollte, auch wenn sie der Wahrheit entsprachen. Er war sich seiner ausweglosen Lage voll bewusst. Im Moment drehte sich alles in seinem Kopf, und er konnte sich nicht selber helfen. Sven kannte Mister Eisenfaust zu gut. Berti wäre nicht der einzige, der wegen ihm die Lehre geschmissen hätte. Aber das konnte, nein durfte nicht sein. Gemeinsam beleuchteten sie den Sachverhalt von allen Seiten. Natürlich konnte Berti zur Handwerkskammer gehen. Sicher würde er Recht bekommen und die Firma musste ihn weiter beschäftigen. Aber er hätte keinen ruhigen Moment mehr, so viel stand fest.

Sven grübelte tagelang über das Problem seines Freundes nach. Auf nichts konnte er sich richtig konzentrieren. Er bekam es nicht einmal richtig mit, als der Zug auf den Bahnsteig rollte. Das Problem um Berti ging ihm nicht aus dem Kopf. Es musste eine Lösung geben. Erst als die meisten Menschen an ihm vorbei hasteten, erinnerte sich Sven an seine eigentliche Aufgabe. Er kannte Franzi seit Jahren. Sie gehörte zur Clique, genau wie Berti. Allerdings hatten sie sich in letzter Zeit selten gesehen. Da stand sie mit ihrer Mutter, Sven war wie vom Donner gerührt. War das die kleine mickrige Hiska, wie er sie immer nannte? Etwas war passiert, selbst auf die Entfernung sah Sven die Veränderung. Sie schien auf einmal erwachsener. Neugierig ging er auf die beiden Frauen zu, wobei er Hiska nicht aus den Augen ließ. Aber sie schien die gleichen Gedanken zu haben. Sie schauten sich an, als sähen sie sich heute das erste Mal.

Franziska ließ in diesem Augenblick alles hinter sich. Jimmy existierte nicht mehr in ihrem Bewusstsein, ein anderes Kapitel hatte soeben begonnen. Auch für Sven schrumpften die Sorgen um seinen Freund zu einem lächerlich kleinen Zwerg. Darum konnte er sich später kümmern.

Auf dem Nachhauseweg plapperte er zusammenhangloses Zeug, nur um seine Nervosität vor Franzis Mutter zu verbergen. Aber selbstverständlich registrierte Sophia Hegewald mit dem angeborenen Instinkt einer Mutter die Blicke, die die beiden miteinander tauschten. Sie spürte die zarten Spannungen, die die Luft im Auto zum knistern brachte. Sophia fand es eine gute Gelegenheit für ihre Tochter, sich diesen Jimmy aus dem Kopf zu schlagen. Sie hatte ihn nur ein einziges Mal gesehen, und sie gehörte nicht zu der Sorte Mensch, die vorschnell urteilten. Aber etwas im Blick des Jungen gefiel ihr nicht. Deshalb war sie froh, als sie die verweinten Augen ihrer Tochter sah und erfuhr, dass sie die Freundschaft beendet hatte. Hier konnte sie mit ihren Freunden zusammen sein und Abstand gewinnen.

Die kommenden drei Tage bekam Sophia ihre Tochter kaum zu Gesicht. Sie war ständig unterwegs. So fand Sophia ausreichend Gelegenheit, sich mit Rita zu unterhalten. Sie schätzte ihre ruhige, natürliche Art.

Natürlich war Franzi nicht entgangen, mit welchen Augen Sven sie am Bahnhof betrachtet hatte. Sie fühlte sich geschmeichelt. Sven hatte sich verändert. Er schien nicht nur größer, sondern auch erwachsener geworden zu sein. Da sie bei der Familie Just wohnten, verbrachten sie den ganzen Tag miteinander. Gelegentlich gingen die beiden spazieren oder auf dem zugefrorenen See Schlittschuh laufen. Es ergab sich einfach so. Irgendwann erzählte sie ihm von Jimmy. Sven hörte schweigend zu, enthielt sich aber eines Kommentars. Das war typisch für Sven. Keine vorschnellen Schlüsse oder Äußerungen. Lieber analysierte er alles gründlich, ehe er etwas falsches erzählte. Er fand es äußerst sonderbar, wie sich dieser Jimmy benahm. Insgeheim nahm er sich fest vor, Silvester mit Ulf und Marie zu reden. Sven kannte Marie. Sie redete ihm etwas zu viel, war aber ansonsten in Ordnung. Mal sehen, was die beiden zu sagen hatten.

Wie immer vergingen die Tage bis Silvester sehr schnell. Am liebsten hätte Sven einen Tag mit achtundvierzig Stunden gehabt. Wenn er mit Franzi auf dem Eis war, hatte er so viel Spaß wie seit langen nicht mehr. Vorsichtig übten sie sich im Paarlauf, drehten gemeinsam Pirouetten, oder saßen auf dem Hosenboden, weil sie sich überschätzt hatten. Immer deutlicher nahm Sven wahr, wie sich Franzi an ihn klammerte, auch wenn es manchmal gar nicht nötig war. Sie strahlte ihn an und überhaupt machte sie nicht den Eindruck von Traurigkeit. Sie schien Jimmy vergessen zu haben.

Das war gut so. Im Moment brauchten sie niemanden in der Clique, der mit irgendwelchen Problemen behaftet war. Seit Wochen feilten sie an den Silvestervorbereitungen. Sie ließen sich eine Menge einfallen. Nach dem Abendessen sollte es eine Tombola geben, bei der jedes Los gewann. Allerdings war das Ganze auf die komische Art gedacht. Zu jedem Gewinn gab es einen Spruch und der Gewinner musste seinen Gewinn erraten. Es steckte eine Menge Arbeit darin, da viele kleine Dinge besorgt werden mussten. Außerdem sollte es ein Quiz geben, bei der die Intelligenz der anwesenden Personen getestet wurde. Natürlich gab es auch hier eine Menge komische Sachen. Die Jugendlich lachten sehr viel, stellten sich die Gesichter der Eltern und Freunde vor. Aber der Höhepunkt des Abends war die symbolische Verlobung, von der die Eltern nichts ahnten.

Paula und Tobias. Obwohl Tobias eben erst sein Studium begonnen hatte, beabsichtigten die beiden frisch Verliebten im Sommer ein Jahr in die Staaten zu gehen.

Beide schätzten ihre Eltern sehr, deshalb war es ihnen wichtig, wie sie reagierten. Die Silvesterparty schien ihnen am besten für diese Neuigkeit geeignet. Paula wusste, dass ihre Eltern nichts davon ahnten.

Franziska hatte bedenklich ihre Stirn gerunzelt, als ihr Sven die ganze Geschichte erzählte. Zu gut erinnerte sie sich an ihr eigenes Erlebnis. Für einen Moment lang glaubte sie damals, Jimmy ist der Mann ihrer Träume. Allzu lange hielten die Träume dann allerdings doch nicht. Jedes Mal, wenn sie an ihn dachte, krampfte sich ihr Magen ein kleines bisschen zusammen. Zum Glück brachte Sven sie auf andere Gedanken, so dass sie in den letzten Tagen beinah ihre Unbekümmertheit zurückerhalten hatte. Aber sie fand es keine gute Idee von den beiden, sich so Hals über Kopf zu verloben. Verloben! Kein Mensch verlobt sich mehr, war ihre Meinung, die wenigsten heiraten. Warum müssen sie sich um alles in der Welt verloben? Sven zog die Schultern hoch, schüttelte mit dem Kopf und meinte nur: die werden schon wissen, was sie tun. Alt genug sind sie ja. Franzi wollte sich nicht einmischen, aber ihre eigenen Erfahrungen belehrten sie eines besseren. Auf keinen Fall würde sie sich verloben, oder gar heiraten. Aber gut, wenn sie unbedingt den Fehler machen mussten, sollten sie eben.

Der letzte Tag des Jahres begann verheißungsvoll. Nach dem Frühstück trafen sich alle bei Svenja, die den Löwenanteil bei den Vorbereitungen übernommen hatte. Sie steuerte die besten Ideen bei und kümmerte sich um alles drum herum. Das war ein Winterwetter, wie schon seit Jahren nicht. In den letzten Tagen waren die Schneeberge an den Straßenrändern beachtlich angewachsen. Die glasklare, kalte Dezemberluft kitzelte sie in der Nase. Franziska hatte Sven heimlich beim Frühstück beobachtet. Einfach toll, wie er sich mit seiner Mutter verstand. Er war eine richtige Frohnatur. Manchmal lächelte er Franzi verschmitzt an, zwinkerte, als ob sie beide auch ein Geheimnis zu hüten hätten. Wohlige Wärme breitete sich in Franzis Körper aus, wenn sie an Sven dachte. Sven war das ganze Gegenteil von Jimmy. Lustig, aufgeweckt, immer zu einem Spaß bereit. Jimmy dagegen wirkte, zumindest am Ende ihrer Beziehung düster, in sich gekehrt. Oft saß er einfach da, brütete vor sich hin und nahm die anderen gar nicht wahr. Jetzt war Franzi froh, dass sie das ganze beendet hatte. Nur gelegentlich dachte sie daran. In den letzten drei Tagen überhaupt nicht.

Am Vormittag blendete sie das grelle Sonnenlicht. Aber am zeitigen Nachmittag verdunkelten die prall gefüllten Wolken alle Zimmer, so dass alles etwas duster und unfreundlich wirkte. Die Jugendlichen saßen jetzt nur noch herum, die letzten Vorbereitungen waren beendet. Da es draußen heftig stürmte und man vor lauter Schneetreiben die Hand kaum vor Augen sehen konnte, beschlossen sie, noch ein Weilchen bei Svenja zu warten. Die Zeit verging wie im Flug, die letzten Stunden des Jahres wurden immer weniger. Sven hatte es sich neben Franzi auf dem Sofa bequem gemacht. Mit jeder Faser ihres Körpers spürte sie seine Anwesenheit. Sven tat zwar so, als würde er nichts dergleichen bemerken, aber wer ihn genauer kannte, sah die leichte Nervosität in seinen Augen. Gleich einer warmen Welle breitete sich jede Berührung in seinem Körper aus. Der Kloß in seinem Hals bereitete ihm Schwierigkeiten beim sprechen. Paula hatte schon längst entdeckt, wie es um seine Gefühle bestellt war. Sie war sich sicher, dass die beiden über kurz oder lang ein schönes Paar abgeben würde.

Geplant war, den gemeinsamen Abend mit einem tollen Essen zu beginnen. Rita, Meisterin der Kochkunst, hatte schon Tage zuvor singend in der Küche verbracht. Immer wenn Paula in die Küche kam, rührte Rita in einem Topf oder brütete über einem Kochrezept.

Ihr machte es offensichtlich Spaß, das Essen für die Silvesterfeier vorzubereiten. Aber das kannte Paula ja von ihrem Vater.

Nach dem Essen sollte der gemütliche Teil beginnen. Paula war sehr gespannt, was ihre Mutter und ihr Vater zu den Plänen sagen würden. Sie kannte Lillie als tolerante, liebevolle Mutter, die notfalls für sie ein gutes Wort einlegt. Ein bisschen mulmig war beiden zumute.

Ihre Eltern würden sich sicher, wie sie selber, ein Leben lang an diesen Silvesterabend erinnern.

Irgendwann erwachte Jimmy aus seiner Trance. Er hatte keine Ahnung, wie viel Zeit vergangen war. Stunden? Monate? Jahre? Ein ganzes Leben? Langsam hob sich der Schleier in seinem Kopf, Bilder tanzten vor seinem geistigen Auge. Es war gut, dass er nichts spürte. Für einen verzweifelten Moment drehte sich nicht alles. Er blickte sich um, als wäre er das erste Mal in diesem Haus. Vertrauter Geruch stieg ihm in die Nase, Bilder, die er kannte, narrten seinen Geist. Er blickte sich um. Es war duster wie immer. Vertraute Stille, dazwischen das wütende Zerren des Sturmes da draußen. Sein Blick wanderte über die Gegenstände, die schon seit Ewigkeiten ihren Platz nicht gewechselt hatten. Noch etwas benommen stand er auf. Dort lag sie in grotesker Haltung. Den Mund leicht geöffnet, so als wollte sie wieder und wieder ihre Gemeinheiten ausspeien.

Ach, könnte er den Moment kosten, diese herrliche Leere. Alles streichen aus seinem Kopf, ein neues, reines Blatt beschreiben. Dann wären sie fort, die schmerzlichen Gefühle. Schuld, Hass, Liebe. Je klarer die Gedanken wurden, umso deutlicher hörte Jimmy die Worte. Er wollte sie nicht hören, aber sie hämmerten an seine Stirn, raubten ihm beinah den Verstand. Vater, sein Vater war nicht sein Vater?! Waren das die Worte?

Jimmy wollte sie nicht hören. Obwohl sie jetzt still war, hallten sie durch das leere Haus. Gleich einem quälenden Echo brachen sie sich in seinem Kopf. *„Nein, nein, das ist alles nicht wahr ...“* Jimmy hielt sich die Ohren zu, als könnte er dadurch alles ungeschehen machen. Aber sie waren da. Sie waren in seinem Kopf, in seinem Körper, in jedem Winkel seines Gehirnes. Er konnte gehen, wohin er wollte. Sie holten ihn ein. Alles war eine einzige Lüge, sein ganzes Leben bestand aus einer einzigen Lüge. Er lief durch alle Räume, als könnte er dort finden, was er seit Jahren suchte. Aber da war nichts. Nur die schmutzige, gemeine Wahrheit. Das Böse.

Plötzlich fand er sich in seinem Zimmer wieder. Immer noch hielt er sich die Ohren zu, schrie in das leere Haus.

„... nein ... nein ..., hör auf, ich will es nicht hören.“

Abrupt blieb er an der Tür zu seinem Zimmer stehen. Die Gardine war ein Stück zur Seite gezogen, so wie er es immer gemacht hatte, wenn er auf die Straße schauen wollte. Sie wehte sacht, wie nach einem Luftzug. Aber das Fenster war fest verschlossen. Nie wäre Jimmy in den Sinn gekommen, dass die alten Fenster nicht so dicht waren. Angst kroch langsam an seinen Beinen hoch. Sie wehte, weil sie gekommen waren. Ja, natürlich, sie waren gekommen, um sich zu holen, was ihnen zustand. Wie gelähmt starrte Jimmy auf die Gardine, die ihm mit jeder Bewegung mehr Kraft zu rauben schien. Alles war so unwirklich, von einem Moment auf den anderen hatte ihn sein Vater verlassen, diesmal für immer. Welcher Vater? Er hatte keinen Vater!

Der Stein sinkt tiefer, langsam, aber stetig. Kleine Kreise breiten sich aus. Aber der Stein, er sinkt. Langsam folgt er den größer werdenden Kreisen. Mit jedem Zentimeter, mit jedem Pulsschlag, wächst auch in ihm der

Hass. Unbändig, unbeherrschbar. Lügen über Lügen.

Sein ganzes Leben sinkt auf den Grund des Sees. Natürlich, die Schattenreiter haben es schon immer gewusst. Sie brauchten nur zu warten. Er sah sie als kleiner Junge, ohne die Bedeutung zu ahnen. Aber jetzt wusste er es. Deutlich, mit aller Macht brach die Erkenntnis über ihn herein. Sie sind es, die uns auf die andere Seite bringen. Sie warten ab, bis ihre Zeit gekommen ist. Deshalb waren sie damals zur Stelle, als sein Vater ging. Instinktiv wusste er es. Sie waren gekommen, um ihn sich zu holen.

Nein ... nein ... nein. Jetzt waren die Kreise in seinem Kopf. Sie schlugen an die Innenseiten seines Körpers, brandeten zurück, um noch heftiger zurückzuschlagen. Wie konnte er das denken, es war nicht sein Vater. Es war eine Lüge. Aber wenn er es nicht war, wer dann? Wenn er die Schattenreiter sah, sonst niemand, wieso hatten sie *ihn* nicht geholt? Sollte er sie nur sehen, wenn sie einen anderen holten? Quälende Fragen stürzten fast gleichzeitig durcheinander. Aber Jimmy fand keine Antworten. Immer heftiger würgten ihn die Zweifel.

Jimmy stand in der Tür zu seinem Zimmer, hielt sich beide Hände an den Kopf, den Blick starr auf die sich bewegende Gardine gerichtet. Mit dem Oberkörper kreiste er leicht im Takt des Sturmes. Unbewusst folgte er den kreisenden Bewegungen der sich ausbreitenden Wellen. Sie hatten ihn erfasst, er war unfähig, sich dem zu entziehen. Sein ganzes Denken blieb auf die Lügen seines Lebens gerichtet. Alles kreiste um den einzigen Gedanken: er hatte niemanden. Der einzige Mensch, von dem er glaubte, es sei sein Vater, hatte ihn verlassen. Damals. Er hat ihn nicht geliebt: Oder doch? Konnte er ihn überhaupt lieben? Immer schneller drehte sich das Karussell der Fragen, ohne eine einzige Antwort. Die kreisenden Bewegungen wurden heftiger. Jimmy brummte vor sich hin, während er die Hände an die Schläfe presste. Plötzlich entlud sich der Schmerz in einem einzigen, heftigen Schrei. Jimmy rannte die Treppe herunter. Er hatte keine Ahnung, wie er nach oben gelangt war. Dunkel erinnerte er sich an die letzten Minuten, oder Stunden? Was gab es noch für Lügen in seinem Leben?

Das spärlich einfallende Tageslicht verlieh dem gesamten Haus eine graue Färbung. Im Flur war es jetzt beinah völlig dunkel. Jimmy blieb einen Augenblick an der Treppe stehen, warf einen letzten Blick auf die Gestalt am Boden. Dann lief er hinaus in den brüllenden Sturm, das kalte Metall fest unter die Jacke geklemmt. Er war nicht einmal erstaunt, als er die Umrisse der Reiter gegenüber dem Haus entdeckte. Diesmal waren sie nicht wegen ihm gekommen, das wusste er. Einen Moment blieb er stehen, blickte in ihre Richtung. Trotz des dichten Schneefalles spürte er die kalten Blicke. Aber dafür hatte er keine Zeit. Er war auf der Suche nach seinem Leben. Welche Lügen gab es noch? Franzi! Der einzige Mensch, der ihm wirklich eine Zeit lang wichtig war. Hatte sie ihn auch belogen? Sicher, so musste es sein. Wieso war sie ohne ihn weggefahren? Natürlich. Einen Schwall bitterer Erkenntnis brach sich durch die Wellen in seinem Kopf. Auch sie war eine Lüge.

Wütend riss er das Lenkrad herum, ohne zu wissen, was er als nächstes tun sollte.

Die Räder des Jeeps drehten durch, als er heftig auf das Gaspedal trat. Aber Jimmy bemerkte es kaum. Er fuhr durch den tobenden Sturm, ohne sich für die geringe Sicht oder die glatten Straßen zu interessieren. Er fuhr einfach die Straße runter, ohne Ziel. Vielleicht hatte er tief in seinem Inneren doch ein Ziel. Ohne sich dessen bewusst zu sein, befand er sich auf der Straße nach Straußberg. Er wusste nicht einmal, wo genau die

Freunde von Franzi wohnten. Ganz weit hinten hörte er die Stimme von Ulf. Er hatte ihn verraten, wie all die anderen. Je weiter er fuhr, umso deutlicher spürte er den Verrat. Jimmy fuhr wie losgelöst, von einem einzigen Wunsch beseelt: Antworten finden, auf all die Fragen in seinem Kopf.

Endlich hatten sich unsere beiden Männer aus dem Zimmer nach oben verzogen. Irgendetwas wollten sie sich am Computer ansehen, wofür ich sehr dankbar war. Ich wollte wenigstens ein paar Minuten mit Rita allein reden. Dieser merkwürdige Traum hatte mich mehr aus dem Rhythmus gebracht, als ich mir eingestehen wollte.

„Du weißt ja gar nicht, was das für ein verrückter Tag bis jetzt war Rita“, begann ich meinen Bericht. Rita warf mir einen dieser Blicke zu. Immer wenn sie mich so ansah, glaubte ich, dass sie alles wusste, was ich ihr erzählen wollte. Während ich an den Rand des Sessels rückte, rutschte Rita tiefer hinein, die dampfende Tasse in den Händen. Sie blieb völlig entspannt.

„Ich weiß gar nicht, wo ich mit dem erzählen anfangen soll“, begann ich meinen Bericht.

„Am besten am Anfang“, antwortete Rita.

„Ja, am Anfang“, antwortete ich, wobei mein Blick auf das Fenster gerichtet war. Die stobenden Schneeflocken entfernten sich, so als würde ich ganz in dieser anderen Welt eintauchen. Rita antwortete nicht, nahm einen Schluck aus ihrer Tasse, ohne den Blick von mir zu wenden. Sie war eine gute Zuhörerin, unterbrach mich nie, oder höchstens ganz kurz, um eine Zwischenfrage zu stellen.

„Eigentlich begann alles mit dem Windspiel, das du mir zum Geburtstag geschenkt hast“, begann ich meinen Bericht. Aus den Augenwinkeln bemerkte ich, wie sich die Haltung Ritas leicht veränderte.

„Peter hat es im Vorbau aufgehängt, wie du weißt, aber nie habe ich auch nur einen Ton gehört. Höchstens wenn mich Peter ärgern wollte und mit dem Finger daran gestupst hat.“ Automatisch, wenn ich angespannt war, rückte ich noch ein Stück weiter nach vorn. Ohne mir dessen bewusst zu sein, senkte ich die Stimme, so als dürfte niemand, außer Rita, die Geschichte hören. Vielleicht war ich deshalb so vorsichtig, weil sich Peter über uns lustig machte.

„Heute Nacht, besser gesagt heute Morgen, hatte ich einen sonderbaren Traum. Wir sind hierher gefahren, genau wie es dann in Wirklichkeit war. Schneesturm vom feinsten, kaum dass man einen Meter weit sehen konnte. Bevor wir losfuhren, hörte ich das Windspiel. Zuerst dachte ich, dass ich das auch nur geträumt habe. Aber heute Morgen habe ich tatsächlich das Windspiel gehört. Bilde ich mir zumindest ein.“ Verstohlen warf ich einen Blick auf Ritas Gesicht. Aber sie schaute mich ruhig an, ohne dass ich ahnte, welche Gedanken sie hegte.

„Na ja, der Traum. Der war ziemlich ... na sagen wir mal, verwirrend. Wir fuhren also, wie gesagt, durch diesen Schneesturm. Das war so real, so beängstigend real. Ich kann dir ganz genau sagen, was im Radio gespielt wurde.“ Wieder warf ich einen Blick auf Rita, aber sie nippte an ihrer Tasse und wartete auf meinen Bericht.

„Na jedenfalls kurz und gut. Wir sind dann in so einer Art Höhle heraus gekommen, wo lauter kleine, hässliche Männchen herum sprangen. Du weißt schon ... kleine, grüne Männchen.“ Jetzt kam ich mir doch etwas blöd vor und versuchte, alles ins Lächerliche zu ziehen.

„Ja, jetzt weißt du es, ich träume von Marsmenschen, die unseren Planeten erobern wollen.“

„Komm schon Lillie, etwas hat dir Angst gemacht. Was hat das mit dem Windspiel zu tun?“

„Das verrückte ist, dass ich noch nie das Windspiel zuvor gehört habe, außer wenn Peter daran rüttelte. Aber heute Morgen hat etwas die Melodie zum Erklingen gebracht. Du hast doch selber gesagt, dass alles sonderbar war, als du es gekauft hast. Außerdem soll es die bösen Geister fern halten. Ja, ich weiß. Wenn mich Peter jetzt hören könnte, würde er mich auslachen. Trotzdem. Wir saßen da in unserem Auto fest und wurden von diesen komischen Trollen angegriffen. Ach, ich weiß auch nicht, was ich glauben soll. Jedenfalls hatte ich Angst. Es war so real, sogar das Wetter war wie jetzt. Wie soll ich denn ahnen können, heute Morgen, welchen Schneesturm es geben könnte?“ ich unterbrach meinen Bericht und schaute Rita fragend an. Jetzt war sie ein Stück nach vorn gerutscht, die Tasse stand auf dem Tisch. Ihre ganze Haltung zeigte mir, dass sie angestrengt nachdachte.

„Rita, he, was meinst du dazu?“ Rita schien aus einer Art Trance zu erwachen, als sie erschrocken aufschaute.

„Nein, nein“, beeilte sie mich zu beruhigen, „erzähle ruhig weiter. Träume können auch Wegweiser sein Lillie.“ Ich seufzte kurz, wusste aber, dass Rita es ehrlich meinte und setzte meinen Bericht fort.

„Im Traum wusste ich ganz genau, dass etwas Schreckliches passieren wird, weil ich das Windspiel gehört hatte. Als uns dann diese Marsmännlein angegriffen haben, bin ich vor lauter Angst bald verrückt geworden. Peter ging es genauso, im Traum zumindest. Wir saßen in der Falle und konnten nicht entkommen. Gott sei Dank bin ich rechtzeitig aufgewacht. Aber ich sehe jetzt alles genau so vor mir. Ich kann dir jedes Detail beschreiben, was ich gesehen habe. Schlimm! Alles so real. Den ganzen Tag hat mich dieser Traum nicht los gelassen. Als wir losfuhren und dieser furchtbare Schneesturm einsetzte, glaubte ich die ganze Fahrt, dass etwas Schlimmes passieren muss. Wäre ja auch beinah. Peter hat es dir ja erzählt. Aber so lächerlich fand ich es nicht, wie er es gemacht hat. Wäre das Auto nicht wieder angesprungen, wer weiß? Dann hätten wir auch in der Falle gesessen. Das einzige Auto, dem wir begegnet sind, hat uns nicht mal richtig bemerkt. Der ist wie ein Irrer an uns vorbei gerast. Vielleicht reagiere ich auch über? Ich weiß es nicht." Etwas entspannter lehnte ich mich zurück, froh, dass ich endlich jemand meine Befürchtungen mitteilen konnte. Rita lehnte wieder im Sessel und schien nachzudenken. Draußen heulte der Sturm und irgendwo spielte leise Weihnachtsmusik. Es war dunkler im Raum geworden. Eher wegen der fortgeschrittenen Tageszeit, als wegen der düsteren Stimmung, die ich mit meinem Bericht hervorgerufen hatte. Die angespannte Ruhe würde bald vorbei sein. Dafür sorgten schon die Kinder. Aber im Moment war ich dankbar, dass ich noch ein paar Minuten mit Rita allein sein konnte. Sie würde mich wie immer beruhigen.

Rita hatte noch nichts gesagt, sondern nippte an ihrer Tasse. Dann blickte sie mich über den Rand an, so als müsste sie erst in mein Inneres schauen, ehe sie mir antwortet.

„Es kann schon sein, dass du das Windspiel gehört hast. Aber bestimmt irrst du dich. Wie du selber gesagt hast, weißt du es selber nicht so genau", sagte Rita, ohne mich aus den Augen zu lassen.

„Aber ich bin mir fast sicher", stöhnte ich resignierend. Jetzt glaubte mir auch Rita nicht. Vielleicht war ich doch etwas überdreht.

„Wenn du es geträumt hast, solltest du vielleicht tatsächlich vor etwas gewarnt werden. Sicher war diese Situation bedrohlich genug, die ihr dann tatsächlich erlebt habt. Aber es ist ja alles noch mal gut gegangen", räumte sie ein und stellte ihre Tasse ab.

„Was ist gut gegangen?" wollte Mathias von uns wissen, als er den Raum betrat.

„Ach, nichts weiter“, versuchte ich meine Anspannung zu vertuschen.

„Ich habe Rita gerade noch mal von diesem Jeepfahrer erzählt. Das war ja nun wirklich ein schlimmer Fahrer. Ich verstehe nicht, wie man bei so einem Wetter so rasen kann.“

„Ist doch nichts passiert“, beschwichtigte uns Peter und setzte sich neben mich.

„Ja, Gott sei Dank. Stell dir mal vor, wir würden jetzt da draußen fest stecken.“

„Das möchte ich mir nicht vorstellen“, konterte Peter, „und du denkst auch an etwas anderes. Das Jahr ist nicht mehr sehr lang. Apropos, Jahr und Silvester. Wann gedenken denn unseren lieben *Kleinen* hier aufzutauchen?“ Rita sah auf die Uhr und stand auf.

„Eigentlich wollten sie schon da sein. Sie haben da etwas ausgeheckt. Ein paar Überraschungen. Natürlich alles geheim.“

„Na das wäre ja mal was anderes“, warf Peter dazwischen.

„Ja, fanden wir auch“, antwortete Mathias. „Wir haben uns nicht weiter darum gekümmert, uns blind und taub gestellt. Bin nur mal gespannt, welche Geschichte sie sich ausgedacht haben.“

„Das kann ja noch ein lustiger Abend werden“, sagte ich und die Sache mit dem Windspiel war in Vergessenheit geraten.

Das Klingeln der Tür unterbrach unsere Überlegungen, so dass wir das Thema nicht weiter erörtern konnten. Dazu war auch keine Gelegenheit mehr, denn fast gleichzeitig trafen Hegewalds und die Kinder ein.

Das war eine Begrüßung, wie ich sie nicht anders erwartet hätte. Paula fiel natürlich erst ihrem Vater um den Hals, dann drückte sie mir einen Kuss auf die Wange. Sven und Tobias tuschelten mit Franzi, die ich nur wenig kannte. Gelegentlich waren wir uns hier bei Rita begegnet, wenn Sophia Hegewald zu Besuch war. Aber meistens reichte es nur für eine kurze Begrüßung, dann verschwand Franzi mit den anderen Jugendlichen. Mir fiel auf, dass sich Sven ständig in ihrer Nähe aufhielt. Die anderen waren kurz nach der Begrüßung im Nebenraum verschwunden. Mit geheimnisvollen Gesichtern verschwand einer nach dem anderen hinter der Tür. Wenig später bekam ich ein Gespräch zwischen Franzi und ihrer Mutter mit.

„... wollten eigentlich mit dem Fünferzug eintreffen. Marie hat extra mit mir telefoniert, dass sie nicht mit dem Auto kommen wollen. Ulfs Vater hat es ihm nicht gegeben. Warst du am Bahnhof?", wollte Franzi von ihrer Mutter wissen.

„Wenn ich es dir doch sage, da war niemand im Zug. Wir haben extra gewartet, bis der Bahnsteig leer war. Sie sind nicht mitgekommen. Ruf Marie doch noch mal an. Wer weiß, vielleicht kommen sie später oder es ist etwas anderes dazwischen gekommen."

„Das habe ich schon versucht. Aber ihr Handy ist ausgeschaltet, oder sie hat keinen Empfang. Jedenfalls erreiche ich sie nicht", sie hob die Hand, um eine weitere Frage ihrer Mutter zu kontern, „Ja, ich weiß was du sagen willst. Bei Ulf habe ich es auch schon versucht. Aber das Gleiche. Es geht nur die Mailbox an."

„Was sollen wir jetzt tun? Hast du schon bei Marie oder Ulf zu Hause angerufen? Vielleicht haben sie es sich anders überlegt und kommen bei dem Wetter gar nicht?"

„Das ist eine Idee", sagte Franzi und verschwand im Nebenzimmer. Jetzt saßen wir mit den Hegewalds im gemütlichen Wohnzimmer und warteten darauf, dass das Jahr zu Ende geht. Viel Zeit war nicht geblieben. Das gemeinsame festliche Abendessen sollte die letzten Stunden des Jahres einleiten. Wie zu erwarten, hatte

Rita viel zu viel vorbereitet, so dass der vergessene Braten nicht fehlte. Auch Sophia steuerte ein paar Schmeckerchen zum Abendessen bei, so dass sicher keiner hungern musste. Ein bisschen wollten wir die gemütliche Runde noch auskosten. Die Männer hatten sich in ein Gespräch über die Arbeit vertieft. Rita hörte ihnen zu. Ich war unfreiwillig Zeuge des Gespräches zwischen Franzi und ihrer Mutter geworden. Auch Sophia hatte das bemerkt und wand sich jetzt an mich.

„Ich glaube, auf Marie ist kein Verlass. Das wäre nicht das erste Mal, dass sie Franzi versetzt hat. Dieser neue Freund, den sie da hat, gefällt mir nicht besonders. Aber eigentlich geht es mich nichts an. Marie war heute mit eingeladen, ich wollte sie vorhin am Bahnhof abholen", erklärte mir Sophia das Gespräch von vorhin.

„Aber sie stiegen nicht aus dem Zug. Keine Ahnung, was da los ist. Mal sehen, ob Franzi jemanden zu Hause erreicht. Ich vermute bald, dass es sich die beiden anders überlegt haben."

„Na bei den jungen Leuten weiß man es nicht so genau. Die sind viel spontaner als wir. Kann schon sein, dass da etwas schief gelaufen ist. Wer weiß."

In diesem Augenblick kam Franzi ins Zimmer.

„Da ist bei keinem einer zu Hause. Ich versuche es noch mal auf Handy."

Jetzt schaltete sich Rita in das Gespräch ein.

„War nicht von einer anderen Party die Rede? Vielleicht sind sie dahin gegangen. Versuche doch mal jemanden von diesen Leuten zu erreichen."

„Ja, das ist auch eine Idee." Schon war Franzi wieder aus dem Zimmer verschwunden.

Es war köstlich. Jimmy fuhr und fuhr, endlos, in einen weißen Kokon gehüllt. Die Brandung in seinem Kopf war ein wenig leiser geworden, aber sie war da. Er spürte es. Diese Wellen waren schon immer da, nur manchmal erdrückten sie ihn fast, wie heut Mittag. Oder war es Nachmittag? Das war nicht wichtig. Jimmy hatte jedes Zeitgefühl verloren. Seine gesamte Welt hatte sich mit einem Schlag verändert. Von einem Moment auf den anderen. Nichts war mehr so, wie es vorher war. Warum er den Jeep gestohlen hatte, wusste Jimmy nicht mehr. Er erinnerte sich nicht, dass er sich auf der Flucht vor den Schattenreitern befand. Aber dann erkannte er, dass sie nicht ihn wollten. Noch nicht. Vielleicht irgendwann. Dafür beherrschte ein anderer Gedanke seinen ganzen Körper. Rache, er wollte Rache für die Lügen. All die Lügen in seinem Leben. Fahren, einfach nur fahren. So ließ sich der Hass, der in seinen Eingeweiden rumorte, besser ertragen. Jimmy fuhr wie losgelöst. Er achtete nicht auf die Straße. Das musste er auch fast nicht, denn die hohen Schneewehen an den Seiten stellen eine natürliche Begrenzung dar. Er brauchte nur das Gaspedal durchzutreten und das Lenkrad festhalten. Er fuhr in einem eisigen Tunnel, abgeschnitten von allen da draußen. Ab und zu fasste er sich an die Brust. Das kalte Metall gab ihm ein merkwürdiges Gefühl. Ein Gefühl von Macht und Sicherheit. Er war wieder Kind. Ein Cowboy mit einem Gewehr. Er musste sie rächen. Die Ungerechtigkeit, die Lügen. Es schrie förmlich nach Rache. Es waren starke Männer, sie waren gut. Sie töten nur aus guten Gründen. Er war der Cowboy. Rache, Rache.

Die Steine fliegen über den See. Breite Wellen setzen ihren Weg fort. Sie erfassen alles, nehmen es mit sich fort.

Sein Weg durch den eisigen Tunnel verlief beinah ohne Zwischenfälle. Nur wenige Fahrzeuge kamen ihm entgegen. Er selber überholte nur ein einziges Mal ein anderes Auto, das am Straßenrand parkte. Jimmy hatte es beinah nicht gesehen. Kein Mensch hielt sich auf den Straßen auf, keiner kümmerte sich um den einsamen

Fahrer im gestohlenen Jeep. Sicher hatte das Fehlen des Fahrzeuges noch niemand bemerkt. Wenn doch, spielte es in Jimmys Gedanken keine Rolle. Mit jedem Kilometer, den er zurücklegte, wurde sein Ziel deutlicher. Jimmy der Held. Sie würden bezahlen, alle. Für die Lügen, die Schmerzen, sein verlorenes Leben.

Ganz weit hinten regte sich ein kleiner Zweifel, schmal und leise. Er spielte keine Bedeutung, wurde nicht gehört.

Niemand würde ihn jetzt aufhalten. Plötzlich begann der Motor zu stottern, was Jimmy kurzzeitig aus seinen Gedanken befreite. Er hatte vollkommen vergessen, auf die Tankanzeige des Fahrzeuges zu sehen. Jetzt war das Benzin alle. Einen Augenblick lang lief das Auto wieder ruhig um sich dann beinah zu verschlucken. Dann ging der Motor aus. Ein paar Mal versuchte er den Motor neu zu starten, aber Fehlanzeige. Der Wagen rollte langsam aus und Jimmy stand vor einem Problem. Aber genau in diesem Moment tauchte eine Tankstelle auf, so dass Jimmy nur das Lenkrad herumreißen und in die Einfahrt rollen musste. Leider schaffte er es nicht bis zur Zapfsäule, aber das war ein anderes Problem. Irgendwie würde er Benzin bekommen.

Das Gebäude schien vollkommen leer zu stehen. Wer sollte denn auch Silvester Nachmittag bei diesem Wetter noch tanken fahren? Außer ein paar wenigen Autos war niemand auf der Straße. Alles lag wie ausgestorben. Jimmy schob die Tür auf und trat ein. Das laute Heulen des Sturmes, das ihn bis hierher begleitet hatte, blieb mit einem Mal wie ausgeschaltet. Es war, als wenn er sich in einer anderen Welt befinden würde. Hier drin herrschte diffuses Licht und beinah gespenstige Stille. Keine üblichen Weihnachtslieder oder nervige Moderatoren, die die Stunden bis zum Jahreswechsel zählten, waren zu hören. Verloren stand Jimmy in der Mitte des Raumes. Angestrengt lauschte er in die Runde. Nichts, da war einfach nichts.

„Hallo“, versuchte sich Jimmy zaghaft bemerkbar zu machen. Aber er erhielt keine Antwort. Schon wieder nicht. Er bekam keine Antworten. Er stand wieder einmal allein, keiner war da.

„Hallo, ist da jemand?“, rief er lauter. Keine Antwort. Nicht einmal das Heulen des Sturmes drang hierher.

Plötzlich spürte er den brennenden Schmerz in seinem Rücken. Er wusste es, sie taten ihm weh. Er kannte dieses Gefühl zu gut. Die Schmerzen drangen in seinen Körper, lähmten Arme und Beine. Er stand immer mit dem Rücken an der Wand, während die anderen ihn mit Blicken langsam töteten. Aber dieses eine Mal nicht.

Regungslos verharrte er im Raum, während er hinter sich den Atem spürte.

Alles blieb stehen, still. Das Jahr würde nie vergehen.

Die Schmerzen werden unerträglich. Die Wellen schlagen an die Innenseiten seines Körpers. Schmerzen, unerträgliche Schmerzen. Die Zeit steht still. Der Stein fliegt über den See, wie damals, als er es das erste Mal sah. Immer weiter fliegt er, hört nicht auf, wird schneller und schneller.

Aber da war noch etwas. Er fühlte das kühle Metall an seiner Brust. So leicht würde er es ihnen nicht machen. Er holte immer die meisten Punkte. Langsam nahm er die Pistole heraus, fast wie im Zeitlupentempo. Sie sollten es nicht merken. Dann, ein Ruck ein kurzer Knall. Die höchste Punktzahl.

Dieser Blick des anderen, als die Erkenntnis über ihn hereinbrach. Diese winzigste Sekunde des Erkennens. Diesmal sah Jimmy die Fragen in den Augen des anderen. Erst schmal wie Schlitze und dann, den Bruchteil einer Sekunde später, weit. Schreck, Angst, ja, Angst. Jimmy sah die Angst in den Augen des anderen. Er konnte ihm nicht mehr wehtun. Alles andere war sehr einfach. Jimmy musste nur den Wagen an die

Säule schieben, tanken und weg. Zum Glück war die Straße etwas abschüssig, so dass Jimmy den Jeep an die Tanksäule bugsieren konnte.

Der Zug fuhr 15.40 Uhr ab Bahnsteig zwei. Ulf war bei Marie. Gemeinsam wollten sie zum Bahnhof. Allerdings machte ihnen das Wetter einen Strich durch die Rechnung. Maries Bruder Daniel erklärte sich bereit, die beiden mit dem Auto zum Bahnhof zu bringen. Es war bei dem Sturm niemanden zuzumuten, draußen herum zu laufen. Sie mussten nur kurz bei den Mähnerts vorbei, um Ulfs Tasche abzuholen. Er hatte sie zu Hause vergessen. Daniel und Marie blieben im Wagen sitzen. Es blieben ihnen noch gute zehn Minuten Zeit. Bis zum Bahnhof waren höchstens drei Minuten mit dem Auto. Ulf hastete ins Haus.

Nur ein paar Sekunden später riss er die Autotür auf und setzte sich schwer atmend auf den Beifahrersitz. Erschrocken sah ihn Marie an.

„Was ist los? Wo hast du deine Tasche?“

„Bei uns ist eingebrochen worden“, erklärte Ulf den beiden anderen.

„Wie eingebrochen?“, wollte Daniel wissen.

„Was für eine blöde Frage, na eingebrochen eben“, antwortete Ulf aufbrausend.

„Irgendjemand hat sich an der Eingangstür zu schaffen gemacht.“

Mit einem Kopfnicken deutete er auf die Garageneinfahrt. Jetzt sahen sie, was sie vorhin nicht bemerkt hatten. Die Garagentore standen offen. Das heißt, die eine Tür. Die andere schlug im Takt des Windes an den Rahmen. Aber bei dem dichten Schneetreiben blieb es einem flüchtigen Blick verschlossen.

„Der Jeep fehlt. Oh Mann, mein Vater wird aus dem Häuschen sein. Ich muss ihn anrufen. Außerdem muss ich die Bullen benachrichtigen.“

„Na prima, da fällt Silvester ja wohl ins Wasser“, schmollte Marie.

„Das kannst du wohl sagen. Kannst schon mal Franzi anrufen, dass es später wird. Vielleicht schaffen wir ja den Sieben Uhr Zug. Auf alle Fälle können wir jetzt nicht fahren.“

Die drei blieben im Auto sitzen, während Ulf mit seinen Eltern telefonierte. Wie nicht anders zu erwarten, waren sie sehr aufgeregt. Sie vereinbarten, dass sie sofort nach Hause kommen. Da sie nur wenige Kilometer entfernt die Silvesterparty feiern wollten, dürfte das nicht allzu lange dauern. Der Dienst habende Polizist versprach, sofort zwei Beamte vorbei zu schicken. Aber sicher konnten sie nichts weiter tun, als den Tatbestand als solchen aufzunehmen. Die Einfahrt war bereits wieder zugeweht, so dass es keine Spuren gab, außer denen von Ulf. Aber auch die würden innerhalb weniger Minuten nicht mehr zu sehen sein.

Inzwischen versuchte Marie Franzi zu erreichen, aber Fehlanzeige. Es gab keinen Empfang. Normalerweise hatten sie damit nie Probleme. Wer weiß, vielleicht lag es an dem Schneesturm.

„Ich kann machen was ich will, bei Franzi geht nur die Mailbox an. Wir müssen es dann auf dem Festnetz versuchen“, erklärte Marie ihrem Freund.

„Ja, der Zug ist ohnehin schon weg“, bemerkte Ulf mit einem Blick auf seine Uhr.

„Es ist nur wegen Franzis Eltern, die wollten uns am Bahnhof abholen. Da brauchen sie nicht auf uns zu warten.“

„Müssen wir dann dran denken“, antwortete Ulf.

In diesem Augenblick bog das Polizeiauto mit lautlosem Blaulicht um die Ecke und das Gespräch war vergessen. Daniel verabschiedete sich von den Beiden, seine eigene Party wartete auf ihn.

Ulf und Marie klammerten sich aneinander, während

sich die beiden Polizisten trotzig in den Wind stemmten. Sie begrüßten sich kurz, aber ein Gespräch war nicht möglich. Der Sturm trug die Worte davon. Ihnen blieb nichts weiter übrig, als ins Innere des Hauses zu gehen. An der Eingangstür waren deutlich Kratzspuren zu sehen. Hier hatte Jemand versucht, sich mit einem scharfen Gegenstand Eintritt zu verschaffen, was ihm offensichtlich auch gelungen war.

„Gehen wir hinein“, schrie der eine Beamte in den Wind.

Normalerweise hätten sie Spuren verwischen können. Aber wer konnte es ihnen verübeln, dass sie bei diesen eisigen Temperaturen so schnell wie mögliche den Schutz des Hauses suchten. Immerhin herrschten Temperaturen von zwanzig Grad unter Null. Durch den Sturm fühlten sie sich allerdings wie vierzig Grad Minus an. Niemand blieb freiwillig auf der Straße stehen. Die Polizisten hatten sich auf einen ruhigen Silvesterabend eingestellt, aber anscheinend wurde daraus nichts.

„Haben sie sich schon umgesehen?“, wollte jetzt Herr Böhnert wissen.

„Nein, ich bin nicht im Haus gewesen. Das einzige was ich gesehen habe, war die zerkratzte Tür. Aber das Auto fehlt, die Garagentür ist offen. Ich bin nicht drin gewesen, aber das habe ich von oben aus gesehen.“

„Schau mal, Horst“, mischte sich jetzt der andere Polizist in das Gespräch ein.

„Hier muss jemand gestanden haben.“ Er zeigte auf eine kleine Pfütze, direkt hinter der Eingangstür. Alle gingen ein Stück beiseite und sahen auf die Stelle an der Tür.

Tatsächlich, es hatte sich eine kleine Wasserlache gebildet, so als wäre hier Schnee getaut. Ihre eigenen Schuhe hatten noch keine Wasserpfützen hinterlassen, so dass dieses Wasser nicht von ihnen stammen konnte.

„Das sieht ja beinah so aus, als wenn hier jemand

hinter der Tür gestanden hätte."

„Das ist aber unlogisch. Warum soll sich jemand hinter die Eingangstür stellen? Ich finde, das macht keinen Sinn", überlegte Herr Böhnert, während sein Kollege sich die Pfütze aus der Nähe betrachtete. Ulf und Marie standen unschlüssig daneben.

„Am besten, sie sehen sich im Haus um, damit sie uns sagen können, ob noch mehr fehlt. Mit dem Auto, sind sie sich da sicher? Kann den nicht auch jemand anderes genommen haben, wovon sie nichts wissen", wollte Böhnert wissen.

„Das glaube ich kaum. Sehen sie, da ist mein Vater sehr eigen. Den dürfen nur er selber, meine Mutter und ich fahren. Außerdem steht die Garagentür offen. Ach, ich glaube meine Eltern kommen gerade."

„Was war denn hier los", polterte Ulfs Vater zur Tür herein. „Hast du schon nachgesehen, ob etwas fehlt?", fragte er an Ulf gewandt.

„Nein, wir sind auch gerade herein."

„Darf ich mich vorstellen", mischte sich jetzt der eine Beamte in das Gespräch ein. „Mein Name ist Horst Böhnert und das ist mein Kollege Andreas Richter."

„Angenehm, ich bin der Hausherr, Mähnert mein Name. Das sind meine Frau Kerstin, mein Sohn mit Freundin."

„Wir wollten gerade ihren Sohn vorschlagen, sich im Haus umzusehen. Am besten sie fertigen eine Liste der fehlenden Gegenstände an. Er meinte, dass das Auto nicht in der Garage wäre. Kann es sein, dass es jemand anderes benutzt hat?"

„Ausgeschlossen, wir haben es sogar unserem Sohn verboten bei diesem Wetter zu fahren. Das verstehe ich nicht. Wer klaut denn aus einem verschlossenen Haus ein Auto?"

„Sie ahnen ja gar nicht, was so alles geklaut wird. Aber keine Angst. Ihr Sohn sagt, dass es sich um einen Jeep handelt. Nicht gerade ein Durchschnittsauto. Die Fahndung ist gleich raus, mein Kollege kümmert sich darum. Vielleicht haben wir es bald.“

Die Mähnerts begannen sich im Haus umzusehen, während die Beamten einige Fotos für die Akten schossen. Ein paar Minuten später kam Herr Mähnert mit aschfahlem Gesicht aus dem Keller.

„Ich glaube, das sollten sie sich ansehen“, forderte Lutz Mähnert die Kollegen zum Mitkommen auf.

„Was ist denn passiert?“, wollte Richter wissen.

„Im Haus fehlt nichts, aber mir ist etwas anderes ge--stohlen worden.“

Ohne auf eine Antwort zu warten, ging Lutz Mähnert vornweg. Richter und Böhnert sahen sich an und folgten ihm. Etwas musste ihm einen Schreck eingejagt haben. Sie gingen die schmale Treppe nach unten. Kerstin und Lutz Mähnert standen in einem Kellerraum, starrten mit entsetzten Gesichtern auf irgendetwas auf dem Boden. Richter und Böhnert traten in den Raum, blieben aber ebenso erschrocken stehen. Der Schrank an der Wand stand offen. Waffen hingen kreuz und quer durcheinander, während mehrere Schuss Munition verstreut am Boden lagen. Offensichtlich hatte hier jemand in aller Eile etwas gesucht.

„Das ist ja ein Ding“, starrte Richter entgeistert auf die Waffensammlung. „Haben sie dafür einen Waffenschein?“

„Ja natürlich“, antwortete Lutz Mähnert.

„Können sie uns sagen, was hier fehlt?“, fragte Böhnert nach, der als erster seine Gedanken unter Kontrolle bringen konnte.

„Ja, das kann ich. Mir fehlen eine Pistole und ein Gewehr.“

„Können sie uns die Typen sagen?“

„Das müsste die Makarow und die Winchester gewesen sein.“

„Das kann doch nur jemand genommen haben, der sich bei ihnen auskannte“, hackte Richter nach.

„Ich habe viele Bekannte, die sich hier auskennen. Außerdem bin ich im Schützenverein. Die kennen alle meine Waffensammlung. Ich kann mir beim besten Willen nicht vorstellen, dass ...“, versuchte er sich zu erklären.

„Das ist jetzt aber nicht nur ein normaler Einbruch, verstehen sie“, versuchte Böhnert zu erklären. „Am besten sie suchen schon mal die Waffenscheine heraus. Das ist hier nicht mehr so einfach. Du bleibst hier“, wies Böhnert seinen Kollegen an, „ich gehen zum Auto und rede mit der Zentrale.“

In der allgemeinen Aufregung, die jetzt herrschte, dacht niemand mehr an eine Silvesterparty. Der Abend war gelaufen. Marie dachte nicht mehr daran bei Franzi anzurufen, auch Ulf erinnerte sich nicht.

Ulf sah Böhnert hektisch mit seinen Kollegen diskutieren, während sein Vater wie ein Tiger im Käfig hin und her rannte. Seine Mutter sah in allen Schränken und Truhen nach, ob etwas fehlte. Offenbar waren aber nur die beiden Waffen und das Auto entwendet worden.

Ratlos schaute sich Ulf um. Marie stand unschlüssig im Kellergang. Sie fühlte sich vollkommen überflüssig, was sie Ulf auch mit einem entsprechenden Blick wissen ließ.

„Was wollen wir denn nun machen?“, fragte sie ihren Freund.

„Ich weiß es auch nicht, du siehst doch, was hier los ist. Wir müssen erst mal warten, wie es weiter geht.“ Marie zitterte leicht, denn hier unten herrschte Eiseskälte.

„Am besten wir gehen hoch und machen uns einen richtigen Grog“, schlug Ulf vor. „Warte, ich frage mal meinen Vater, ob der auch einen möchte.“ Er verschwand kurz hinter der Tür und kam sofort wieder. Er rollte mit den Augen, um seiner Freundin zu zeigen, dass er jetzt besser nicht mit seinen Vater reden sollte. Dann schob er sie zur Tür hinaus nach oben. Er erhitzte gerade das Wasser für den Grog, als seine Mutter zur Tür herein kam. Sie sah blass und sehr durchsichtig aus. Der Schreck saß ihr in den Gliedern.

„Was machst du?"

„Ich mach uns einen Grog, möchtest du einen?"

„Das wäre jetzt genau richtig. Ich friere mich heut noch kaputt. Ich spüre den Schneesturm bis in die letzten Knöchelchen."

„Ist gleich fertig", sagte Ulf und füllte das Wasser in die vorbereiteten Gläser. Wenig später saßen sie um den runden Tisch und hielten sich an ihren Gläsern fest. Die aufsteigenden Qualmwölkchen hinterließen eine zarte Spur, die beinah sofort wieder verblasste. Immer noch ratlos schüttelte Kerstin Mähnert den Kopf.

„Wer kann das gewesen sein? Die müssen doch damit rechnen, dass sie das Auto nicht lange fahren können. Jeder hier in der Stadt kennt unseren Wagen. Entweder waren die so blöd, dass sie es nicht wussten, oder es war einfach nur Frechheit."

„Du weißt doch überhaupt nicht, ob es mehrere waren. Hinter der Tür war nur die Spur von einem. Wahrscheinlich hat der oder die gedacht, dass bei dem Wetter die Straßen leer sind und damit das Auto nicht weiter auffällt", konterte Ulf.

„Was ich aber komisch finde, dass einer Waffen klaut und nichts anderes. Was will er denn damit?", mischte sich Marie in das Gespräch. Plötzlich wurde Ulf neben ihr blass. Seine Oberlippe zitterte leicht, ein sicheres Zeichen dafür, dass er unter Stress stand.

„Ich muss noch mal schnell hinunter", sagte er zu den beiden Frauen. Dann ging er ohne Erklärung hinaus. Kerstin Mähnert sah Marie an, schüttelte mit dem Kopf.

„Was ist denn mit Ulf los?"

„Na das möchte ich jetzt aber auch wissen.“ Ungefragt standen beide auf und gingen in den Keller. Genau in diesem Augenblick bekamen sie mit, warum Ulf so erschrocken war.

„... am liebsten geschossen. Er kannte sich damit gut aus.“

„Können sie sich erklären, warum ihr Freund die Waffen genommen haben könnte?“

„Nein, keine Ahnung. Ich habe ihn seit drei Tagen nicht gesehen. Allerdings“, räumte er jetzt ein, „er war in letzter Zeit...na sagen wir mal, sonderbar.“

„Was meinen sie damit?“, hackte Böhnert nach.

„Na wie ich es sage. Im Sommer hatte er einen Badeunfall. Damals hat er sich ein Bein gebrochen. Aber seit er aus dem Krankenhaus heraus ist, benimmt er sich eigenartig.“

„Ja, genau“, ließ jetzt Marie wissen, „er saß manchmal da und starrte Löcher in die Luft. Ich weiß auch nicht, das war sein Blick. Irgendwie sah er manchmal irre aus.“

„Na ja, so schlimm nun auch wieder nicht“, beschwichtigte Ulf. „Aber in letzter Zeit hat er kaum noch mit uns geredet.“

„Ich finde, seit Franzi Schluss gemacht hat, ist es noch schlimmer.“

„Das möchte ich genauer wissen“, hackte Böhnert nach. „Wenn ich sie richtig verstehe, sind sie mit diesem Jimmy befreundet. Seine Freundin hieß Franziska, nehme ich an, und die hat die Freundschaft beendet?“

„Ja genau“, erklärte Marie. „Franziska und ich haben Ulf und Achim vor ein paar Monaten kennen gelernt.“

„Ich denke der Freund heißt Jimmy?“, wollte Richter wissen, der bis jetzt nur zugehört, aber noch nichts gesagt hatte.

„Ja schon“, erklärte Ulf. „Sein richtiger Name ist Achim Walter. Wir nennen ihn nur Jimmy, klingt besser.“

Richter machte sich eifrig Notizen, während sein Kollege hellhörig auf die Erklärungen des Jungen wartete.

„Wie schon gesagt. Vor ein paar Monaten haben wir die beiden kennen gelernt. Franzi war am Anfang verliebt, Jimmy übrigens auch. Ein richtiges Paar sind die beiden ja auch erst, seit dem er aus dem Krankenhaus heraus kam. Da war alles in Ordnung. Aber dann wurde er so komisch. Einmal hatte er sogar einen Anfall. Richtig weggetreten war er da. Wir hatten schon Angst und wollten einen Notarzt rufen, aber dann kam Jimmy zu sich und alles war wieder okay. Der hat so gezuckt. Ich glaube, das war ein epileptischer Anfall."

„Hm", Böhnert kratzte sich über das Kinn, wie immer, wenn er angestrengt nachdenken musste. „Denken sie, Jimmy könnte die Waffen genommen haben?"

„Können schon! Jimmy kannte sich bei uns aus. Aber dazu muss er die Tür aufgebrochen haben, und das glaube ich kaum", antwortete Ulf, der den Blick des Polizisten zu deuten versuchte. Für einen Moment war ihm dieser aberwitzige Gedanke in den Sinn gekommen. Aber je mehr er nachdachte, umso unwahrscheinlicher kam es ihm vor. Außerdem fehlte das Auto. Das konnte unmöglich Jimmy gewesen sein. Wiederum, sonderbar war er in letzter Zeit. Wer weiß? Fast tat es ihm ein bisschen leid, dass er jetzt die Polizei seinem Freund auf die Fersen hetzte.

„Können sie uns sagen, wo wir ihren Freund erreichen?"

„Ja, er wohnt in der Hauptstraße 27. Wenn sie möchten rufe ich ihn an?"

„Nein, nicht nötig. Sie können uns die Telefonnummer sagen, um den Rest kümmern wir uns. Außerdem hätten wir gern die vollständige Adresse und die Telefonnummer seiner ehemaligen Freundin. " Damit hatten die Beamten eine Aufgabe und womöglich sogar eine Spur. Eifersucht war schon immer ein wunderbares Motiv um durchzudrehen, obwohl von einem anderen Freund keine Rede war, überlegte Böhnert. Wiederum wäre es zu komisch, wenn der Freund des Sohnes etwas klaut. Sie machten sich auf den Weg, um die Adresse, die ihnen Ulf Mähnert genannt hatte, zu überprüfen. Die Kollegen der Spurensicherung waren soeben erschienen, so dass sie sich anderen Dingen widmen konnten.

Rita stand mit Peter in der Küche. Töpfe mit verschiedenen Fleischgerichten schmorten langsam und verbreiteten einen köstlichen Duft. Sophia und ich deckten im Esszimmer den Tisch, während nebenan die Vorbereitungen für die Überraschung auf Hochtouren liefen. Es gab kalte und warme Speisen, für jeden Geschmack war etwas dabei. Inzwischen war es völlig dunkel. Aber der Sturm hatte sich nicht gelegt. Im Gegenteil, fast kam es mir so vor, als ob er an Heftigkeit zugenommen hätte. Ein leises Heulen schlich um das Haus. Ich spürte die Kälte, die draußen herrschte.

Franzi kam zur Tür herein. „Das kann gar nicht sein, ich erreiche Marie oder Ulf einfach nicht. Langsam wird mir das zu komisch."

„Ach Schatz", beruhigte Sophia ihre Tochter, „wer weiß, was bei den beiden dazwischen gekommen ist. Wird schon nicht schlimm sein. Die Züge fahren jedenfalls planmäßig. Vielleicht hatten sie bei dem Wetter einfach nur keine Lust."

„Das kann ja alles sein, aber Marie hätte mich angerufen, da bin ich mir sicher."

„Vielleicht hat sie es versucht, genau wie du. Es kann alles Mögliche passiert sein. Schau mal, sicher sitzt sie irgendwo wie du herum und macht sich Gedanken, warum du dich nicht meldest."

Genau in diesem Moment klingelte das Telefon. Nach ein paar Sekunden kam Ralf Hegewald herein und reichte Franzi das Telefon. „Für dich, es ist Marie."

Sichtlich erleichtert atmete Franzi tief durch. Ihr schien eine Last von den Schultern zu fallen.

„Ja, Hallo Marie. Was ist denn los? Ich warte schon den ganzen Nachmittag auf deinen Anruf. Warum seid ihr nicht im Zug gewesen?"

Eine ganze Weile lauschte Franzi in den Hörer, gab gelegentlich einen kurzen Kommentar ab. „Ach ... das kann doch nicht wahr sein. ... meinst du? ... wo sollte er denn sein?"

Sophia schaute etwas angespannt auf ihre Tochter. Sie kannte sie. Wahrscheinlich war die Nachricht, die sie soeben empfangen hatte, doch nicht so gut. Franzi sah plötzlich sehr durchsichtig aus.

„... hm, das wird wohl das beste sein. Gut, ich sage Bescheid. Ich wünsche euch einen guten Rutsch. Wir sehen uns im nächsten Jahr ... du auch, mach's gut und grüße Ulf."

„Was war denn los?", wollte Sophia sofort wissen.

„Bei Ulf ist eingebrochen worden. Sie wollten gerade los zum Zug. Ulf hatte die Tasche zu Hause stehen lassen, deshalb sind sie noch einmal vorbei gefahren. Da haben sie es gesehen. Der Jeep wurde geklaut, auch zwei Waffen."

„Was, das ist ja furchtbar. Haben sie eine Ahnung, wer das war?", wollte ich jetzt wissen.

„Nein. Die Polizei war da, aber sie wissen nichts." Franzi verschwieg, was Marie von Jimmy erzählt hatte. Offenbar war Franzi sehr erschrocken. Sie wirkte schmal und beinah ein bisschen gläsern.

„Dann kommen sie wohl nicht mehr, nehme ich mal an?", hackte Sophia nach, obwohl sie Antwort schon vorher wusste.

„Nein, du hast Recht. Denen ist die Lust auf Party ein bisschen vergangen. Das ist aber auch ein Ding. Marie hat übrigens die ganze Zeit versucht, mich zu erreichen. Aber sie hatte keinen Empfang. Na jetzt wissen wir wenigstens Bescheid und brauchen uns keine Sorgen mehr zu machen."

„Hast Recht mein Kind. Ich glaube, dann hätte ich auch keine Lust mehr auf Feiern."

Sophia unterhielt sich angeregt mit Mathias, während ich mit meinen eigenen Gedanken beschäftigt war. Es ließ mich einfach nicht los. Dieser silberne Klang hatte etwas in mir ausgelöst, was ich nicht mehr unter Kontrolle bringen konnte. Ich hatte nur wenig von dem Gespräch mitbekommen. Aber das Wenige reichte aus, um all meine Sinne in höchste Alarmbereitschaft zu versetzen.

Lag es an der Art, wie Franzi auf das Gespräch reagierte? Sie war nicht einfach nur erschrocken. Ihre Stimme hörte sich für mich panisch an. Zwar versuchte Franzi uns alle zu beruhigen. Aber gerade das gab mir noch mehr zu denken. Irgendetwas stimmte nicht.

Normalerweise reagiert man in solch einem Fall wie jetzt Sophia und die anderen. Man redet über das Geschehene, beleuchtet es von allen Seiten. Aber Franzi wollte den Anschein erwecken, dass alles in Ordnung war. Da war mehr, als sie uns erzählen wollte. Da waren sie wieder, meine Geister. Ein einfacher Telefonanruf hatte sie zum Leben erweckt.

Als sie die Wagentür hinter sich zugezogen hatten, saßen die beiden Beamten einen Augenblick stumm nebeneinander. Jeder verfolgte in Gedanken eine andere Spur. Gleichzeitig begannen sie zu reden.

„Na gut. Du zuerst. Was denkst du?", fragte Böhnert seinen Kollegen.

„Ich denke, hier müssen wir die Kollegen ranlassen. Wer weiß, was der oder die Täter mit den Waffen vorhaben. Das ist meiner Meinung nach ziemlich geschickt eingefädelt. Die müssen genau gewusst haben, dass heute niemand zu Hause ist. Wie mir der Junge bestätigt hat, ist er nur zurückgekommen, weil er seine Tasche vergessen hat. Regulär dürfte also niemand vor dem nächsten Jahr den Einbruch feststellen."

„Dachten zumindest der oder die Täter", konterte Böhnert.

„Ich glaube kaum, dass dieser Achim seinen Freund beklaut", überlegte Richter.

„Vergiss aber nicht, dass er sich hier gut auskannte. Außerdem hat die Freundin mit ihm Schluss gemacht. Wer weiß, wie der drauf ist. Wir werden uns mal ein bisschen im Umfeld des Jungen umhören. Allerdings dürfte es heute schwer sein, jemanden zu erreichen."

„Außerdem sollten wir uns mal diesen Schießclub vornehmen. Würde mich nicht wundern, wenn wir dort fündig werden", überlegte Richter.

Mit diesen Worten startete Böhnert das Auto, während sein Kollege in der Zentrale den Stand der Dinge funkte. Sie mussten sehr langsam fahren. Immer noch wirbelten tausende der weißen Kristalle wie wild herum. Die Sicht war sehr schlecht.

In Gedanken war Richter nicht ganz bei der Sache. Es war erst zwei Jahre her, als er seine Frau mit diesem miesen Drecksack im Gästezimmer erwischt hatte. Klar, im nach hinein wurde ihm vieles bewusst. Seine Schichten, immer wieder ein anderer Rhythmus. Manchmal sah er seine Frau kaum. Trotzdem glaubte er, dass alles in Ordnung wäre. Die kleinen Hinweise hatte er einfach nicht beachtet. Und dann das. Jurichs waren ihre Freunde. Simon kannte er von Kindesbeinen an. Gemeinsam feierten sie so manches Fest. Er stierte vor sich hin, während sein Kollege das Auto lautlos durch das Unwetter steuerte. Hier drinnen saß er im Warmen, sah den wirbelnden Schneeflocken geistesabwesend zu. Heute Nachmittag war es mit aller Macht über ihn hereingebrochen. Zwei Jahre waren eine verdammt lange Zeit. Er wollte Anita vergessen, aus seinem Gedächtnis streichen. Sollte sie doch vögeln, mit wem sie wollte. Anfangs wusste er mit seiner Wut nicht wohin. Vergangenes Silvester hatte er sich mit einer Flasche Sekt und einer viertel Flasche Whisky betäubt. Die Folgen waren verheerend. In diesem Jahr entschied er sich für den freiwilligen Dienst, am liebsten eine Doppelschicht. Die Kollegen waren ihm dankbar. Sie feierten mit ihren Familien, mit ihren Kindern. Kinder, ja Kinder hatte er sich immer gewünscht. Aber Anita wollte nichts davon wissen. Noch nicht, betonte sie immer. Horst riss ihn aus seinen Überlegungen.

„Immer noch die alte Wunde?“, fragte er seinen Kollegen mitfühlend.

„Ach was“, wiegelte Richter ab, „ich überlege gerade, was die mit den Waffen anstellen wollen.“ *Und was ich mit einer Waffe gemacht hätte, wenn ich eine dabei gehabt hätte.*

„Na was wohl. Die wollen die Gelegenheit nutzen und eine Bank ausrauben“, spottete Böhnert. Einen Augenblick erwiderte Richter nichts, aber dann schoss es aus ihm heraus.

„Na klar, das ist es. Du bist genial. Heute hat zwar keine Bank auf. Aber überlege einmal. Was könnten denn der oder die Täter ausrauben? Die meisten Läden schließen um vier.“ Richter schaute auf seine Uhr.

„Na gut. Jetzt ist es sechzehn Uhr fünfunddreißig. Entweder ist das Ganze schon über die Bühne gegangen oder die rauben etwas anderes aus.“ Einen Augenblick überlegte er.

„Eine Tankstelle. Die haben geöffnet. Das wäre ein ideales Ziel.“

„Komm schon, überlege weiter“, feuerte Böhnert seinen Kollegen an, der nun vollkommen aus seiner Abwesenheit gerissen war.

„Jede Menge Kneipen, Discotheken. Aber das glaube ich nicht. Zu viel Publikum. Die werden sich etwas

Ruhiges aussuchen.“

In diesem Augenblick parkte Böhnert den Wagen direkt vor dem Haus in der Hauptstraße 27. Er schaltete den Motor ab und blickte durch die Windschutzscheibe auf das Gebäude. Es wurde beinah verschluckt von den wirbelnden Schneeflocken. Sie konnten nichts erkennen. Böhnert warf Richter einen dieser Blicke zu. Natürlich waren sie nicht erfreut, bei den eisigen Temperaturen den schützenden Wagen zu verlassen. Eilig liefen sie in das Haus. Achim Walter wohnte in der obersten Etage. Ihnen blieb nichts weiter übrig, als die vielen Treppen nach oben zu steigen. Einen Lift gab es nicht. Etwas keuchend blieben sie vor der Wohnungstür stehen und lauschten in das Innere. Nichts, da war nichts zu hören. Andreas Richter schüttelte den Kopf. „Da werden wir wohl kein Glück haben“, betätigte den Klingelknopf trotzdem. Erwartungsgemäß öffnete niemand die Tür. Er versuchte es noch einmal. Nichts.

Böhnert klopfte an die Wohnungstür. „Hallo, sind sie zu Hause?“ Das einzige was sie hörten war ihr eigener Atem. Das Haus schien wie ausgestorben. Noch einmal drückte Richter auf den Klingelknopf. Dann drehten sie sich um und verließen das Gebäude.

Etwas ruhiger saß Jimmy jetzt am Steuer des Wagens und fuhr durch die weiße Nacht. Es war zeitiger finster als sonst, dafür war das Wetter aber auch ungewöhnlich. Sein Blick war starr nach vorn gerichtet. Ab und zu griff er sich an die Brust. Alles andere interessierte ihn nicht mehr.

Sie hatten ihn alle verlassen. Verrat und Lügen, nichts als Lügen. *Der Stein fliegt immer schneller, die Kreise ziehen dich weit hinein in die Tiefe.*

Er wurde getrieben von der kühlen Macht, die er jetzt an seiner Brust spürte. Jimmy kam es so vor, als ob er tagelang durch die weiße Hölle fuhr. Immer wieder das gleiche Bild. Ein Tunnel mit weißen Wänden. Er begegnete niemand, zumindest nahm er kein anderes Auto wahr. Nach einer Weile dachte Jimmy, dass er bis ans Ende seines Lebens diese Straße entlang fahren würde. Wie in einer Endlosschleife. Jemand hatte den Film aufgenommen und spielte jetzt wieder und wieder die gleiche Stelle. Mit den Gedanken war er längst woanders. Die Worte holten ihn ein, egal wie schnell er fuhr.

Dein Vater hat sich nie um dich gekümmert ... er wusste nicht einmal, dass es dich gibt ... war nicht dein richtiger Vater ... nicht dein richtiger Vater ... nicht ...

Nein, hör auf, brüllte er den Sturm an, der draußen an der Windschutzscheibe rüttelte. Das Auto reagierte heftig auf den kleinen Ruck. Die Räder griffen nicht mehr auf der vereisten Straße. Der Wagen schlingerte von der einen Seite auf die andere. Jimmy versuchte durch Gegensteuern das Fahrzeug in die richtige Spur zu bringen. Aber umso wilder drehte es sich um die eigene Achse. Abrupt kam es zum Stillstand, während Jimmys Körper heftig nach vorn geschleudert wurde. Im Bruchteil einer Sekunde sah er die weiße Wand auf sich zurasen, der Airbag brauchte noch weniger um seinen Aufprall zu vermindern. Stille um ihn herum. Keine Worte, nichts. Keine Kreise, nichts. Keine Lügen, nichts. Einfach nur leerer Raum. Langsam kam Jimmy zu sich. Der Wagen war genau in eine Schneewehe gerast und steckte bis zur Hälfte darin fest. Er war umgeben von einer eisigen Hülle. Im Inneren des Wagens blieb es plötzlich erstaunlich ruhig. Kaum ein Laut drang von draußen herein. Verwundert schaute sich Jimmy um. Wieder eine Lüge. Der Weg endete hier. Keine Endlosschleife. Wütend trat er an die Wagentür, aber sie ließ sich nicht öffnen. Kurz entschlossen kletterte er über die Sitze und stieß die hintere Tür auf. Der Wind riss sie ihm beinah aus der Hand und blies Jimmy den Schnee direkt ins Gesicht. *In Bewegung bleiben, du musst in*

Bewegung bleiben. Er ließ sich nicht von den eisigen Temperaturen beeindrucken. Zielstrebig lief er in den weißen Tunnel, ohne auf das wütende Fauchen des Sturmes zu achten.

Es war ein aufgeregtes Schnattern, verursacht von den vielen Menschen, die sich bei Rita um den riesigen Tisch versammelt hatten. Dampfende Schüsseln wurden herumgereicht, köstlicher Duft fuhr mir in die Nase. Es schienen alle durcheinander zu reden. Die Geschichte mit dem Einbruch war das Hauptgesprächsthema. Die anderen kannten Ulf nur flüchtig. Ein, zweimal war er mit Marie und Franzi nach Straußberg gekommen. Aber das bei ihm zu Hause eingebrochen wurde, war dann doch zu aufregend. Vermutungen wurden ausgesprochen. Jeder hatte eine andere Theorie.

„... kein Zufall sein“, mutmaßte gerade Svenja.

„Das glaube ich auch nicht“, antwortete Toni mit vollem Mund.

„Ich kann mir nicht vorstellen, dass jemand dort einbricht und nichts weiter klaut. Das ist doch gezielt. Da hatte es jemand auf die Waffen abgesehen“, beteiligte sich Sven an der Diskussion.

„Ja. Aber warum nimmt er dann nur die Pistole und das alte Gewehr“, wollte jetzt Franzi wissen, „und außerdem. Aus welchem Grund stiehlt er das Auto?“

„Wieso er? Ich denke Ulf hat gesagt, dass sie nicht wissen, ob es einer oder mehrere Täter waren?“, wollte Mathias wissen.

„Das wissen sie auch nicht“, antwortete Franzi, „aber sie vermuten, dass es nur einer ist. Angeblich waren nur von einem die Spuren zu sehen.“

„Na da bin ich gespannt, was dabei heraus kommt. Dieses Jahr werden wir es wohl nicht mehr erfahren“, lächelte Mathias leichtfertig in die Runde.

Die allgemeine Diskussion über die Verrohung und

Gewalt im Land wurde fortgesetzt. Nicht gerade ein Thema, das zu einer Silvesterparty passte. Vor dem Anruf herrschte eine freudig angespannte Atmosphäre. Die Heimlichtuerei der Jungen und Mädchen hatte sich auf das ganze Haus übertragen. Aber mit einem Schlag war alles vorbei, als wenn eine Seifenblase zerplatzt wäre.

„Ich glaube, wir können da sowieso nichts tun. Ich lass mir doch mein Essen nicht verderben. Wir werden schon noch erfahren, was dort los war“, hörte ich meinen Mann sagen, aber die leisen Zweifel waren jetzt nicht mehr so leise. Hoffentlich irrte ich mich und die bösen Geister würden verschwinden.

Böhnert und Richter fuhren zurück zur Dienststelle. Vorher hielten sie bei den Mähnerts an. Die Kollegen von der Spurensicherung waren noch bei der Arbeit, wie sie über Funk erfahren hatten. Der Bereitschaftsdienst an solchen Tagen war sicher nicht erfreut, dass er zu einem Einsatz ausrücken musste. Aber es half alles nichts. Der Diebstahl der Waffen machte den Einbruch zu einem brisanten Fall. Angesichts der zunehmenden Kälte zogen sie sich schnell ins Innere des Hauses zurück. Familie Mähnert hatte sich um den Küchentisch versammelt. Fragen wurden gestellt und Antworten hinterfragt.

„Ihren Freund haben wir nicht zu Hause angetroffen“, berichtete Böhnert dem Sohn des Hauses. „Familie Hegewald scheint ebenfalls verreist zu sein. Haben sie eine Ahnung, wo er sich sonst noch aufhalten könnte?“

„Nein. Tut mir leid. Ich weiß es nicht. Eigentlich wollten wir zusammen Silvester verbringen, aber Jimmy hat es sich im letzten Augenblick anders überlegt. Die Hegewalds müssten in Straußberg sein, das hätte ich ihnen sagen können, dass da niemand da ist.“ Böhnert warf seinem Kollegen einen viel sagenden Blick zu.

„Wie steht es mit der Familie des Jungen? Hat er

Verwandte oder andere Freunde, bei denen wir ihn finden könnten?“ Einen Moment überlegte Ulf, ehe er antwortete.

„Jimmy hat keine anderen Freunde, zumindest kenne ich niemanden. Aber er hat eine Mutter. Sein Vater starb vor ein paar Jahren.“ Wieder schaute Böhnert seinen Kollegen an. Sein Blick war hell, er schien jetzt besonders wach zu sein. Wenn dieser Freund niemanden hatte, warum feierte er dann nicht mit den anderen Silvester? Irgendetwas machte Böhnert hellhörig. Nur hatte er keine Ahnung, was es sein könnte.

„Können sie uns sagen, wo seine Mutter wohnt?“, wollte Richter wissen, während er seinen Notizblock aufschlug.

„Ja, natürlich. Sie wohnt unten in der Siedlung. Die Nummer weiß ich nicht. Aber sie können es nicht verfehlen. Es ist ein altes Gebäude, grau. Es fällt auf neben den anderen Häusern. Man fährt direkt darauf zu, wenn man die Straße herunter kommt.“

„Vielen Dank“, Richter schlug seinen Notizblock zu und schaute Böhnert an. „Da werden wir uns auf den Weg machen, vielleicht finden wir ihn da.“

„Eigentlich glaube ich das kaum“, mischte sich Marie in das Gespräch. „Wieso glauben sie nicht, dass der Junge bei seiner Mutter sein könnte?“ Marie schaute Ulf an, als benötigte sie sein Einverständnis. Aber Ulf stierte vor sich hin und reagierte nicht. Jetzt war Richter neugierig geworden.

„Wieso glauben sie das nicht? Gibt es etwas, was wir wissen sollten?“

„Jimmy hat seine Mutter gehasst“, schuldbewusst senkte Marie den Kopf, als hätte sie eben etwas Unanständiges gesagt.

Richters Blick wanderte von Marie auf Ulf und zurück. „Stimmt das?“, wollte er von Ulf eine Bestätigung der Behauptung erhalten.

Langsam sah er dem Polizisten in die Augen. „Na ja, so schlimm nun wieder auch nicht.“ Ihm war es sichtlich peinlich, dass seine Eltern das Gespräch aufmerksam verfolgten. Womöglich stellten sie noch mehr blöde Fragen, hätte er nur die Klappe gehalten. Aber Böhnert war nicht der fragende Blick von Marie entgangen. Das wurde tatsächlich immer interessanter.

„Nun, wie auch immer. Wir werden Frau Walter aufsuchen. Vielleicht haben wir Glück.“

Mit diesen Worten ließen sie die Mähnerts allein. Kaum hatten sie die Tür hinter sich zugeschlagen, begann eine lebhafte Diskussion. Richter schüttelte den Kopf, während sie den Kollegen der Spurensicherung zusahen. „Das ist schon ein komischer Typ, dieser Jimmy. Wieso ist er nicht bei seinen Freunden, wenn er sonst niemanden hat? Glaubst du, dass er seine Mutter tatsächlich hasst?“

„Ich weiß nicht so richtig. Junge Leute in dem Alter sind schwierig. Ich hatte auch manchmal Wut auf meine Mutter, wenn sie mich mit ihrem Gemeckere nervte. Aber deswegen gleich hassen?! Kann ich mir nicht vorstellen. Nicht dass wir uns da in etwas verrennen. Wir sollten warten, bis wir die vollständige Liste der Leute des Schützenvereines haben. Wenn die alle überprüft sind, sieht die Sache sicher anders aus.“

„Aber bis dahin haben wir eh nichts anderes zu tun. Komm schon, da vergeht wenigstens das alte Jahr schneller. Statten wir einer alten Lady einen Besuch ab.“

Wenig später saßen die beiden Polizisten im Auto und fuhren die Straße herunter. Sie waren das einzige Fahrzeug, das zu dieser späten Stunde noch auf der Straße zu finden war. Der Sturm hatte an Heftigkeit zugenommen. Kaum einer wagte es, seinen Kopf zur Tür herauszustrecken. Ein Mann und eine Frau hasteten geduckt an den Häuserwänden entlang. Der wenige

Schutz, den ihnen die Mauern gaben, reichte bei weitem nicht aus. Schnell versuchten sie an ihr Ziel zu gelangen. Die Fenster in den Häusern waren hell erleuchtet. Man sah die Silhouetten der Menschen, die sich in den warmen Räumen bewegten. In den Häusern wurde gefeiert, gelacht. Langsam fuhren sie weiter, um schließlich in die Straße, die zur Siedlung führte, einzubiegen.

Jimmy bewegte sich durch die weiße Hölle ohne zu denken. Sturm zerrte an seiner Jacke und riss ihn bei jeder Gelegenheit die Kapuze vom Kopf. Er spürte seinen Körper bald nicht mehr. Ab und zu hörte er einzelne Wortfetzen. Sie kamen aus seinem tiefsten Inneren. Jimmy hatte keine Ahnung, in welcher Zeit er sich befand. War es schon das nächste Jahr oder noch das alte? Es spielte keine Rolle. Ab und zu sah er jetzt in einiger Entfernung bunte Sterne am nächtlichen Himmel. Das Brüllen des Sturmes schluckte alle Geräusche. Kein Silvesterknaller war zu hören, kein Böller, nichts. Aber Jimmy wunderte sich nicht. Für Jimmy gehörte es zu dem Szenario, in dem er sich befand. Er hätte sich wahrscheinlich nur gewundert, wenn er die Silvesterkracher gehört hätte. Instinktiv wusste er, dass er sich dem Höhepunkt des Jahres näherte.

Hinter der Häuserfront regnete es silberne Funken vom Himmel, so dass man die Umrisse der davor liegenden Häuser erkennen konnte. In unregelmäßigen Abständen wurde es hell und wieder dunkel. Mehrere Raketen explodierten am nächtlichen Himmel. Hier in der Siedlung herrschte eine sonderbare Stille. Nichts regte sich, selbst die Fenster der meisten Häuser waren finster. Die Menschen feierten den Jahreswechsel wahrscheinlich außerhalb.

Vor den Straßenlaternen stoben dichte Schneewehen

vorbei. Das wenige Licht, dass die Laternen spendeten, reichte kaum aus, um etwas zu erkennen. Richter stoppte den Wagen. Seiner Meinung nach müssten sie sich vor dem Haus der Frau Mähnert befinden. Er beugte sich etwas nach vorn, aber zu sehen war nichts. Genau wie es Ulf beschrieben hatte, duckte sich das alte graue Gebäude hinter den Schneewehen, als müsste es sich verstecken. Die anderen Häuser waren hell und machten einen freundlicheren Eindruck.

„Sieht nicht so aus, als ob jemand zu Hause wäre", ließ Richter seinen Kollegen wissen. „Vielleicht feiert die gute Frau Silvester bei Bekannten oder Verwandten. Ich glaube kaum, dass wir großes Glück haben werden. Ich habe keine Lust, bei dieser Kälte draußen herum zulaufen. Wir holen uns noch eine Grippe."

„Aber wenn wir jetzt nicht nachschauen, ob die Frau zu Hause ist, werden wir uns ärgern. Bleib du im Wagen. Ich laufe schnell hin und klingle." Richter hatte nichts dagegen einzuwenden. Ein paar Sekunden später sah er seinen Kollegen im Schneegestöber verschwinden. Wie ein Vorhang zog sich die weiße Hülle hinter ihm zu. Als wenn er vom Schnee verschluckt worden wäre.

Böhnert rannte den schmalen Gang zur Haustür. Mit der Taschenlampe verschaffte er sich etwas Licht und suchte nach dem Namensschild. Tatsächlich. Das war das Haus der Frau Walter. Er hatte nicht daran gezweifelt. Er drückte auf den Klingelknopf und lauschte an der Tür. Nichts. Drinnen herrschte absolute Stille, während hier draußen der Sturm heftig an den alten Mauern zerrte. Böhnert schüttelte den Kopf, wie um sich zu bestätigen, dass niemand zu Hause war. Er drehte sich um, aber genau in diesem Moment raste zischend eine Rakete aus dem Nirgendwo auf ihn zu. Der rote Schweif, den sie hinter sich her zog, spiegelte sich glühend in seinen Augen. Böhnert versuchte sich mit einem Sprung nach hinten in Sicherheit zu bringen. Plötzlich gab die Tür unter der Wucht seines Körpers nach, und er landete mit rudernden Armen in der Diele. Der Feuerwerkskörper zischte an ihm vorbei und verglühte weiter hinten im Raum. Böhnert saß auf dem Boden, atmete schwer. Seine Beine zitterten und der Puls raste. Plötzlich stand sein Kollege in der Tür. Jetzt erst realisierte Böhnert, wo er sich befand. Immer noch raste sein Puls, obwohl er sich wieder unter Kontrolle hatte.

„Was war denn das? Ist dir etwas ...?“, fragte Richter, aber er sprach den Satz nicht zu Ende. Er stierte über seinen Kollegen in den Raum hinein.

Langsam, fast wie im Zeitlupentempo folgte Böhnert dem Blick des Kollegen. Dafür war er aber umso schneller auf den Beinen, als er die Gestalt hinter sich auf dem Boden entdeckte. Schwaches Licht drang aus einem Raum nebenan hierher. Böhnert fand als erster seine Sprache wieder.

„Was zum Teufel geht denn hier vor?“ Mehr zu sich selbst, als zu seinem Kollegen antwortete Richter: „Ich glaube, jetzt wird die Sache ernst.“

Vorsichtig näherten sich beide dem leblosen Körper, während draußen der Sturm heulte. Obwohl die Tür offen stand, hörten sie nichts, als ihren eigenen keuchenden Atem.

Richter hielt die Taschenlampe wie ein Schild vor seiner Brust, während Böhnert nervös seine Dienstwaffe aus der Halterung nahm. Man konnte ja nie wissen. Sehr langsam näherten sie sich der Leiche. Der Lichtkegel der Taschenlampe wanderte über einen getrockneten Fleck am Boden, über die Füße bis hin zum Gesicht der Frau. Die leblosen Augen starrten zur Decke. Es bestand kein Zweifel, die Frau war tot. Vorsichtig beugte sich Richter über den Körper während Böhnert den Raum sicherte. Angestrengt lauschten sie in das Innere des Hauses. Aber nichts bewegte sich, kein Laut war zu hören. Richter legte zwei Finger an den Hals, schüttelte dann den Kopf. Böhnert drängte sich an der Wand vorbei, darauf bedacht, keine Spuren zu verwischen. Aber er musste sicherstellen, dass sich in den anderen Räumen niemand mehr aufhielt. Inzwischen hielt auch Richter seine Dienstwaffe in der Hand. Beide standen mit den Rücken am Türpfosten. Auf ein vereinbartes Zeichen drehten sie sich um und sprangen mit vorgehaltener Waffe in die Küche. Schnell sicherten sie ihre Umgebung. Auf dem Tisch lag eine aufgeschlagene Zeitung. Ansonsten deutete nichts darauf hin, dass sich hier eine zweite Person aufgehalten hätte. Auf Böhnerts Stirn leuchteten einzelne Schweißperlen, hektische Flecke krochen am Hals empor. Richter ließ die Waffe sinken.

„Das kann doch nicht wahr sein. In all den Jahren ist mir das noch nicht passiert. Wir sollten in den anderen Räumen nachschauen. Aber da ist bestimmt niemand mehr." Böhnert stand wieder in der Tür und schaute auf die tote Frau am Boden. „Wer macht denn so etwas?" fragte er mehr sich selbst als seinen Kollegen. „Ich glaube, dass wir uns um den Sohn kümmern müssen. Wie war gleich noch mal sein Name?"

„Seine Freunde nannten ihn Jimmy, aber sein richtiger Name ist Achim, Achim Walter."

Vorsichtig betraten sie nacheinander alle Räume, aber wie schon vermutet, entdeckten sie niemanden. Als wäre ihnen eine zentnerschwere Last von den Schultern genommen, ließen sie die Waffen sinken. „Na gut, wie ich es dachte, keiner da."

„Zum Glück, wer weiß, was sonst noch passiert wäre", antwortete Richter. „Bleibst du hier, ich informiere die Zentrale, dass sie das Team rüberschicken. Die werden sich freuen. Gleich zu zwei Einsätzen, das ist ja wie in der Großstadt."

„Wenn da mal kein Zusammenhang besteht. Ich bin gespannt, mit welcher Waffe die Frau getötet wurde." Mit einem Kopfnicken deutete Böhnert auf den leblosen Körper. Richter leuchtete mit der Taschenlampe auf die Leiche. Der Oberkörper war etwas verdreht und die Beine angewinkelt. Das getrocknete Blut deutete darauf hin, dass sich eine Wunde auf dem Rücken oder am Kopf der Frau befinden musste. Aber die Beiden konnten nichts tun, außer auf die Kollegen von der Spurensicherung zu warten. Böhnert beugte sich über den Körper. „Wenn ich das richtig sehe, sind hier ein paar Einschusslöcher. Hier, siehst du." Er deutete mit dem Finger auf zwei Löcher, die fast nicht zu erkennen waren. Richter beugte sich ebenfalls vor. Plötzlich riss ein lauter Knaller die beiden Männer aus ihren Überlegungen und sie sahen sich erschrocken um. Draußen zogen ein paar Jugendliche grölend vorbei. Sie warfen Knaller in alle Richtungen. Aber so schnell sie gekommen waren, so schnell waren sie auch wieder verschwunden. Die beiden sahen sich an. „Ich gehe zum Wagen, bleib du hier. Ich glaube es ist an der Zeit, eine Suchmeldung herauszugeben", schlug Böhnert vor.

„In Ordnung, beeile dich." Richter gab seinen Kollegen die Taschenlampe, nachdem er sich nach einem Schalter umgesehen hatte. Aber die Lampe spendete kaum Licht. Angespannt stand Richter in der Nähe der Leiche. Plötzlich waren alle Geräusche, die sie vorhin nicht wahrgenommen hatten, wieder da. Der Sturm fegte mit unverminderter Geschwindigkeit um das Haus. Richter sah sich unruhig um, so als könnte in jeder Sekunde etwas Schreckliches geschehen. Seine Hand lag auf der Dienstwaffe und gab ihm ein wenig Sicherheit.

Zum Glück widmeten wir uns anderen Themen, so dass sich die beinah düstere Stimmung, die den Silvesterabend bedrohte, sichtlich verbesserte. Mathias stand auf, nahm sein Glas in die Hand und blickte erwartungsvoll in die Runde. Dann räusperte er sich, um die Anwesenden dezent um Aufmerksamkeit zu bitten. „Darf ich um eure Aufmerksamkeit bitten", forderte er die Anwesenden zur Ruhe auf. „Ich möchte mein Glas erheben und einen Dank aussprechen. Zuerst meiner lieben Rita", wobei er seiner Frau einen zarten Blick zuwarf, „aber auch unseren Kindern und unseren Freuden. Ihr alle gebt unserem Leben eine besondere Würze, wenn ich es so sagen darf."

Mathias neigte zu theatralischen Auftritten, wobei er alle Register zog. „Allen voran meine liebe Frau, ohne deren großes Herz niemals diese Runde zusammen sitzen würde. Du bist es, die allen Wärme gibt, Freude und Glück. Ich erhebe mein Glas auf dich. Danke auch an unsere Kinder, ihr beiden seid die Freude unseres Lebens. Sven, Tobias, auf euch erhebe ich mein Glas, habt Dank. Ihr alle seid uns ans Herz gewachsen", fuhr er mit seiner Dankesrede fort, blickte einem nach dem anderen fest in die Augen, „ihr seid unsere Freunde und immer für uns da, wenn wir euch brauchen. Habt auch ihr Dank." Mathias hob sein Glas feierlich in die Höhe und nickte allen sehr herzlich zu. Mir wurde wohlig warm. Wir standen auf, hoben unser Glas und Peter räusperte sich. „Wir trinken auf die Freundschaft, auf das alte Jahr und darauf, dass das neue Jahr nur Gutes bringen möge. Prost."

Alle fielen murmelnd in den Trinkspruch ein und für einen Moment herrschte Ruhe im Raum, weil jeder an seinem Sektglas nippte. Leise spielte nebenan die Musik und irgendwo krachten Silvesterböller. Es war wundervoll in diesem Raum voll netter Menschen zu sitzen, das vergangene Jahr zu verabschieden und das neue zu beginnen. Die jungen Leute prosteten und warfen sich viel sagende Blicke zu. Niemanden war entgangen, dass sie ein Geheimnis bewahrten. Das schmunzeln auf den Gesichtern, die vorsichtigen Blicke, das Tuscheln. Ich war gespannt, was sie ausgeheckt hatten.

Das Essen war wie immer köstlich. Mir war unklar, wie ein Mensch so viele Delikatessen zubereiten konnte. Rita war Weltmeisterin im Kochen und Backen. Ich erinnerte mich an unseren Vorschlag, ein Feinschmeckerrestaurant zu eröffnen. Menschen würde Schlange stehen, um einen Tisch zu ergattern. Aber Rita war zufrieden, so wie alles war. Sie interessierte sich nicht für unseren Vorschlag und winkte lachend ab. Alle lobten das Essen ausgiebig und hielten sich zufrieden die Bäuche. Die Jugend trug nach dem Essen das Geschirr in die Küche und packte alles in den Geschirrspüler. Ralf gönnte sich eine Zigarre und Rita wuselte in der Küche zwischen den Kindern herum. Ich räumte mit Sophia und Mathias die restlichen Sachen vom Tisch, während Peter Ralf Gesellschaft leistete. In der geräumigen Diele waren alle Hindernisse beiseite geräumt und eine Musikanlage aufgebaut worden. Sven kümmerte sich mit Toni um die musikalische Unterhaltung. Es dauerte nicht lange und die Spuren des Abendessens waren verschwunden. Musik klang durch das ganze Haus und die ersten tanzten in der Diele. Eine breite Schiebetür trennte Stube und Diele. Aber sie stand heute weit offen, so dass die beiden Räume riesig wirkten. Ich beobachtete Sven, der mit Franzi tanzte. Er schien nur Augen für sie zu haben. Toni nickte im Takt der Musik mit dem Kopf, während er die Knöpfe der Musikanlage bediente. Paula lehnte lässig an der Schulter ihres Vaters und drückte ihm einen Kuss auf die Wange. Wahrscheinlich konnte sie ihn überreden mit ihr zu tanzen. Denn ein paar Sekunden später zog sie Peter an der Hand hinter sich her. Die beiden waren ein Herz und eine Seele. Toni kam zu mir und wenig später hüpften oder sprangen alle im Takt der Musik über das Parkett. Es war eine einzig wogende Masse. Ich schwitzte und war froh, dass ich mich für eine dünne Bluse entschieden hatte. Bei allen glänzten Schweißperlen auf der Stirn und es dauerte nicht lange und wir Älteren saßen auf dem Sofa. Noch leicht außer Atem hob ich mein Glas und war froh, dass ich eine Pause machen konnte. Die Jugend hüpfte ohne Unterbrechung, ohne dass man Anzeichen von Erschöpfung ausmachen konnte. Wenig später lief Svenja durch das Zimmer und verteilte an alle Papier und Bleistift. Wie ich vermutete, gab es bald ein paar lustige Aufgaben zu lösen. Langsam gruppierten sich alle im Raum um die Tische. Mir fiel auf, dass Paula immer wieder einen fragenden Blick zu Tobias warf. Ich konnte mich auch täuschen, aber die Gestik und Mimik hatte etwas Geheimes.

Allerdings hatte ich auch bei Sven etwas entdeckt. Fast sah es so aus, als wenn er und Franzi ein Paar wären. Ich nahm mir vor, Rita bei passender Gelegenheit danach zu fragen. Ich war mir nicht sicher, denn bei unserem letzten Telefonat hatte mit Rita nichts Derartiges erzählt. Aber es war ja auch möglich, dass wir Eltern über manche Dinge nicht Bescheid wussten.

Mechanisch setzte Jimmy einen Fuß vor den anderen. Schon längst fühlte er seinen Körper nicht mehr. Er lief ohne zu denken. Immer wieder erhellten Raketen und Lichter den nächtlichen Himmel, verliehen den tanzenden Schneekristallen ein bizarres Aussehen. Jimmy spürte weder seinen Körper, noch die durchdringende Kälte. Plötzlich blieb er stehen. Vor ihm breitete sich eine große freie Fläche aus. Er war am See, am zugefrorenen See. Ungehindert fegte der Sturm über das Eis. Die Schneekristalle waren leicht und wurden immer wieder weggeblasen, so dass sich das Licht der Raketen auf dem Eis und dem liegen gebliebenen Schnee spiegelte. Ungläubig schaute er auf den vor ihm liegenden Platz. Lichter und funkelnde Sterne beleuchteten jetzt beinah im Sekundentakt sein blasses Gesicht. Die Lippen waren blau, aber Jimmy spürte es nicht. Er sah nur auf den See, stand da wie versteinert. Jeden Moment glaubte er die Schattenreiter zu sehen. Schon gaukelten ihm seine Sinne aberwitzige Szenen vor. So musste es sein. Sie warteten auf ihn am anderen Ufer, so wie sie immer auf ihn gewartet hatten. Warum war er hier? Sein Hass, seine Wut und die Ohnmacht setzten ihm zu, gaben ihn die Befehle. Dann fiel es ihm wieder ein, er wollte zu Franzi. Genau, heute war Silvester, da sollte er bei seiner Freundin sein.

Für einen Augenblick herrschte Schweigen im Raum, nur die Musik spielte leise im Hintergrund und der Sturm strich um das Haus. Wir hatten eines dieser lustigen Spiele beendet und waren noch ganz mit uns beschäftigt. Plötzlich stand Tobias auf, klopfte leicht an sein Sektglas um unsere Aufmerksamkeit zu erhalten. Paula stand neben ihm, hielt seine Hand und lächelte uns alle an. In diesem Moment war es klar, was Tobias sagen wollte. Aber damit hatten wir nicht gerechnet. Verlobung, gemeinsam in die Staaten. Mir drehte es im Kopf. Unsere Paula, unser Baby. Alles stürzte an Gedanken durcheinander. Alles Vernünftige natürlich. Rita sah mich an und lächelte. Wie konnte es anders sein. Tobias hatte doch eben erst mit seinem Studium begonnen. Jetzt wollten beide weggehen, obwohl sie noch nicht einmal eine Berufausbildung hatten. Ich dachte weiter und immer weiter. Aber das Lächeln meiner besten Freundin brachte mir Ruhe. Wir waren auch jung, hatten nichts außer uns. Wahrscheinlich machte ich mir zu viel Sorgen. Ein Blick in das Gesicht meines Mannes zeigte mir, dass er ähnliche Gedanken hegte. Wir waren hier die Erwachsenen und hatten das Recht uns Sorgen zu machen. Mathias war ebenso sprachlos wie wir.

„Die Überraschung ist euch aber gelungen, das kann man wohl sagen." Rita war die erste, die laut aussprach, was die anderen dachten. „Darüber müssen wir aber ernsthaft reden", warf Mathias ein. Tobias und Paula, immer noch wirbelte in meinem Kopf alles durcheinander. Aber ich wusste, dass es nichts mehr einzuwenden gab. Wir konnten sie in ihrem Vorhaben nur unterstützen, das war das einzige, was uns blieb.

„Ich freue mich für euch. Ich hoffe, dass ihr euch das gut überlegt habt", hörte ich mich sagen.

„Oh Mami", Paula kam auf mich zugestürzt, fiel mir um den Hals und drückte mich sehr heftig. Etwas ratlos stand Tobias da und schaute uns an. In Mathias Mimik konnte ich lesen, wie in einem Buch. Ich wusste, dass er einen innerlichen Kampf zu bestehen hatte. Da waren auf der einen Seite die vernünftigen Gedanken. Das begonnene Studium, der weite Weg, den Tobias noch gehen musste. Aber da war auch die Chance, seinen Gesichtskreis zu erweitern, seinem Leben etwas hinzuzufügen. Peter sagte gar nichts. Er saß einfach nur da und starrte uns alle an. Ich konnte beim besten Willen nicht erkennen, was er dachte. Vielleicht hatte er Angst um seine Paula. Natürlich wollte er sie gut versorgt wissen.

Immer noch lag die Hand auf der Waffe an seinem Gürtel. Es waren nur wenige Sekunden vergangen, aber die Zeit floss zäh wie kalter Teer. Unruhig schaute er sich um und lauschte angestrengt ins Innere des Hauses. Was war das für ein Geräusch, das er gehört hatte? Nichts. Sicher spielten ihm seine Sinne einen Streich. Draußen knallten jetzt häufiger die Raketen und Blitzknaller. Ein sicheres Zeichen, dass sie sich dem Ende des Jahres näherten. Ab und zu erhellte das Licht einer Rakete schwach die Diele. In weniger Entfernung lag in grotesker Haltung die Leiche einer Frau, die den Jahreswechsel nicht mehr erleben würde. Richter dachte an seine Frau. Früher feierten sie mit Regina und Manfred, Anitas Eltern. Richter mochte sie. Sie waren unkompliziert und herzlich. Sicher saß Anita irgendwo Händchen haltend mit Simon und schmiegte sich zärtlich an ihn. Richter sah sie förmlich vor sich. Er roch ihr Parfüm, sah ihren honigsüßen Mund. Er schloss die Augen und lächelte einen winzigen Augenblick. Er mochte ihre langen Haare. Sie waren weich und kringelten sich leicht an den Enden. Unmerklich entspannte sich sein Körper und Richter sah, wie sich Anita vor ihm auf dem Boden rekelte. Das Bild veränderte sich in Sekundenschnelle. Anita war tot. Sie lag dort, sie war die tote Frau. Richter wollte schreien, aber seine Stimme sackte zurück und blieb in der Kehle stecken. Er wurde aschfahl und taumelte nach hinten. Doch im nächsten Moment war ihm die groteske Situation bewusst. Dort lag die Leiche einer Frau, aber es war nicht Anita. Vermutlich handelte es sich um die Besitzerin des Hauses, Frau Walter. Richter spürte seinen rasenden Puls. Er schluckte, ging instinktiv ein paar Schritte zurück. Er ließ kein Auge von der Frau. Aber je weiter er rückwärts ging, umso mehr schaute sie ihn hinterher. Richter war wie gelähmt. Unfähig einen klaren Gedanken zu fassen, klebte er mit dem Rücken an der Wand. Er spürte den Widerstand und drückte sich weiter. Irgendwie musste er das andere Zimmer erreichen. Im nächsten Moment kam er an die Küchentür. Instinktiv presste er seinen Körper daran und versuchte mit der linken freien Hand die Klinke zu fassen. Ohne einen Blick von der Leiche zu lassen, öffnete er die Tür und sprang hinein. Dann schlug er die

Tür zu und lehnte an der Innenseite. Angestrengt lauschte er nach draußen, aber alles blieb unverändert. Dann drehte er sich vorsichtig um und legte seinen Kopf an die Tür. Alles blieb ruhig, nur sein Herz klopfte überlaut. Plötzlich spürte er etwas hinter sich. Seine Hand lag immer noch auf der Waffe. Jetzt löste er vorsichtig den Bügel und zog sie langsam heraus. Er wollte keinen hastigen Bewegungen machen. Dann holte er tief Luft und sprang, die Pistole vor sich haltend, herum. Schnell zielte er in alle möglichen Richtungen, aber da war niemand. Kein Mensch, außer ihm, war im Raum. Und doch sah er Schatten, die an den Wänden empor krochen.

„He, Richter. Wo bist du? Es gibt Neuigkeiten. Du wirst es nicht glauben, was ich eben über Funk erfahren habe. Richter?“

Weit entfernt hörte Richter die Stimme seines Kollegen. Sie klang hohl, verzerrt. Aber nur einen Moment, dann standen sie sich gegenüber und sahen einander an.

„Was ist denn mit dir los? Hast du ein Gespenst gesehen?“ Jetzt erst merkte Richter, dass er immer noch die Waffe in der Hand hielt und leicht dabei zitterte. Ein einzelner Schweißtropfen rann über das kalte Gesicht.

„Es ist alles in Ordnung.“ Fast schämte er sich ein bisschen, dass er sich benahm wie ein kleiner Junge. „Ich dachte nur, ich hätte etwas gehört.“

Böhnert runzelte die Stirn und überlegte, ob er der Sache nachgehen sollte. Dann erinnerte er sich, dass er seinen Kollegen etwas Wichtiges mitteilen musste. „Ich sage dir, hier ist etwas oberfaul. Eben habe ich über Funk erfahren, dass in der Tankstelle an der B1 wieder eine Leiche gefunden wurde. Jetzt kommt es. Es ist der Besitzer der Tankstelle und er wurde erschossen.“ Böhnert wartete auf die Reaktion seines Kollegen, aber der sah ihn nur mir großen runden Augen an. „He, hast du mir überhaupt zugehört? Ich sagte, es gibt noch einen

Toten, einen der erschossen wurde!“ Jetzt drehte Richter den Kopf leicht und machte ein langes Gesicht. Hatte er sich nicht verhört, es gab wieder einen Toten. In seinem Kopf herrschte noch ein wenig durcheinander, er musste sich konzentrieren. Zugegebener Maßen war er beim Anblick seiner geschiedenen Frau erschrocken. Aber die Frau, die immer noch da unten lag, war nicht Anita. Sie war eine Fremde. Trotzdem blieb ein schaler Nachgeschmack.

„Was sagst du, noch eine Leiche. Ist das nicht ein bisschen viel für einen einzigen Tag?“

„Ich habe das dumme Gefühl, dass da ein Zusammenhang besteht. Nur mal angenommen, dieser Jimmy war bei seiner Mutter, nachdem er die Waffen und das Auto geklaut hat. Nur mal angenommen, ja?! Laut Aussage von...“, Böhnert blätterte in seinen Notizen. „Ah, da ist es ja. Also nach Aussage der Freundin Marie hasste dieser Junge seine Mutter.“

„Ach, das solltest du nicht so Ernst nehmen, wieso sollte er seine Mutter erschießen?“

„Pass mal auf. Soweit wie ich mich erinnere, wohnte der Junge nicht mehr zu Hause, sein Vater ist tot. Vielleicht wollte er seine Mutter nur besuchen und es ist zu einem Streit gekommen. Drogen, vielleicht waren Drogen im Spiel? Oder er brauchte Geld und die Mutter hat sich quer gestellt. Die Zeiten sind schlimm geworden. Wir sollten mal ein paar Recherchen anstellen.“

In diesem Moment traf das Team der Kripo ein. Innerhalb kürzester Zeit wuselten eine Menge Menschen durch die Räume. Scheinwerfer wurden aufgestellt und Absperrungen gezogen. Böhnert und Richter berichteten dem Einsatzleiter Olaf Marschner, was sie bisher wussten. Marschner runzelte die Stirn. „Das erste, was wir in Erfahrung bringen müssen, ist die Art der Tatwaffe. Da müssen die Ballistiker ran. Allerdings dürfte da in diesem Jahr nicht mit einem Ergebnis zu rechnen sein." Marschner sah auf die Uhr. „Der Tankstellenbesitzer wurde erschossen, so viel steht fest. Kunden fanden ihn in der Tankstelle. Ihm wurde direkt in die Brust geschossen. Wir müssen die Obduktion abwarten. Wenn es sich um die gleiche Waffe handelt, haben wir ein Problem."

„Ich denke, das Problem haben wir jetzt schon", erwiderte Böhnert. „Mich würde es nicht wundern, wenn die Makarov, die bei den Mähnerts geklaut wurde, auch die Tatwaffe ist. Mir war von Anfang an unwohl bei der ganzen Geschichte."

Draußen erleuchteten Fontänen mit silbernem Schweif den nächtlichen Himmel. Ab und zu hörte man Kracher, mal weit entfernt, mal ganz nah. Richter war mit den Gedanken noch immer nicht ganz bei der Sache. Er dachte über das nach, was er bis jetzt erlebt hatte. Er musste sich unbedingt eine Ruhepause gönnen. Jetzt sah er schon seine geschiedene Frau vor sich. Wenn er das jemanden erzählt! Die würden ihm glatt weg zum Polizeipsychologen schleppen. Er sagte sich alle vernünftigen Gedanken. Sicher war er überarbeitet, die Scheidung, Weihnachten. Das zerrte an den Nerven. Was hatte sein Kollege gesagt? Böhnert sah gerade auf die Uhr. „Viel Zeit bleibt uns in diesem Jahr nicht mehr. In zwei Stunden beginnt das Neue."

Richter schaute sich noch einmal verstohlen nach der toten Frau um. Jetzt wirkte alles anders. Die Räume waren hell erleuchtet. Alles war so ... wirklich. Richter sah die alten Tapeten, an denen man das Muster nur noch vermuten konnte. Der Teppichboden war schon seit Jahren nicht mehr gewechselt worden. Alles wirkte alt, zerfallen. Gerade wollte er sich umwenden, als er aus den Augenwinkeln eine Bewegung wahrnahm. Aber im nächsten Moment lag die Frau so wie zuvor. Die Augen starrten an die Decke. Richter hätte schwören können, dass sich die Frau bewegt.

„Na los, komm schon“, rettete ihn Böhnert aus seinen Gedanken, „wir fahren noch mal zu den Mähnerts. Mal sehen, ob wir etwas herausbekommen können. Ich glaube, die Liste mit den Namen der Leute aus dem Schießclub können wir vergessen. Ich würde meinen rechten Arm verwetten, wenn dieser Junge nicht etwas mit der Tat zu tun hat.“

„Ich kann mir nicht vorstellen, dass jemand an einem Abend gleich zwei Menschen erschießt. Was sollte er denn für ein Motiv haben?“

„Was weiß ich. Geld. Ist es nicht immer wieder das alte leidliche Thema. Vielleicht ist der Junge auf Drogen. Ich werde seinen Namen mal durch den Computer jagen. Mal sehen, was dabei heraus kommt.“

Immer mehr Silvesterknaller erleuchteten den Tanz der Schneekristalle. Jetzt tummelten sich wieder Menschen auf den Straßen. Sie torkelten durcheinander, rissen die Arme hoch und jubelten einander zu. Richter betrachtete Gedankenversunken das nächtliche Treiben. Manche hielten Sektflaschen in den Händen und prosteten einander zu. Ab und zu winkten sie den beiden Beamten, die vorsichtig die feiernden Menschen umfuhren. Sie schienen sich nicht mehr an den eisigen Temperaturen zu stören. Das Haus der Mähnerts war hell erleuchtet, aber ansonsten wirkte es leer und einsam. „Komisch“, sagte Richter als sie ausstiegen, „wenn man den anderen Leuten zusieht, könnte man meinen, der Frühling ist ausgebrochen. Was so ein bisschen Alkohol ausmacht.“ Ja, was der Alkohol bei mir ausgemacht hat. Er erinnerte sich mit einem mal sehr lebendig an die ersten Abende, an denen er allein zu Hause saß. Er hatte seinen Kummer ertränkt. Jetzt ahnte er, wie leicht der Alkohol der ständige Begleiter werden konnte. Einzig und allein sein Kollege Böhnert zeigte sehr viel Verständnis und ging behutsam mit ihm um. Er zog ihn aus dem Sumpf, in dem er beinah gesunken wäre. Jetzt kam es nur sehr selten vor, dass er sich ein Bier oder gar Schnaps gönnte. Aber er war sich sicher, nach Dienstschluss würde er sich mörderisch betrinken. Er würde sich so lange mit Alkohol betäuben, bis er nicht mehr die tote Frau, seine Frau, dort liegen sah. Das schlimmste war, dass er ihre Blicke spürte. Ach, was sollte das. Sie konnte ihn doch nicht sehen. Sie war tot. Und trotzdem hatte er etwas gespürt. Seine Nackenhaare stellten sich auf, wenn er daran dachte.

Zum Glück sah Böhnert mit einem Blick, wie es um seinen Kollegen bestellt war. „Nun komm schon mein Junge, das geht vorüber. Nach Dienstschluss gehen wir einen trinken. Elvira würde sich freuen. Bei uns ist die Party bestimmt noch im vollen Gange. Und wenn nicht, dann trinken wir eben allein auf das neue Jahr. Was meinst du?“ Böhnert legte seinen Arm um Richters Schultern und sah ihn hoffnungsvoll an.

Richter zögerte nur eine Sekunde und willigte ein. „Aber daraus wird dieses Jahr nichts mehr.“

„Witzbold, die paar Stunden. Allerdings wäre mir wohler, wenn wir diesen Saukerl kriegen würden.“

„Mir auch. Na dann los. Mal sehen, was wir aus den Jungen herauskitzeln können.“

Die beiden Polizisten klingelten an der Tür, die einen Augenblick später geöffnet wurde.

„Gibt es etwas Neues?“, fragte Frau Mähnert, als sie die Tür öffnete.

„Nein, wir ...“ In diesem Augenblick fiel Böhnert ein, dass die Mähnerts noch nichts von der toten Frau und dem Tankstellenbesitzer wissen konnten. Unschlüssig blickte er erst seinen Kollegen, dann Frau Mähnert an. „Kommen sie herein.“

Die Beiden stampften den Schnee von den Schuhen und schüttelten die Schneekristalle ab. Frau Mähnert deutete mit einer Handbewegung auf die offen stehende Tür. Sie hörten Musik und lachen. Böhnert versuchte in

Sekundenschnelle zu erwägen, was er erzählen sollte und was nicht. Immerhin war Silvester, und er würde den Leuten hier mit Sicherheit den Abend verderben. Bis jetzt stand nicht fest, mit welcher Waffe die Frau und der Mann getötet wurden. Es konnte sich um ein völlig anderes Problem handeln, obwohl das die Beiden nicht glaubten. Sie waren der festen Überzeugung, dass der Einbruch und die Morde zusammenhingen. Aber sie mussten unbedingt noch einiges über diesen Jungen in Erfahrung bringen.

„Kann ich mit ihrem Sohn und seiner Freundin sprechen?", hörte sich Böhnert fragen.

„Bitte, treten sie näher", forderte sie Frau Mähnert auf.

Böhnert und Richter betraten die hell erleuchtete Stube. Nichts deutete mehr auf die Aufregung hin, die noch vor ein paar Stunden die Mähnerts aus der Fassung gebracht hatte.

„Es tut mir leid, dass wir sie noch mal stören", begann Böhnert zögerlich das Gespräch. „Aber wir müssten ihnen ein paar Fragen stellen." Dabei sah er Ulf direkt in die Augen, der unruhig auf seinem Sitz nach vorn rutschte. Insgeheim ärgerte er sich, dass er seinen Freund erwähnt hatte. Immerhin kannten sie sich seit einigen Jahren. Er würde Jimmy niemals zutrauen, dass er ihn bestiehlt. Er hatte einem Impuls nachgegeben. Zugegeben, er war sehr stark. Die beiden Waffen, ausgerechnet diese Waffen. Er sah das Bild genau vor sich, wie Jimmy damals die Waffen ehrfurchtsvoll in den Händen hielt. Es war wie ein Fingerzeig. Niemand anderes hätte diese Waffen genommen, wo die Auswahl so groß war.

„Ich habe ihnen alles erzählt, was ich weiß", versuchte Ulf das Gespräch von sich abzulenken. Er spürte den Druck der beiden Polizisten.

Marie blickte ebenfalls sehr ernst.

„War Jimmy bei seiner Mutter?"

„Nein, er war nicht dort.“

Böhnert warf Richter einen viel sagenden Blick zu, der auch den Mähnerts nicht entgangen war.

„Kommen sie, setzten sie sich“, forderte sie Frau Mähnert auf. Ihr Mann beobachtete gespannt die Beamten.

„Sehen sie, das habe ich ihnen doch gleich gesagt“, Ulf fiel ein Stein vom Herzen. Keiner der beiden Polizisten sagte ein Wort.

Böhnert schaute auf seine Uhr. „Ich möchte ihnen den Silvesterabend nicht restlos verderben.“ Immer wieder sah er seinen Kollegen an, der den Sohn des Hauses beobachtete.

„Was ist passiert?“ Intuitiv ahnte Frau Mähnert, dass die beiden Beamten mit schlechten Neuigkeiten gekommen waren.

„Ich weiß gar nicht, wo ich anfangen soll.“ Böhnert kratzte sich am Hinterkopf und suchte nach den passenden Worten. Er hatte keine Ahnung, wie man jemanden erzählt, dass die Mutter des besten Freundes ermordet wurde. „Frau Walter ist tot.“

Einen Augenblick lang herrschte atemloses Schweigen im Raum, nur die Musik dudelte leise im Hintergrund. Ab und zu erhellte das Licht eines Silvesterknallers den Raum.

„Was soll das heißen?“, fragte völlig entgeistert Ulf den Polizisten.

„Frau Walter lag tot in der Diele ihres Hauses. Sie wurde erschossen.“

Wieder herrschte gespenstige Stille im Raum. Jeder der Anwesenden versuchte den Sinn dieses Satzes zu erfassen.

„Sie wurde erschossen …?“ Frau Mähnert starrte die Beamten fassungslos an.

„Weiß man schon wer es war?“, fragte ihr Mann.

„Nein. Im Moment tappen wir im Dunkeln. Wir kennen weder den Täter, noch die Tatwaffe. Auch ein Motiv scheint zu fehlen."

Unruhig rutschte Marie auf ihrem Stuhl hin und her. Der Gedanke an Jimmy war der erste und einzig vorherrschende. Jimmy war in letzter Zeit komisch. Aber die eigene Mutter erschießen? Das war dann doch zu viel. Wie ein Kloß steckte das dumme Gefühl in ihrem Hals.

„Wie würden sie Jimmy beschreiben? Neigt er zu Gewalttätigkeit?" Böhnert schaute Ulf fragend an. Der überlegte einen Augenblick. „Eigentlich ist Jimmy ein ruhiger Typ."

„Was heißt eigentlich?", hackte Böhnert nach.

Deutlich erinnerte sich Ulf an jenen Abend, an dem Jimmy wie im Wahn die Zielscheibe durchlöcherte. Der Punktewettbewerb. Oh Gott, Ulf wurde beinah schlecht. Er hatte es verdrängt. Jimmy machte ihm Angst, zumindest in letzter Zeit. „Ich weiß nicht. Jimmy war seit seinem Unfall komisch. Wie soll ich das beschreiben. Aber jemanden erschießen? Das traue ich ihm nicht zu."

Den beiden Beamten war nun klar, dass sie hier nichts Neues erfahren konnten. Sie beendeten nach wenigen Minuten das Gespräch und machten sich auf den Rückweg.

Wenig später waren sie wieder im Haus in der Siedlung. Hier herrschte immer noch Hochbetrieb. Männer in weißen Plastikanzügen liefen durcheinander und tüteten Beweise ein. Die Leiche war inzwischen weggeschafft worden. Nur die Umrisse, mit einem Stück Kreide gezogen, deuteten auf die Fundstelle hin. Marschner stand weiter hinten mit dem Handy am Ohr, gestikulierte aufgeregt mit den Händen. Irgendetwas musste sich ereignet haben. Sie bekamen gerade noch mit, wie Marschner die letzten Anweisungen gab.

„... genau, schicken sie einen Streifenwagen hin. Gut und halten sie mich auf den Laufenden." Marschner wirkte konzentriert.

„Was gibt es Neues?“, wollte Böhnert von ihm wissen.
„Das Fahrzeug wurde gefunden.“

Erwartungsvoll sah Marschner die beiden an. Aber sie schwiegen und warteten darauf, dass er den Bericht fortsetzen würde. „Der Jeep steckte in einer Schneewehe auf der B1 fest. Aber es war niemand mehr drin. Ein Taxifahrer hat das Fahrzeug gefunden und es über Funk gemeldet. Ist die Fahndung nach dem Sohn schon raus?“, wollte er von den beiden Polizisten wissen.

„Ja, schon eine ganze Weile“, bestätigte Richter die Frage.

„Glauben sie, dass die beiden Morde im Zusammenhang stehen?“

„Momentan ist es zu früh, darüber eine Aussage zu treffen.“

„Na klar, das ist es“, Böhnert schien aus einem Traum zu erwachen, denn er hatte die ganze Zeit schweigend zugehört. „Ich weiß zwar nicht warum. Aber der Junge war erst hier. Vielleicht ist es zu einem Streit gekommen. Das können wir im Moment sowieso nur erahnen. Könnte es nicht sein, dass er wütend war, weil Franziska die Freundschaft beendet hat? Dazu die Feiertage, da kochen die Emotionen hoch. Der Jeep! Wenn der Junge den Jeep und die Waffen hat, dann liegt es meines Erachtens vollkommen auf der Hand.“ Böhnert starrte auf die weiß umrandete Stelle am Boden, als würde dort die gesamte Geschichte geschrieben stehen. „Der Jeep wurde auf der B1 gefunden? Das passt. Genau genommen ist das die Strecke, die man von hier aus nach Straußberg fährt.“

Richter sah seinen Kollegen an, hektische Flecken wuchsen an seinem Hals empor.

Sein Kollege hatte Recht. Deutlich erinnerte er sich an *seine* Gefühle, als er damals Anita mit seinem besten Freund sah. Einen Moment lag seine Hand auf der Stelle, an der sonst seine Dienstwaffe hing. Zum Glück war er nicht im Dienst. Wer weiß, was sonst ...

„Ich glaube, du hast die Sache am Hacken", sagte er zu Böhnert, „vielleicht ist dem Jungen erst heute so richtig bewusst geworden, in welchem Schlamassel er steckt. Die Richtung passt auch." Marschner wählte bereits eine Nummer auf dem Handy. Alle drei warfen sich viel sagende Blicke zu. Hoffentlich war es nicht zu spät. „... ja, ich weiß wie spät es ist." Marschner verdrehte die Augen, als er auflegte. „Hoffentlich kommen die rechtzeitig. Alle Wagen sind im Einsatz. Heut Nacht ist eine Menge los. Am besten, sie machen sich auch auf den Weg. Aber ich brauche es ja nicht zu erwähnen. Bei dem Wetter dürfte es eine Weile dauern. Fahren sie vorsichtig und halten sie mich auf den laufenden. Ich werde mich inzwischen um das hier alles kümmern."

Böhnert und Richter brauchten keine weitere Aufforderung. Sofort setzten sie sich in ihren Dienstwagen und fuhren los. Der Abstand, in dem die Lichter der Raketen den Himmel erleuchteten, wurde immer geringer. In einer Stunde begann das neue Jahr. „Wenn das mal gut geht", seufzte Böhnert, der den Wagen sicher durch das Schneegestöber lenkte. „Langsam glaube ich auch daran, dass der Junge durchgedreht ist. Ich versuche inzwischen mit den Leuten Kontakt herzustellen. Wenn der tatsächlich der Täter ist und dort aufkreuzt ..." Richter beendete seinen Satz nicht, sondern sprach über Funk mit der Zentrale.

Ich sah auf die Uhr und konnte es fast nicht glauben. In einer Stunde begann das neue Jahr. Die Jugend tanzte ausgelassen in allen Räumen und feierte die Verlobung und den Jahreswechsel ausgiebig. Franzi und Sven lümmelten auf dem Sofa und hatten sich eine Menge zu erzählen. Das bestätigte meine Vermutung. Rita kam mit einem Glas Wasser in der Hand und ließ sich neben mich fallen. Eine Weile saßen wir schweigend nebeneinander und sahen dem Treiben der jungen Leute zu. Wir brauchten eine Verschnaufpause. Mir kam es so vor, als wäre es erst gestern. Da waren wir diejenigen, die durch alle Räume sprangen. Jetzt hatten wir Mühe mit all dem Schritt zu halten. Die Musik hallte laut durch die Räume. Wir mussten uns fast anschreien um uns zu unterhalten.

„Das ist eine tolle Party“, sagte ich zu Rita. „Wie schaffst du das bloß immer? So viel Trubel um dich herum. Das wäre nichts für mich.“ Rita hatte ständig Besuch. Wenn sie keinen Besuch hatte, dann eines der Kinder.

„Ach du kennst mich doch. Für mich ist das ein Lebenselixier. Wenn Bewegung um mich herum ist, dann fühle ich mich lebendig.“ Sie nippte an ihrem Wasserglas und sah den anderen beim Tanzen zu. Die turbulente Autofahrt hatte ich vollkommen vergessen. Jetzt saß ich entspannt auf dem Sofa und wartete auf geeignete Musik zum Tanzen. „Hättest du dir jemals träumen lassen, dass wir tatsächlich verwandt werden?“, fragte mich Rita. Sie sah mich an und ihr Blick war dunkel und warm.

„Ich kann es immer noch nicht glauben. Die beiden. Hoffentlich haben sie es sich gut überlegt.“

„Du weißt doch, wie man ist, wenn man jung ist. Wir waren doch genauso spontan. Bloß gut, dass es so ist. Stell dir mal vor, wenn alle nur noch vernünftig wären? Lass mal, die werden schon das richtige tun.“ Rita leerte ihr Glas und stand auf. Sie zog mich hinter sich her und wir gesellten uns zu unseren Männern. Mathias tanzte ausgelassen, während Peter wieder einmal den Kasper spielte. Keiner von uns hörte das Telefon läuten. Während alle irgendwie beschäftigt waren, leuchtete im rhythmischen auf und ab der orangefarbene Punkt.

Franzi! Er war wegen Franzi hier. Jimmy starrte auf

die andere Seite. Sie hatten sich formiert. Er spürte ihre Blicke, ihren Atem. Die Hufe der Pferde scharrten über das klirrende Eis. Der Stein war versunken, die Ringe brachen sich in seinem Körper, den er nicht mehr spürte. Um ihn herum tobte der Schneesturm mit ungeminderter Geschwindigkeit. Die Kapuze seiner Jacke tanzte wie ein kaputtes Segel auf seinem Rücken herum. Seine Haare, die Stoppeln des Bartes, die Augenbrauen, alles war weiß gefärbt. Jimmy kniff die Augen zusammen. Kahle Hände der umstehenden Bäume beugten sich zu ihm herab, winkten ihm zu. Beinah sah es so aus, als wenn sie applaudierten. Alles um ihn herum war in Bewegung. Plötzlich spiegelte sich in den umher fliegenden Kristallen ein blaues Licht. Jimmy drehte den Kopf ein wenig zur Seite. Über ihm, am nächtlichen Himmel, stoben grelle Lichter weit auseinander. In unregelmäßigen Abständen erhellten sie sein blasses Gesicht. Jimmy riss die Augen weit auf. Dieses blaue Licht, was hatte das zu bedeuten? Jetzt sah er deutlicher, was sich ein kleines Stück von ihm entfernt abspielte. Da war dieses hell erleuchtete Haus. Ringsherum türmten sich die Schneemassen, so dass es beinah zur Hälfte dahinter vergraben lag. Musik drang aus seinem Inneren.

„Fünf, vier, drei, zwei, eins ... Prost Neujahr!" Ein Chor aus den unterschiedlichsten Stimmen begleitete lautstark den Jahreswechsel. Wir hielten unsere Gläser hoch und stießen auf das neue Jahr an. Wünsche und Hoffnungen wurden auf die Reise geschickt. Das war ein Durcheinander. Die jungen Leute fielen sich ausgelassen um den Hals, während wir älteren etwas ruhiger das neue Jahr begrüßten.

Peter nahm mich in den Arm. „Na mein Schatz? Schau doch nicht so traurig. Denkst du an Paula und Tobias?" Einen Augenblick lang schaute ich etwas wehmütig zu unserer Tochter herüber.

„Sie werden schon das richtige tun“, beruhigte er mich, nachdem er meinen sehnsüchtigen Blick bemerkt hatte. „Komm Schatz, lass uns auf das neue Jahr anstoßen. Ich wünsche uns beiden und uns allen hier ein gutes Jahr. Wir haben uns. Dass ist das Beste, was uns passieren konnte. Lass uns darauf trinken! Auf unsere Liebe, auf unsere Kinder und unsere Freunde.“

Wir nahmen einen Schluck aus dem Sektglas, nachdem wir uns lange und ausgiebig umarmt und geküsst hatten. Langsam lösten sich jetzt auch die anderen voneinander und wir wünschten uns gegenseitig das Beste für die kommenden Monate. Rita sah mir lange in die Augen. Mir war klar, welche Gedanken ihr durch den Kopf gingen. Das Wohl unserer Kinder lag ihr sehr am Herzen. Dann seufzte sie und drückte mich kräftig an sich. In ihren Augenwinkeln sah ich eine einzelne Träne glitzern. Mir war klar, dass sie die neue Herausforderung ebenso schnell akzeptieren würde, wie alles andere. Ihr Vertrauen war grenzenlos. Das mochte ich so an ihr. Sie ließ sich durch nichts und niemanden erschüttern. Um uns herum herrschte geschäftige Betriebsamkeit. Schon vorhin hatte ich die Massen an Feuerwerkskörpern in der Diele bemerkt. Es würde sicher ein ganzes Weilchen dauern, bis das alles abgefeuert war. Allerdings hatte ich meine Bedenken, ob bei diesem Sturm die Raketen nicht zu gefährlichen Geschossen werden konnten. Ich hatte keine Lust, mich lange in dieser eisigen Kälte aufzuhalten. Deshalb zog ich mich betont langsam an, ließ den anderen den Vortritt. Die Jugend drängelte sich johlend durch die Eingangstür, während draußen die Menschen das neue Jahr mit einem Feuerwerk begrüßten. Fast alle waren nun fertig, nur Rita und ich blieben übrig.

„Lass die anderen ruhig vor. Draußen ist es ungemütlich, lange halten wir es sowieso nicht aus.“

„Ich drängle mich auch nicht unbedingt nach draußen. Erinnerst du dich an Silvester vor drei Jahren?“, wollte ich von Rita wissen.

„Nur zu gut“, bestätigte sie mir meine Frage. „Ich glaube, den Schreck werde ich nie vergessen. Ich sah die Rakete genau auf uns zufliegen. Das hätte dumm ausgehen können.“

„Stimmt, da hatten wir so richtiges Glück. Weißt du noch, der Brand. Wie viel Jahre ist das her?“

Rita legte den Kopf etwas schief, während sie überlegte. „Das müssen sieben Jahre sein, oder?“

„Ja, das kommt hin. War bestimmt ein schöner Schreck. Die Leute kommen aus dem Urlaub und das Haus ist weg. Na ich hoffe, dass uns heute nichts passiert. Denke an mein Windspiel, so ganz aus dem Kopf ist es noch nicht.“

Rita sah mich einen Moment an. „Ach, nun komm schon. Wir halten die Augen offen. Sobald ich sehe, dass eine Rakete nicht in Richtung Himmel steigt, beginne ich laut zu schreien.“ Mit diesen Worten zogen wir die Tür hinter uns zu. Erneut klingelte das Telefon.

Böhnert klebte fast mit der Nase an der Windschutzscheibe, so sehr konzentrierte er sich auf die Straße. Das war auch nötig, denn die Straßenverhältnisse waren nicht besser als vor ein paar Stunden. Schweigend fuhren sie durch den weißen Tunnel. Immer wieder sah Richter auf seine Uhr. Das war das Beste, was ihm passieren konnte. In Bewegung bleiben, nicht zurücksehen. Dadurch wurde er abgelenkt, dachte nicht über sich und seine geschiedene Ehe nach. Es blieben nur wenige Minuten, dann begann das neue Jahr. Aber im Augenblick waren sie so weit entfernt von jeglicher Zivilisation wie vom Mars. Rings um sie herum war nichts außer Schnee und eisiger Sturm. Es zählte einzig und allein der Gedanke, so schnell als möglich die

Exfreundin des Verdächtigen ausfindig zu machen.

„Was muss wohl in so einen Jungen vorgehen?“ fragte Richter mehr sich selber, als seinen Kollegen. „Jahrelang sind es die dicksten Freunde und dann das. Vielleicht liegen wir falsch und es waren doch irgendwelche Spinner?“

„Na klar und dann finden wir am selben Abend gleich noch zwei Tote, so mal ganz zufällig? Nein, nein, mein Freund. Du weißt es und ich, das sind zuviel der Zufälle. Keine Ahnung, was in dem Jungen vor sich geht. Eines steht fest, er war in letzter Zeit sonderbar, haben schließlich die beiden bestätigt. Schade, dass wir so wenig Zeit haben, sonst könnten wir eine Menge in Erfahrung bringen. Ich bin mir sicher, dass der Junge die Waffen und das Auto geklaut hat. Der hatte den Bauch voller Wut, weil ihm seine Freundin den Laufpass gegeben hat. Er hatte an den Feiertagen genügend Zeit darüber nachzudenken. Denke mal an dich ...“, erschrocken schielte Böhnert zur Seite, das wollte er nicht sagen. Aber es entsprach der Wahrheit. Wochenlang stand sein Kollege damals neben den Schuhen. Gerade heute wollte er ihn nicht daran erinnern. Die Wunden waren zu frisch.

Aber Richter tat so, als hätte er nichts gehört. „Das ist ja alles gut und schön. Die Wut auf seine Exfreundin kann ich verstehen, das wäre ein Motiv. Aber wieso fährt er dann zuerst zu seiner Mutter und nicht nach Straußberg?“

Böhnert schwieg, darüber hatte er auch nachgedacht. Es war kaum damit zu erklären, dass er seiner Mutter einen guten Rutsch wünschen wollte. Wiederum meinte Marie, dass sich Achim öfter mit seiner Mutter in den Haaren lag. Böhnert kannte eine Menge junger Leute, die mit ihren Eltern nicht klar kamen. Aber er konnte sich nicht vorstellen, dass einer von ihnen in der Lage war, seine Eltern zu erschießen. Das überstieg seine

Vorstellungskraft. Wiederum hörte man immer wieder von Menschen, die ihre ganze Familie auslöschten. Meistens waren es die unauffälligen Nachbarn von nebenan.

„Keine Ahnung. Ich weiß doch auch nicht, was in seinem Kopf vor sich geht. Aber ... ach, sieh mal, ich glaube, wir sind da.“ Der Tunnel öffnete sich leicht vor ihnen und sie sahen bunte Kugeln in den nächtlichen Himmel steigen, die dann in tausend winzige Sterne explodierten.

„Na Klasse, jetzt haben wir doch tatsächlich den Jahreswechsel verpasst.“ Richter sah auf seine Uhr. Es war zehn Minuten nach Mitternacht. Sie näherten sich dem Ort, aber kein einziges Fahrzeug war auf der Straße unterwegs. Auf den Straßen torkelten die Menschen durcheinander, hielten sich an den Sektflaschen fest. Andere standen in kleinen Gruppen zusammen und zogen den Kopf tief zwischen die Schultern ein. Überall stiegen Silvesterraketen in die Höhe. Die Menschen begrüßten das neue Jahr. Langsam fuhren die beiden Polizisten durch die schmalen Gassen. Über Funk hatten sie erfahren, dass die Kollegen bereits am Haus der Familie Just eingetroffen waren. Damit schien die Gefahr gebannt. Nichts deutete darauf hin, dass sich der Gesuchte in der Nähe der Exfreundin aufhielt. Dem Fundort des Wagens und der restlichen Strecke bis nach Straußberg zu urteilen, müsste Achim Walter schon längst dort eingetroffen sein. Wenn er denn vorgehabt hätte, überhaupt dorthin zu gelangen. Vielleicht irrten sie sich und alles war reiner Zufall.

Eigenartiges Leuchten reflektierte sich auf der Oberfläche des Sees. Schemenhafte Gestalten lauerten am anderen Ufer. Seine Kapuze flatterte im eisigen Sturm der Nacht. Doch Jimmy spürte es nicht. Die Kreise zogen ihn in ihren Bann. Da war dieses blaue Leuchten.

Erneut drehte sich Jimmy um. Langsam, ganz langsam drangen die Geräusche und Bilder der Umgebung zu ihm vor. Jetzt war alles vermischt. Worte, Lügen ... Menschen. Beinah mechanisch setzte sich Jimmy in Bewegung, ging auf die Geräusche und Bewegungen zu. Aber die Blicke der Schattenreiter stachen in seinem Rücken. Entkommen, weg ... du musst gehen. Blaues Licht im Rhythmus eines Pulsschlages. Lachende Gesichter, freudiges Gejohle. Ungläubig starrte Jimmy auf die fröhlichen Menschen, die hinter dem Berg aus Schnee den Jahreswechsel feierten. Da war sie, die andere Welt, die Welt der Gerüche, der Menschen. Da waren die Lügen ... So nah und doch weit entfernt. Hinter ihm der See, am anderen Ufer die Schattenreiter. Er mitten drin. Plötzlich wusste Jimmy, woher er das alles kannte. Genau so stand er mit seinem Vater am See, als sie ihn holen kamen. Zunächst glaubte er, sie kamen wegen ihm. Aber dann war sein Vater verschwunden, er kam nie wieder. Die Erkenntnis brach so plötzlich über ihn herein, dass sich ein eisernes Band um seine Brust legte. Ein letztes Mal bäumte er sich auf, ging auf die andere Welt zu.

Das Feuerwerk war bereits im vollen Gange. Mit lautem Getöse flogen die Raketen in den Himmel. Überall waren die Menschen mit ihren Silvesterböllern beschäftigt. Uns empfing eisiger Wind. Die Jungen hatten einen kleinen Platz freigeschaufelt, damit sie ihr Feuerwerk starten konnten. Alle standen dicht gedrängt um diesen Platz. In der Mitte war eine schwarze Stelle, von wo aus die Fontänen ihr silbernes Licht in die Höhe schossen. Der Wind trieb die Sterne auseinander, so dass wir aufpassen mussten, nicht in der Windrichtung zu stehen. Komisch, dachte ich einen Moment, diese schwarze Stelle sieht fast so aus wie in meinem Traum heute Morgen. Nur, dass aus der Mitte nicht kleine

Trolle, sondern Funken einer Silvesterfontäne sprangen. Fröstelnd zog ich den Schal in mein Gesicht. Bilder des Traumes mischten sich in das Silvesterfeuerwerk. Die Melodie meines Windspieles hallte leise in meinem Kopf wider. Plötzlich sahen wir ein Polizeiauto direkt vor dem Haus halten. Das blaue Leuchten mischte sich bizarr mit den Feuerregen der Fontänen. Mir steckte ein Kloß im Hals. Sie kamen zu uns. Schnell versuchte ich meine Gedanken zu sortieren. Die Kinder waren hier, ihnen konnte also nichts passiert sein. Meine Eltern feierten den Jahreswechsel auf den Kanaren, Peters Eltern waren bei Freunden an der Ostsee. Ich spürte, wie meine Hände anfingen zu zittern. Rita sah mich mit einem Blick an, der Bände zu sprechen schien. Sie war die einzige, die meine Gedanken lesen konnte. Alle anderen feierten und lachten weiter, als wenn nichts passiert wäre. Es war, als hätte ich den ganzen Tag nur auf diesen Moment gewartet. Gespannt sah ich den beiden Polizisten zu, wie sie sich uns näherten. Jetzt schien es auch den anderen bewusst zu werden, dass die Beiden zu uns wollten. Die Jungen unterbrachen ihr Feuerwerk und begrüßten die Polizisten mit fröhlichen Neujahrsgrüßen. Außer Franzi schien sich niemand sonderlich daran zu stören, dass die beiden Beamten mit Blaulicht hier aufgekreuzt waren. Sie schmiegte sich an Sven, der die Situation offensichtlich genoss.

„Es tut uns leid, dass wir sie jetzt stören“, schrie die Beamtin in den Wind, „erst mal ein gesundes neues Jahr. Mein Name ist Katrin Schmidtke, das ist mein Kollege Herbert Gessner. Wer von ihnen ist Franziska Hegewald?“

Ziemlich blass schaute Franzi die beiden Polizisten an. „Ich bin Franziska.“

„Können wir einen Moment mit ihnen reden?“ Instinktiv schob sich Franzi näher an Sven. Sophia wirkte jetzt ebenfalls sehr blass.

„Kommen sie, am besten wir gehen ins Haus“, hörte ich Rita sagen. Wenig später waren wir alle im Haus. Ich unterdrückte den Kloß im Hals, der mir fast die Luft zum Atmen nahm. Ich wusste mit absoluter Sicherheit, dass der Abend nicht zu Ende war.

„Ist etwas passiert?“, hörte ich Franzi fragen.

„Wir haben Grund zu der Annahme, dass ihr ehemaliger Freund, Achim Walter, hierher unterwegs ist.“

„Ich versteh nicht, was ist daran so schlimm? Wir wollten eigentlich zusammen Silvester feiern, aber ...“ Franzi war plötzlich sehr still geworden. Keiner sagte ein Wort, nur ein Luftzug unterbrach die plötzliche Stille. Alle Farbe war aus ihrem Gesicht gewichen. Sie öffnete den Mund, so als wollte sie etwas sagen, aber die Worte blieben in ihrem Hals stecken. Im gleichen Moment sahen alle, warum sie so still geworden war. Hinter dem Rücken der beiden Polizisten stand ein ..., keiner hätte ihn definieren können. Ein Mann? Ein Gespenst? Sein Gesicht war aus durchsichtigem Wachs. Die Augen lagen in dunklen Höhlen. Wir starrten in ein schwarzes Loch, das uns zu verschlingen drohte.

„Wie sollen wir denn bei diesem Schneegestöber das Haus der Familie Just finden“, fragte Böhnert seinen Kollegen.

„Die von der Zentrale meinten, es würde direkt am See liegen. Hm...“, Richter sog hörbar die Luft zwischen den Zähnen ein. „Da gibt es nicht nur ein Haus am See. Ist wunderschön hier im Sommer, ich war mal mit Anita da.“ Plötzlich verstummte er, so als hätte er etwas Falsches gesagt. Das war damals ein herrliches Wochenende. Sie hatten sich drei Tage über Pfingsten eine Ferienwohnung gemietet. Zu der Wohnung gehörte eine Bootsanlegestelle. Jeden Abend ließen sie sich über den See treiben. Die Musik der Grillen begleitete das Schaukeln des Bootes. Er lag mit seinem Kopf auf ihrem

Schoß und ließ sich den Nacken graulen. Wohlige Wärme machte sich in seinem Körper breit, als er daran dachte. Aber das abrupte Bremsen seines Kollegen holte ihn in die Wirklichkeit zurück.

„Siehst du das dort drüben?“, fragte Böhnert.

Richter folgte dem Blick des Kollegen und sah die Lichter des anderen Polizeiautos. Es parkte ein ganzes Stück weiter vorn, direkt an der Straße. Berge von Schnee machten es unmöglich, näher am Straßenrand zu halten. Langsam setzte Böhnert das Auto in Bewegung. Überall zischten Raketen in die Höhe und sie mussten sehr langsam fahren. Als sie näher kamen, sahen sie, dass niemand mehr im Auto saß. Die Rundumleuchten drehten sich, als wäre nichts geschehen. Keiner war auf der Straße oder auf dem Weg davor. Sie hielten direkt hinter dem anderen Fahrzeug und stiegen aus. Ein Stück weiter lagen die Überreste eines abgebrannten Feuerwerkes. Der Boden war von den vielen Füßen herunter getrampelt. Deutlich sah man die Stelle, von wo aus die Raketen abgeschossen wurden. Sektflaschen steckten im Schnee und die Hülsen der Blitzknaller tanzten wie von Zauberhand bewegt durch die Luft. Ansonsten sah alles sehr verlassen aus. Ein Stück weiter die Straße herunter waren die Menschen noch mit dem Feuerwerk beschäftigt, während sich andere ins Innere des Hauses zurückgezogen hatten. Böhnert hielt sich mit einer Hand die Mütze fest und rief Richter etwas zu. Aber der Sturm trug die Worte davon. Richter wusste, was Böhnert meinte und folgte ihm unaufgefordert. Sie stemmten sich gegen den Sturm und liefen nacheinander auf das Gebäude zu, von dem sie glaubten, es sei das Haus der Familie Just.

Lautlos breiteten sich die Wellen aus. All die Lügen. Er wusste es, hier war das Zentrum, von hier ging alles aus. Augenpaare starrten ihn an, Münder bewegten sich, aber kein Laut drang zu ihm vor. Jimmy schaute in das blasse Gesicht seiner Freundin. Aber sie war nicht mehr seine Freundin. Ein anderer hielt ihre Hand. Sehr deutlich spürte Jimmy die Niederlage, den Verrat. Schon wieder.

„Jimmy, was willst du ...?" Lang und gedehnt kamen die Worte aus ihrem Mund. Diese Frage, wo hatte er sie gehört. Was er wollte? Jimmy wusste nicht mehr, was er wollte.

„... ich ... weiß ..." Jimmy beendete den Satz nicht. War es die gleiche Stelle? Wiederholte sich die Szene immer und immer wieder? Nein, es waren Lügen, ... kein Vater ... er war weg ... kam nie ... langsam spürte Jimmy die Bewegungen, den Sog. Schon begann sich sein Körper rhythmisch im Takt des Sees zu drehen. Da stand Franziska, im Arm eines anderen Mannes. Sie klammerte sich an ihn. Worte hallten in seinem Kopf, verhöhnten ihn. ... *hab es dir schon immer gesagt ... Nichtsnutz ... nicht zur Liebe fähig* ... Worte, er wollte sie nicht hören. „Nein, hör auf ..., hört alle auf ..."

Nun spürte er die Blicke in seinem Rücken, beinah glaubte er den Atem in seinem Nacken zu spüren. Jetzt hatten sie den Weg über den See angetreten. Er wusste, sie sind da. Langsam drehte er sich um.

Plötzlich prallte Richter beinah auf seinen Kollegen, der ohne ersichtlichen Grund, vor ihm stehen geblieben war. Aber schon im nächsten Augenblick wusste er warum. Die Tür vor ihnen ging auf und ein paar Jugendliche drängelten sich heraus. Erschrocken blieben sie stehen, als sie die beiden Polizisten erkannten. Einen Augenblick lang taxierten sie sich gegenseitig, ehe Böhnert seine Sprache wieder fand. „Sind wir hier richtig? Ist das das Haus der Familie Just?"

„Was haben sie gesagt", schrie einer der Jugendlichen in den Sturm. Böhnert ging einen Schritt auf den

Jungen zu. „Wohnt hier die Familie Just?“

„Nein. Da sind sie falsch. Es ist das Haus nebenan.“ Der Junge zeigte mit ausgestrecktem Arm auf das Haus ein Stück weiter vorn. Man konnte es fast nicht erkennen, so sehr duckte es sich hinter der Schneewehe.

„Vielen Dank und ein gutes neues Jahr.“ Böhnert und Richter gingen den schmalen Weg zurück und auf das andere Haus zu. Jetzt folgte Böhnert seinen Kollegen. Der Wind kam scharf von der Seite, so dass sich Richter etwas schräg vorwärts bewegte. Böhnert duckte sich hinter seinen Kollegen. Im nächsten Augenblick hatten sie das Haus der Familie Just erreicht.

Die Tür stand offen und durch die hell erleuchteten Fenster erkannte man eine kleine Ansammlung von Menschen, die in einem halbmondförmigen Kreis herum standen. In ihren Gesichtern stand das blanke Entsetzen geschrieben. Richter öffnete seinen Mund, aber er brachte keinen Ton hervor.

Er blickte in die Mündung einer Pistole, die auf ihn gerichtet war. Aber schon im nächsten Moment lösten sich ein paar Jungen und aus dem Halbkreis und stürzten sich auf die Gestalt vor ihnen. Unfähig zu einer Bewegung schienen Stunden zu vergehen. Richter sah, wie sich die Jungen im Zeitlupentempo vorwärts bewegten. Er selber versuchte sich zu ducken, doch dann sah er sie auf sich zukommen. Bilder blitzten auf. Er blinzelte in die aufgehende Sonne, Vater schaukelte ihn auf seinem Knie. Anita lag in seinen Armen. Die Patrone segelte zielstrebig auf ihn zu. Er spürte nichts mehr, das war der Anfang und das Ende.

„Neiiin, ...“, schrie Böhnert in den neuen Tag des Jahres. Langsam sackte sein Freund und Kollege vor ihm zusammen. Erst fiel er auf die Knie, verharrte einen Moment und kippte dann zur Seite weg. Ungläubig starrte er auf die Szene, die sich vor seinen Augen abspielte. Da waren fremde Menschen. Sie prügelten auf einen anderen fremden Menschen ein. Es war ihm egal. Der Sturm hatte seine Mütze davon getragen und zerrte wild an den wenigen Haaren. Böhnert hielt Andreas im Arm. Der Schnee unter ihm nahm eine abnorme Färbung an. Sein junger Freund blickte ihn mit seltsam leeren Augen an. „Weißt du was. Wir vergessen den ganzen Scheiß hier sehr schnell. Elvira wird sich freuen. Wir machen jetzt Feierabend. Bestimmt ist die Party bei uns noch im vollen Gange. ... komm schon, du hast es mir versprochen."

Böhnert kniete neben seinem Freund, der ihm nicht antwortete. Menschen liefen um ihn herum, Hände klopften auf seine Schulter. „Elvira hat sich da was ausgedacht. Aber du musst mir versprechen, mich nicht zu verraten. Sie hat ihre Nichte eingeladen. Tolles Mädchen. Elvira meinte, ihr wärt ein tolles Paar. Aber denk daran ..."

Böhnert schaute seinen Freund an. Tränen rannen ihm über das Gesicht. Warum mussten sie hier sein, warum nicht ein anderer? Jemand warf ihm eine Decke über die Schulter. Um ihn herum war Bewegung. Böhnert spürte weder die Menschen, noch den Sturm. Er hielt seinen Freund fest, so als wollte er sich nie von ihm trennen.

Epilog

Ich konnte mich nie an alle Einzelheiten erinnern, die sich in den ersten Stunden des neuen Jahres ereigneten. An manchen Abenden lag ich lange wach und grübelte darüber nach, warum dieser Junge drei Menschen erschossen hatte. Diesen Augenblick, als wir in Ritas Stube standen. Ich wusste es in dem Moment, als ich die beiden Polizisten kommen sah. Es war wie ein Schlag in die Magengrube. Es ging alles so schnell. Die beiden Beamten wollten uns vor Achim warnen, aber er kam fast gleichzeitig mit ihnen an. Uns war allen ein Rätsel, wie er das Haus finden konnte. Er stammelte zusammenhangloses Zeug, fuchtelte mit seiner Pistole herum. Einen Augenblick lang befürchtete ich, dass er Franziska erschießen würde. Aber dann sah ich den entschlossenen Gesichtsausdruck von Sven. Er hätte es nicht zugelassen. Sven musste geahnt haben, dass dieser Junge eine tickende Zeitbombe war. Ohne an sich zu denken, stürzte er sich auf Achim. In diesem Augenblick drehte er sich um und feuerte einen Schuss ab. Woher er wusste, dass sich zwei weitere Polizisten näherten, war allen ein Rätsel. Er konnte sie nicht gehört haben, dafür waren die Geräusche ringsherum zu heftig. Keiner sah die Beiden kommen. Wir standen wie erstarrt, keiner sagte ein Wort. Manchmal dachte ich, es müssten Stunden vergangen sein. Aber es waren in Wirklichkeit kaum ein paar Sekunden. Sein Blick ging mir nicht aus dem Kopf. Lange Zeit sah ich sein Gesicht, wenn ich die Augen schloss. Sven, Peter und Toni stürzten sich in dem Moment auf den Jungen, als er uns den Rücken zudrehte. Aber es war zu spät. Die Kugel traf den jungen Polizisten, der wenig später an seinen schweren Verletzungen starb. Wir diskutierten stundenlang, was wäre wenn. Im Grunde blieb uns keine Chance. Alles ging viel zu schnell. Von Sophia wusste ich, dass sich Franzi schreckliche Vorwürfe machte. Sven wich nicht von ihrer Seite. Der Freund des Jungen, Ulf Mähnert, war fassungslos. Jahrelang teilten sie ihr Hobby und dann das. Viel schlimmer war es für seinen Vater. Es waren seine Waffen, die der Junge genommen hatte. Dieser Achim blieb allen ein Rätsel. Man hatte ihn verhaftet, und er saß in einer geschlossenen Anstalt und wartete auf seinen Prozess. Warum er so durchgedreht war? Keiner wusste eine Antwort. Den Moment, als er am Boden lag, nie werde ich ihn vergessen. In grotesk verdrehter Haltung lag er da, den Blick starr in die Ferne gerichtet. Plötzlich bäumte er sich auf, schrie unverständliche Worte. Mit letzter Kraft versuchte er sich aus dem Würgegriff zu befreien. Dann blickte er zur Tür, und verstummte abrupt. Er hatte etwas gesehen, was uns anderen verborgen blieb.

Rita blieb sehr still und nachdenklich. Rita, meine liebe Rita. Dieser Blick, als die Polizisten auf uns zukamen. Das Blaulicht, alles ... Rita war die einzige, die wusste, was ich dachte. Mehr noch, ich las in ihren Augen eine Bestätigung meiner Ängste. Eine Zeitlang erwähnte keine von uns das Windspiel, oder meinen verrückten Traum. Zum Geburtstag bekam ich von Rita einen Strauß Blumen. Mir war klar, dass sie mir nie wieder etwas Ähnliches wie im vergangenen Jahr schenken würde.

Eines Morgens wachte ich sehr zeitig auf. Mir war schlecht. Sehr deutlich hörte ich die silberne Melodie. Nein, nicht schon wieder, betete ich im Stillen. Ich lauschte sehr angestrengt, hörte aber nichts mehr. Es war ein wunderbarer Frühlingstag. Die Sonne schien warm und der letzte Schnee floss einfach davon. Die ersten Frühlingsblüher streckten sich in den warmen Tag. Ich saß auf der Bank vor dem Haus, ließ mich mit geschlossenen Augen einfach nur treiben. Plötzlich hörte ich wieder mein Windspiel. Laut und deutlich. Keiner war in der Nähe, es herrschte absolute Windstille. Meine Hände zitterten leicht, als ich aufstand um nachzusehen. Genau in diesem Moment schoss eine Schwalbe an mir vorbei, drehte mehrere Pirouetten und zwitscherte laut und fröhlich. Sie störte es nicht, dass die kleinen Metallstäbe heftig zitterten. Ein paar Tage später klebte ein Nest kunstvoll an der Wand und das Schwalbenpärchen brütete die Nachkommen aus. Jeden Abend, bevor ich ins Bett ging, öffnete ich die Tür und sah den Schwalbenmann auf meinem Windspiel sitzen. Er hatte sich ausgerechnet mein Geburtstagsgeschenk des vergangenen Jahres als Schlafstätte ausgesucht. Ich erzählte Rita von meiner Entdeckung.

Schwalben bringen Glück, war ihre Antwort.

Ja, Schwalben bringen Glück.

E N D E